René Sommer   Trotzdas

Zuletzt erschienen (edition jeu-littéraire):

Das Popcorn und die Vögel. Kurzgeschichten. ISBN: 978-3-7448-6475-6

Woanderswoher. Roman. ISBN: 978-3-7460-8082-6

Das Mädchen mit rotem Hut. Kurzgeschichten. ISBN: 978-3-7528-1413-2

Play Huch. Gedichte. ISBN: 978-3-7528-2037-9

Das avocadogrüne Känguru. Kurzgeschichten. ISBN: 978-3-7481-3002-4

Alldadarin. Roman. ISBN: 978-3-7481-5764-9

Der Wal heißt Beethoven. Kurzgeschichten. ISBN: 978-3-7494-4962-0

Eine Frage der Libelle. Gedichte. ISBN: 978-3-7412-9958-2

Der schlafende Löwe. Kurzgeschichten. ISBN: 978-3-7504-0301-7

René Sommer

Trotzdas

Roman

Bibliografische Information der Deutschen National-bibliothek:
Die Deutsche Nationalbibliothek verzeichnet diese Publikation in der Deutschen Nationalbibliografie; detaillierte bibliografische Daten sind im Internet über http://dnb.dnb.de abrufbar.

Editor Factory: ib-lyric (edition jeu-littéraire 2/3)
Author Photo: Erika Koller
Cover Image: Itta Beaux

Herstellung und Verlag:
BoD – Books on Demand, Norderstedt

ISBN: 978-3-7504-3790-6

Inhalt

Erstes Kapitel

Die Schuhe

Eine hohe Kalksteinmauer schirmt den Garten von der Straße ab. Am Einlass steht ein Schild.

- Bitte Tür schließen.

Johann Sebastian Huch drückt die Klinke. Die Tür knarrt, leistet sanften Widerstand. Der Duft von Thymian, Minze und Lindenblüten erfüllt die Luft.

Eine Frau steht mit einem Korb vor einem überdimensionierten Wäscheständer.

- Hallo, ich bin Melis Flender.

Sie trägt ein Rüschenkleid.

 - Möchtest du Tee oder Kaffee trinken?

Huch zieht die Augenbrauen hoch.

- Ich trinke gern Tee, aber lieber etwas später.

Ein Mann läuft in den Garten.

- Hallo, ich bin Miko Krisch.

Er hat einen blütenweißen Kragen.

- Hätte ich nur vorher gewusst, dass es hier Tee gibt!

Melis spannt den zierlichen Rücken.

- Willst du mein Freund sein?

Krisch schaut ihr abwechselnd tief in die Augen.

- Ja!

Sie legt die Hand auf den Korb.

- Du könntest mir helfen, die Wäsche aufzuhängen.

Er eilt in kleinen Trippelschritten hin und her.

- Das ist kein Problem.

Melis biegt das Schlüsselbein nach hinten.

- Leider schon. Der Wäscheständer ist zu hoch.

Eine Frau schlendert mit einer Leiter über den Kiesweg.

- Hallo, ich bin Alba Paulsen.

Sie trägt auch ein Rüschenkleid.

- Ich habe das gleiche Kleid wie du.

Melis verbiegt den Körper.

- Ich liebe Rüschen.

Krisch reißt die Augen auf.

- Das ist erstaunlich. Kleider sind nicht unbedingt gleich.

Alba sticht mit dem Finger in die Luft.

- Das stimmt.

Sie wirft einen langen Blick auf den Wäscheständer.

- Ich stelle für euch die Leiter an.

Melis trampelt vor Begeisterung mit den Füßen.

- Vielen Dank! Sie hat die richtige Länge.

Krisch stellt ein Bein vor das andere.

- Ein Garten ohne Leiter wäre wie ein Haus ohne Treppe.

Alba lehnt sie an den Baum.

- Die Wäsche duftet angenehm.

Melis hebt ein Laken aus dem Korb.

- Es gibt in der ganzen Welt kein besseres Waschmittel als meins.

Krisch nimmt ihr das Leintuch ab.

- Glaubt ihr, dass ich es richtig aufhängen kann?

Alba kräuselt die Oberlippe.

- Du hängst das Laken nicht auf. Du stellst es aus. Das ist Kunst und nichts Anderes.

Melis stellt sich vor Huch hin.

- Ich möchte, dass du mit mir kommst.

Huch sieht sie erstaunt an.

- Wohin?

Melis lacht hell auf.

- Ich würde dir gern mein Schlafzimmer zeigen.

Krisch legt das Laken in den Korb zurück.

- Ich bin auch interessiert.

Alba biegt die Finger ein.

- Ich dachte, du wolltest es aufhängen.

Er weicht mit dem Oberkörper zurück.

- Ja, das habe ich vor, sobald ich das Schlafzimmer angeschaut habe.

Melis bewegt sich in Trippelschritten unter die Bäume.

- Es ist toll, dass du mitkommst.

Krisch folgt ihr.

- Wie groß ist dein Schlafzimmer?

Melis' Stimme klingt silberhell und leuchtend.

- Es ist riesig.

Alba versetzt Huch einen Stoß mit dem Ellbogen.

- Was ist mit dir? Gehst du nicht mit?

Er richtet den Blick auf die Wiese.

- Später. Ich habe einen Schmetterling gesehen.

Sie guckt aus großen Augen.

- Wo?

Huch weist zur offenen Gartentür.

- Er ist hinausgeflogen.

Melis tritt aus dem Schatten der Bäume.

- Wo bleibt ihr? Alle sind eingeladen. Die Wäsche kann
warten.

Alba senkt die Lider.

- Wir reden noch miteinander.

Krisch presst die Beine zusammen.

- Da möchte ich nicht stören.

Alba öffnet die Lippen zu einem strahlenden Lächeln.

- Danke, dass du uns verstehst!

Melis hält sich zwar verschämt die Hand vor den Mund, kann aber gar nicht mehr aufhören zu kichern.

- Lasst euch Zeit! Wir treffen uns später im Haus.

Krisch entfernt sich mit Melis.

- Ich finde es gut, wenn man miteinander redet.

Alba blickt Huch ins Gesicht.

- Fährst du gern Rad?

Huch faltet die Hände vor dem Bauch.

- Denkst du an eine kurze Strecke oder an eine Velotour?

Ein Mann späht in den Garten.

- Hallo, ich bin August Harsch.

Er trägt Radlerhosen.

- Wollt ihr ein Velo?

Alba tänzelt mit Wippen und Hüpfen zu ihm auf die Straße hinaus.

- Willst du es verschenken?

Harsch sticht mit dem Finger in die Luft.

- Das habe ich vor.

Sie lässt die Türöffnung hinter sich.

- Du bist nett.

Er ruft Huch.

- Wenn du dir dieses Rad nicht anschaust, bereust du es ein Leben lang.

Huch verlässt den Garten.

- Das wäre eine etwas längere Reue.

Alba zieht die Tür hinter ihm zu, zeigt aufs Schild.

- Bitte Tür schließen.

Harsch geht mit schnellen, kurzen Schritten zu einem glänzenden Fahrrad, das gegen die Mauer lehnt. Es ist mit einem starken Gepäckträger versehen.

- Nimmst du die Lenkstange in die Hand?

Huch schiebt die Daumen in die Tasche.

- Mit einer Hand oder mit beiden Händen?

Alba deutet eine federnde Lockerungsübung an.

- Pack zu! Das ist einfach.

Harsch zieht leicht den Mundwinkel nach oben.

- Schwing dich auf den Sattel!

Huch hebt die Augenbrauen.

- Ist es dein Velo?

Harsch spreizt den kleinen Finger ab.

- Es war meins. Jetzt gehört es dir.

Alba ergreift das Rad, setzt sich auf den Sattel.

- Drehen wir gemeinsam eine Runde?

Huch steht wie angeklebt auf dem Fleck.

- Wie würde das gehen?

Harsch nimmt rittlings auf dem Gepäckträger Platz.

- So! Schon kann die Reise beginnen.

Alba tritt in die Pedalen.

- Das ist ein robustes Rad.

Harsch baumelt mit den Beinen.

- Es hält etwas aus.

Sie fahren die abschüssige Straße hinunter.

Huch stellt sich auf die Zehenspitzen, guckt ihnen nach.

Eine Frau spricht ihn von hinten an.

- Hallo, ich bin Charlene Limbi.

Sie trägt ein federweißes Gewand.

- Was machst du?

Er dreht sich um.

- Ich habe den Garten angeschaut.

Charlene lehnt sich auf ihr linkes Bein.

- Möchtest du eine Kerze anzünden?

Huch legt die Arme auf den Rücken.

- Was für eine?

Ein Mann marschiert mit entschlossenem Schritt auf sie zu.

- Hallo, ich bin Flynn Grell.

Er trägt einen Hut und bringt eine Tasche.

- Ich entfache Feuer, entflamme Kerzen.

Sie lächelt in sich hinein.

- Hast du auch Shampoo?

Grell wühlt in der Tasche.

- Ich denke an alles.

Er klaubt eine Flasche hervor.

- Da ist es!

Charlene schraubt den Verschluss auf, riecht.

- Ich habe vor zu duschen.

Grell hält den Kopf hoch.

- Hast du sonst noch einen Wunsch?

Sie gibt ihm das Shampoo zurück.

- Ja sicher! Kommt mit!

Mitten auf der Straße steht ein goldener Käfig. Auf einem Tisch steckt eine Kerze in einem Ständer.

Charlene öffnet die Tür.

- Da gehen wir hinein.

Grell fragt mit drolligem Augenklimpern.

- Was machen wir darin?

Sie tritt in den Käfig.

- Wir zünden die Kerze an.

Er folgt ihr.

- Jeder träumt davon.

Charlene räkelt sich wie eine Raubkatze.

- Aber wir tun es.

Grell dreht sich nach Huch um.

- Was ist mit dir?

Er winkt höflich ab.

- Ich gehe ein paar Schritte. Es nimmt mich wunder, wohin die Straße führt.

Sie macht eine große, ausladende Handbewegung.

- Ist gut! Du schaust dich um und kehrst zurück.

Grell tippt an den Hut.

- Wir sind ein Team.

Huch wirft einen letzten Blick auf den Käfig.

- Danke, dass ihr mich dazu zählt!

Die Straße schlängelt sich den Berg hinauf. Huch kommt zu einem Schloss. Der Turm ragt in den Himmel, ist pistaziengrün, altrosa und zitronengelb bemalt. Fresken schmücken ihn. Die Zipfelspitze blinkt golden.

Eine Frau eilt mit weit ausgreifenden Schritten auf Huch zu.

- Hallo, ich bin Hanna Dallinger.

Sie trägt ein Etuikleid.

- Ruf mich an!

Er sagt mit vorsichtigem Lächeln.

- Ich habe kein Telefon.

Ein Mann hastet durch die Straße.

- Hallo, ich bin Said Marloh.

Er trägt ein Piratenkostüm.

- Mobiltelefone sind schöne Geräte.

Hanna faltet die Hände vor der Brust.

- Hast du eines?

Marloh nestelt in der Manteltasche nach dem Smartphone.

- Ja! Ich rufe dich an, wünsche dir einen schönen Tag.

Sie guckt Huch an.

- Was meinst du? Soll er?

Er breitet die Arme aus wie Flügel.

- Ich weiß nicht. Ihr unterhaltet euch doch gut ohne Telefon.

Hanna tigert auf der Straße herum.

- Das stimmt! Aber am Telefon fühlt man sich freier. Said kann mich, zum Beispiel ungeniert fragen, ob ich meine Haare gefärbt habe.

Marloh kneift die Augen zusammen.

- Ich erkundige mich nicht auf offener Straße danach.

Sie hüpft.

- Du verstehst mich. Bist du mein Partner?

Er schlägt entzückt die Hand vor den Mund.

- Ja gern! Und etwas essen möchte ich auch.

Eine Frau kommt aus dem Schloss.

- Hallo, ich bin Emilia Glover.

Sie trägt eine Halskette und bringt eine Speisekarte.

- Was möchtet ihr bestellen?

Hanna beugt sich nach vorn.

- Kannst du uns etwas empfehlen?

Marloh weicht zurück.

- Oder sollen wir selber etwas auslesen?

Emilia wiegt den Kopf.

- Macht, wie es euch gefällt!

Sie tippt sich unsicher mit dem Zeigefinger an die Nase.

- Habt ihr gern Brot?

Hanna lässt die Zunge bei halboffenem Mund sichtbar über die Zähne kreisen.

- Brot würde alle begeistern.

Er schiebt eine Schulter vor.

- Brot ist köstlich.

Ein Leuchten fliegt in Emilias Gesicht.

- Dann kommt in unseren Speisesaal!

Hanna rennt wie entfesselt ins Schloss.

- Gehe ich voran?

Marloh folgt in höflichem Abstand.

- Ja! Das finde ich gut. Darf ich dich etwas fragen?

Sie bleibt unter dem Tor stehen.

- Was denn?

Er hat die Lippen leicht geöffnet, als würde er gerade ganz tief durchatmen.

- Hast du die Haare gefärbt?

Emilia blickt Huch an.

- Gehörst du auch zum Team?

Ein Mann durchstreift den Schlosspark.

- Hallo, ich bin Fred Birk.

Er trägt eine Zipfelmütze.

- Ich suche Kontakt. Am liebsten würde ich mich einem Team anschließen.

Emilia begleitet ihn ins Schloss.

- Du bist willkommen.

Das Tor schließt sich hinter ihnen.

Die Straße führt zwischen alten Steinmauern hindurch, schlägt einen Bogen ums Schloss. Huch hebt den Kopf.

Der Himmel leuchtet azurblau.

Eine Frau springt und tänzelt auf der Straße.

- Hallo, ich bin Lina Munro.

Sie trägt lackrote Schuhe.

- Möchtest du ein Künstler sein?

Ein Mann wandert auf sie zu.

- Hallo, ich bin Heinrich Karr.

Er trägt eine Kapuzenjacke.

- Ich hoffe, dass mein Traum eines Tages wahr wird.

Lina empfängt ihn mit freundlichem Blick.

- Wovon träumst du?

Karr schlägt die Augen nieder.

- Ich wäre gern Künstler.

Sie zeigt auf ihre Füße.

- Gefallen dir meine Schuhe?

Er neigt den Kopf.

- Ja. Ist Rot deine Lieblingsfarbe?

Lina bewegt sich tänzerisch.

- Ganz genau.

Sie zieht die Schuhe aus.

- Verzierst du sie mit Glitzerstaub?

Karr steht wie ein Reiher auf einem Bein.

- Entschuldigung, so etwas habe ich nicht dabei.

Eine Frau schlendert gelassen daher.

- Hallo, ich bin Mia Cabell.

Sie trägt ein Minikleid und bringt eine Dose Glitzerstaub.

- Sagt mir, wenn etwas fehlt.

Lina rennt im Kreis herum.

- Keine Worte können ausdrücken, wie großartig du bist!
Karr lächelt freundlich und breit.
- Wir suchen nämlich Glitzerstaub.
Mia steht leicht gebückt.
- Ist es wahr? Damit kann ich dienen.
Lina ist hingerissen.
- Würdest du uns die Dose überlassen?
Mia macht eine träge Handbewegung.
- Ja. Ich gebe sie gern her.
Er klappt die Kapuze nach hinten.
- Warum tust du das?
Mia streicht sich die Haare aus dem Gesicht.
- Ich möchte euch beeindrucken.
Lina leckt sich über die Lippen.
- Verzierst du meine Schuhe oder schaust du lieber zu?
Mia gibt Karr die Dose.
- Ich kann tagelang zusehen. Das gefällt mir.
Karr reicht sie Huch weiter.
- Fang bitte an!
Er läuft zum Schloss.
- Ich muss zuerst die Hände waschen.
Mia hüpft in Trippelschritten um Huch herum.
- Hast du Vertrauen in dich selbst?
Er fängt ihren Blick ein.
- Wieso? Ist es schwierig, Glitzerstaub zu streuen?
Lina lässt ein Lächeln aufblitzen.
- Nein, es ist einfach.
Ein Mann kommt forschen Schrittes auf sie zu.
- Hallo, ich bin Christiano Flick.
Er trägt ein Hemd.

- Ich bin gern beschäftigt. Kann ich etwas machen?

Huch spielt mit der Dose.

- Ich denke darüber nach, wie ich die Schuhe verziere.

Mia blickt Flick direkt ins Gesicht.

- Beginnst du?

Er schickt ein Zucken durch die Augen.

- Ja sicher! Ich habe bloß noch eine Frage.

Sie hüpft auf der Stelle.

- An mich?

Flick lässt den Kopf leicht nach vorne kippen.

- Ja, an dich! Bist du verheiratet?

Mia hält kurz die Luft an.

- Nein, ich bin ledig.

Er spürt, wie seine Bauchdecke vibriert.

- Willst du meine Frau werden?

Sie tanzt um ihn herum.

- Gerade jetzt oder später?

Flick reibt sich die Hände.

- In diesem Moment! Ich mag nicht warten.

Mia legt die Hand aufs Herz.

- Gut, dann gehen wir ins Schloss.

Lina befeuchtet mit der Zunge die Unterlippe.

- Darf ich dabei sein?

Mia schlägt die Augen nieder.

- Ja sicher!

Flick schenkt Lina einen Blick.

- Was wird aus deinen Schuhen?

Sie drückt ihr Kreuz durch.

- Ich habe heiße Füße und komme barfuß.

Mia berührt mit der Hand Huchs Achsel.

18

- Wir sind jetzt ein Hochzeitsteam. Ohne dich geht gar nichts.

Er zieht die Brauen hoch.

- Das verstehe ich. Aber was mache ich mit dem Glitzerstaub?

Flick rennt ins Schloss.

- Was du willst!

Lina folgt ihm.

- Wir sind schon weg.

Mia blickt über die Schulter zurück.

- Beeil dich! Im Schloss treffen wir uns!

Huch studiert die Dose.

- Das ist Bio-Glitzerstaub.

Er lässt ihn auf Linas Schuhe rieseln, betrachtet das Flimmern im Gegenlicht.

Eine Frau schlendert daher.

- Hallo, ich bin Clara Eickhoff.

Sie trägt einen Florentinerhut.

- Du machst Kunst.

Huch fragt vorsichtig.

- Worüber reden wir gerade?

Clara kneift ihn in den Arm.

- Über dich und die Kunst.

Er schließt die Dose, schiebt sie in Linas Schuh.

- Wir sollten besser über dich reden. Was hast du vor?

Sie ergreift die Schuhe.

- Ich suche mit dir eine Galerie.

Er schüttelt leicht den Kopf.

- Bist du sicher?

Clara legt ihm eine Hand auf den Rücken.

- Kunst muss man ausstellen.

Sie gehen die Straße hinunter, gelangen in eine schmale Allee. Wolken von Blütenstaub hüllen sie ein. Als die Schleier sich lichten, stehen sie vor einem schief gebauten Haus mit einem riesigen Schaufenster.

Ein Mann kommt heraus.

- Hallo, ich bin Joe Kabuki.

Er trägt ein capriblaues Polohemd.

- Was möchtet ihr ausstellen?

Clara schwingt grüßend den Hut.

- Diese Schuhe.

Kabuki lächelt ergeben.

- Ich liebe die Art, wie ihr sie mit Glitzerstaub verziert habt.

Er führt sie in den hellen Ausstellungsraum. Die schiefen Wände und der schräg abfallende Boden sind gletscherweiß gestrichen. In der Mitte steht eine birkenweiße Holzbox.

- Eure Meinung interessiert mich. Ich habe die Absicht, sie daraufzustellen.

Clara sieht sich um.

- Du hast keine andere Wahl.

Kabukis Augen wandern durch den Raum.

- Oh doch! Sie würden auch auf dem Boden Aufsehen erregen, zum Beispiel in einer Ecke.

Sie prüft den Raum mit kritischem Blick.

- Ich sehe sie gern auf der Box.

Er stellt die Schuhe darauf.

- So kommen sie zur Geltung.

Clara streicht sich das Kinn.

- Ist der rechte Schuh hübscher als der linke?

20

Kabuki verdeckt den Mund.

- Ich überlasse euch die Bewertung.

Sie schiebt die Unterlippe vor.

- Ich würde sagen: der linke.

Er blickt mit schwerem Augenaufschlag zu Huch.

- Und du?

Huch hebt die Arme.

- Ich finde jeden Schuh einzigartig.

Kabuki wendet sich nach Clara um.

- Seid ihr verheiratet?

Sie schubst Huch sanft an.

- Noch nicht! Aber ich hoffe, dass wir uns bald näherkommen.

Eine Frau trippelt auf Zehenspitzen in die Galerie.

- Hallo, ich bin Amelie Peppino.

Sie trägt ein himbeerrotes Kostüm.

- Möchte jemand heiraten?

Clara legt die Hände vor dem Herzen zusammen.

- Ich glaube, ich bin bereit.

Kabuki sieht vergnügt aus.

- Wenn ihr wollt, könnt ihr die Hochzeit in der Galerie feiern.

Amelie weist zur Tür.

- Ich habe den passenden Bräutigam.

Zweites Kapitel

Ein Ton

Ein Mann tritt ein.

- Hallo, ich bin Adriano Flop.

Er trägt einen Frack.

- Ich hoffe, dass du mich heiratest.

Clara schaut ihm direkt in die Augen.

- Spielst du Golf?

Flop nickt lächelnd.

- Ja! Mein Herz schlägt für diesen Sport.

Kabuki winkt ihn mit dem Zeigefinger herbei.

- Kannst du dir vorstellen, wie das Leben ohne Golf wäre?

Flops Ohren leuchten im Gegenlicht.

- Durchaus! Aber ich würde die milchweißen Bälle vermissen.

Amelie hopst durch die Galerie.

- Spielst du gut?

Flop folgt ihr mit den Augen.

- Ab und zu gelingt mir ein Schlag.

Clara hakt sich bei ihm ein.

- Du bist bescheiden.

Er schiebt die Fersen zusammen.

- Wir könnten uns im Schloss das Ja geben.

Kabuki geht mit großen Schritten zur Tür.

- Ich kenne keinen schöneren Ort.

Amelie reckt das Kinn energisch.

- Ich bin dabei.

Flop räkelt sich glücklich.

- Ihr seid alle eingeladen.

Sie verlassen die Galerie, machen sich auf den Weg.

Huch erblickt eine Graslilie am Straßenrand.

Clara legt Daumen und Zeigefinger ans Kinn.

- Ist etwas?

Er bleibt stehen.

- Ich schaue die Blume an.

Kabuki dreht die Knie einwärts.

- Dauert das lang?

Huch hebt die Mundwinkel kaum an.

- Das könnte sein.

Amelie stupst ihn sanft an.

- Lass dir Zeit! Du weißt, wo du uns findest.

Flop beugt den Nacken.

- Das ist eine Graslilie. Für den Hochzeitsstrauß ist sie zu klein.

Clara klappert ihre Taschen ab.

- Hat jemand ein Taschentuch dabei?

Kabuki fasst sich an den Kopf.

- Hast du den Schnupfen?

Sie zeigt den Anflug eines Lächelns.

- Nein! Ich bin gerührt.

Amelie bekommt glänzende Augen.

- Ich verstehe. Du möchtest die Tränen abtupfen.

Flop setzt eine heitere Miene auf.

- Das ist kein Problem! Ich habe ein Golftaschentuch dabei.

Die Gruppe verschwindet in der schmalen Allee.

Eine Frau läuft pfeifend durch die Blumenwiese.

- Hallo, ich bin Ella Yuko.

Sie trägt ein knisterndes Papierkleid.

- Hast du mich kommen hören?

Er schlägt die Augen auf.

- Ja! Du pfeifst gut.

Ella streift über ihr Kleid.

- Danke! Und sonst? Hast du kein besonderes Geräusch wahrgenommen?

Ein Mann eilt wieselflink herbei.

- Hallo, ich bin Enrico Goll.

Er trägt Jeans.

- Weit herum im ganzen Land zittert ein Knistern durch die Luft.

Ein Lächeln huscht über ihr Gesicht.

- Du schmeichelst nur. Leider übertönt jede Grille mein Papierkleid. Suchst du einen Stoff für mich, der lauter knistert?

Eine Frau hüpft durch die Luft.

- Hallo, ich bin Charlotte Grandi.

Sie trägt eine mit Blumen bedruckte Jacke und bringt eine Rolle Knisterfolie.

- Diese Folie knistert wunderschön.

Ella sagt binnen eines Wimpernschlags zu.

- Ich nehme sie.

Goll streift mit den Fingern über die Rolle.

- Sie raschelt und zischelt, dass man fast einen Gehörschutz braucht.

Charlotte schaut Ella an.

- Darf ich dir ein Kleid schneidern?

Sie streckt die Hände aus.

- Ja gern! Dauert es lange?

Charlotte hält die Folienrolle wie ein Baby im Arm.

- Nein. Ich nähe pfeilschnell.

Sie weist auf ein flamingorotes Holzhaus.

- Kommt in mein Atelier! Ich kleide euch von Kopf bis Fuß neu ein.

Ella folgt ihr.

- Ein Traum wird wahr!

Goll ruft mit rudernden Armen und einer sich hochschraubenden Stimme.

- Ich liebe das Knistern!

Charlotte hält inne.

- Dann bist du bei mir richtig.

Sie dreht sich nach Huch um.

- Und du? Möchtest du auch zum Kleiderteam gehören?

Er schlendert durch die Wiese.

- Das klingt einladend.

Ella ruft ihm nach.

- Du bist von jetzt an dabei!

Goll drückt den Rücken durch.

- Das ist eine Verbindung, die nie abreißt.

Charlotte streicht ihm über die Stirn.

- Du hast recht.

Ella stützt die Hände in die Hüfte.

- Ein Kleiderteam ist wie eine Familie.

Goll lenkt seinen Blick auf Huch.

- Du kannst mit Stolz sagen, dass du bei der Gründung dabei warst.

Charlotte tritt ins flamingorote Holzhaus.

- 4 Mitglieder bilden eine gerade Zahl.

Die andern folgen ihr.

Huch dehnt und reckt sich, spaziert durch eine Welt, die nur aus Gras zu bestehen scheint. Zikaden sirren.

Am Waldrand steht ein Wolf.

- Hallo, ich bin der Wolf.

Huch drückt den Rücken ins Hohlkreuz.

- Bist du der einzige?

Der Wolf neigt den Kopf leicht zur Seite.

- Der Wald ist voller Wölfe.

Huch legt ein Lächeln auf seine Lippen.

- Kann ich trotzdem den Waldweg benutzen?

Der Wolf fletscht seine Zähne.

- Ja sicher! Wir sind scheu. Du hörst und siehst uns kaum.

Huch wiegt den Oberkörper hin und her.

- Ist gut! Dann sehe ich eben die Blumen an.

Der Wolf spricht, als wäre jedes Wort ein scharfkantiger Würfel.

- Es hat auch Vögel, die wunderbar singen.

Huch fragt mit ausgesuchter Freundlichkeit.

- Kommst du mit mir?

Der Wolf schnurrt.

- Hey, hey, hey, ich bin wild.

Huch schlägt einen Bogen um ihn herum, spaziert in den Wald hinein. Durchs Blätterdach der dicht beieinanderstehenden Bäume dringen nur wenige Sonnenstrahlen und werfen hellgrüne Leuchtpunkte auf den Waldboden. Eine Frau schlendert ihm entgegen.

- Hallo, ich bin das Weißkäppchen.

Sie trägt ein Käppchen aus schneeweißem Samt.

- Spielst du Fußball?

Ein Mann stürmt herbei.

- Hallo, ich bin Giulio Lombardo.

Er trägt eine Surfermütze und bringt einen Ball.

- Er sieht gewöhnlich aus, findet aber Wasser wie eine Wünschelrute.

Ihre Augen blitzen.

- Dann gib mir bitte den Ball!

Lombardo bückt sich, kniet nieder.

- Ich lege ihn dir vor die Füße.

Weißkäppchen schiebt ihr Kinn nach vorn.

- Fußball ist mein Lieblingssport.

Er setzt den Ball auf den Waldweg.

- Wohin kickst du?

Sie nimmt Anlauf.

- Zu einer Quelle! Ich trinke gern frisches Wasser.

Lombardo zieht den Hals ein.

- Ich habe einen Wolfsdurst.

Weißkäppchen schießt den Ball hoch über die Wipfel hinaus.

- War das gut?

Er rennt los.

- Unübertreffbar! Wir dürfen ihn nicht aus den Augen verlieren.

Sie lenkt ihren Blick zu Huch.

- Du siehst auch durstig aus.

Er fühlt ihre Hand auf seinem Arm.

- Manchmal liegt es am Licht.

Weißkäppchen zuckt mit den Augenbrauen.

- Wie meinst du das?

Er deutet auf die Sonnenstrahlen.

- Wenn der Schein schräg von oben einfällt, wird das Gesicht zur Leinwand. Dann siehst du alles Mögliche.

Sie spurtet in die Tiefe des Walds.

- Denk nicht zu viel! Sei ein guter Spieler! Lauf mit uns!

Huchs Füße kommen ins Wippen.

- Vielleicht kann ich von dir eine spezielle Lauftechnik lernen.

Er geht ihr nach, bis der Lichtpunkt ihres weißen Käppchens zwischen den Stämmen verschwindet. Dann hält er inne, blickt sich um. Dicke Äste wachsen aus einem Stamm.

Eine Frau klettert vom Baum.

- Hallo, ich bin Lia Bloomfield.

Sie trägt ein pinkfarbenes Tutu.

- Der Wald ist so still, dass man die Blätter flüstern hört.

Huch hebt das Kinn.

- Die Bäume sind gesprächig.

Lia weist auf einen schmalen Pfad.

- Der Weg ist etwas eng. Gehst du voran? Oder soll ich?

Ein Mann beschleunigt seinen Gang durchs Unterholz.

- Hallo, ich bin Marinus Brink.

Er trägt ein zerknittertes Sakko.

- Ich bin ein geselliger Mensch und führe gern kleine Gruppen.

Ein Lächeln huscht über ihr Gesicht.

- Ist das deine Lieblingsbeschäftigung?

Brink drückt beide Knie durch.

- Ich wüsste nicht, was ich lieber täte.

Lia legt die Hand über die Schläfe.

- Dann möchtest du uns also führen?

Er spreizt die Finger seiner linken Hand weit auseinander.

- Ja, ihr seid ein sympathisches Paar.

Lia beugt den Oberkörper zu Huch.

- Ich bin beeindruckt. Marinus hält uns für ein Paar.

Huch setzt den Hut aufs Ohr.

- Vielleicht erwecken wir den Eindruck.

Brink geht voran.

- Nein, nein! Ich habe es im Gefühl.

Es knistert und knackst unter den Sohlen. Der enge Pfad verliert sich auf einer Lichtung. Riesige Betten stehen im Glanz der Sonne.

Ein Ruck geht durch Lias Finger.

- Was haltet ihr von den Kissen?

Brink springt auf ein Bett.

- Sie laden zu einer Kissenschlacht ein.

Lia schubst Huch an.

- Auf welcher Seite bist du?

Eine Frau tanzt mit ausgebreiteten Armen auf die Lichtung.

- Hallo, ich bin Sara Leonard.

Sie trägt einen Wickelrock.

- Ich werfe gut und unterstütze dich.

Brink richtet den Blick auf Huch.

- Dann bist du in meiner Mannschaft.

Huch schließt die Augen.

- Vielleicht ist jemand schneller bereit als ich.

Ein Mann flitzt auf die Lichtung.

- Hallo, ich bin Rico Heisterbach.

Er trägt eine Schirmmütze.

- Ich bin gern dabei.

Lia pustet vorsichtig den Staub von einem Kissen.

- So viel Bereitschaft braucht es gar nicht. Wir machen nur eine kleine Kissenschlacht.

Heisterbach zieht die Brauen nach oben.

- Ja, aber ich beteilige mich mit großer Leidenschaft.

Brink hüpft auf dem Bett rum.

- Dann bist du mein Mann!

Sara stichelt.

- Was? Wollt ihr heiraten?

Heisterbach greift nach einem Kissen.

- Du kriegst gleich das erste Hochzeitsgeschenk!

Die Kissenschlacht beginnt. Kissen und Federn fliegen. Die Lichtung widerhallt von wildem Geschrei. Aufgeschreckt flattert ein Eichelhäher davon. Huch sieht nach, wo er hinfliegt, verläuft sich im Wald.

Eine Frau steigt über Moose und Föhrennadeln.

- Hallo, ich bin Paula Rubin.

Sie ist ganz in Pantherschwarz gekleidet. Die Schnürsenkel ihres linken Schuhs hängen lose herab.

- Was meinst du? Gibt es Leben auf dem Mars?

Geräuschlos schwebt eine fliegende Untertasse durch die Wipfel, landet auf dem Waldboden.

Ein Marsmensch steigt aus.

- Hallo, ich bin Toprak Ugo.

Er trägt einen neongrünen Zylinder und hat eine Tasche umgehängt.

- Wollt ihr Fotos von mir knipsen?

Paula stemmt die Hände in die Hüften.

- Zuerst binde ich den Schuh.

Ugo kniet nieder.

- Lass mich das machen! Es wäre mir eine große Freude.

Sie stellt den Fuß vor.

- Danke! Du bist mein Freund.

Er bindet die Schnürsenkel.

- Von jetzt an will ich nur noch eins: Dich lieben.

Paula fragt mit geschürzten Lippen.

- Warum gerade mich?

Ugo zieht einen Metallspiegel aus der Tasche.

- Schau dich an!

Sie guckt hinein.

- Das ist komisch. Ich sehe darin schöner aus, als ich bin.

Was ist das für ein Spiegel?

Er balanciert tänzerisch auf einem Bein.

- Er ist der einzige auf der Welt, der deine Schönheit widerspiegelt.

Paula legt die Arme um den eigenen Körper.

- Ein Mensch auf der Erde hat 10 Finger. Wie viele hast du?

Ugo versorgt den Spiegel in der Tasche.

- Auch 10.

Sie öffnet leicht den Mund.

- Bist du stolz auf deine Finger?

Er wölbt seinen Körper straff und aufrecht nach vorn.

- Ja, sie konnten eine irdische Schlaufe binden.

Paula lässt den Blick über die Baumkronen schweifen.

- Essen wir etwas?

Ugo kaut auf seiner Oberlippe.

- Niemand existiert ohne Essen.

Sie fährt sich mit der Zunge über den Mundwinkel.

- Hättest du gern etwas aus einer Konservendose?

Er lässt seinen Zylinder vor Übermut durch die Luft segeln.

- Dosen verbeule ich gern.

Huch guckt interessiert und freundlich.

- Volle oder leere Dosen?

Ugo macht den Handstand und tapst auf den Händen hin und her.

- Nur leere! Die vollen muss man zuerst öffnen, ausessen und waschen.

Eine Frau läuft über einen schmalen Pfad durch den Wald.

- Hallo, ich bin Marlene Ostermann.

Sie trägt ein Paillettenkleid und bringt eine Konservendose.

- Verbeulst du sie?

Er springt auf die Füße.

- Ja! Die Dose ist gut. Ich nehme sie.

Paula beugt den Kopf zu ihm.

- Macht es Spaß?

Ugo drückt eine Delle ein.

- Es ist schön, Blech zu formen.

Marlene fegt und tänzelt über den Waldboden.

- Du bist ein toller Künstler.

Paula legt die rechte Hand auf die Wange.

- Wir müssen ein Kunsthaus suchen.

Ugo deutet mit dem Zeigefinger auf die Dose.

- Habt ihr einen Titel für das Kunstwerk?

Marlene hüpft auf und ab.

- Ja, es heißt „Eindruck".

Paula schlägt einen ansteigenden Serpentinenweg ein.

- Wir erklimmen den Waldberg.

Ugo wedelt mit den Augen.

- Vielleicht hat es ganz oben ein Kunsthaus.

Marlene fährt Huch über den Arm.

- Wir sind froh, wenn du mitkommst.

Er guckt in die Wipfel.

- Ich spaziere gern zu Aussichtspunkten.

Der Serpentinenweg geht im Zickzack hinauf. Der Wald lichtet sich auf dem Bergrücken, wo das Kunsthaus steht. Wilde Reben wachsen die Mauern hoch.

Ein Mann tritt ihnen freundlich entgegen.

- Hallo, ich bin Alois Flock.

Er trägt eine große Sonnenbrille.

- Was bringt ihr?

Paula deutet auf die Konservendose.

- Kunst.

Ugo hält sie hoch.

- Bist du interessiert?

Flock schnuppert daran.

- Dieses Teil ist von unbeschreiblicher Schönheit.

Marlene schnipst mit dem Finger.

- Deine Bewertung ist wichtig.

Paula zieht beide Augenbrauen nach oben.

- Die Dose sollte unbedingt im Kunsthaus ausgestellt werden.

Flock fährt sich mit der Hand durch die Haare.

- Das hört sich nach einer guten Idee an.

Ugo dreht die Fußspitzen leicht nach außen.

- Ich möchte, dass sie gut sichtbar ist.

Marlene geht zum Eingang.

- Wenn jemand dein Kunsthaus betritt, sollte er sofort darüber stolpern.

Ein Gedanke durchzuckt Flock.

- Gut, dann legen wir sie auf die Schwelle!

Paula blickt Ugo an.

- Wie siehst du das?

Er platziert die Dose.

- Das ist der beste Platz.

Marlene schenkt ihm ein aufmunterndes Lächeln.

- Und einzigartig!

Flock klatscht begeistert.

- Es lohnt sich, mit dem Künstler zu sprechen.

Paula winkelt den Arm an.

- Ich hoffe, dass es bald etwas zu essen gibt.

Er macht eine einladende Handbewegung.

- Hereinspaziert! Was darf ich euch anbieten?

Ugo hüpft über die Schwelle.

- Ich hätte gern einen Kuchen nach altem Rezept.

Flock nimmt ihn am Arm und führt ihn ins Kunsthaus.

- Dann seid ihr bei mir genau richtig. Es gibt Apfelkuchen.

Marlene berührt flüchtig, wie zufällig, Huchs Hand.

- Wir sind eingeladen. Du kriegst das erste Stück.

Huch legt den Arm an den Körper.

- Zuerst sehe ich mich nach dem Aussichtspunkt um.

Paula geht ins Kunsthaus.

- Versuchst du nicht wenigstens ein bisschen?

Ugo ruft heraus.

- Aussicht auf Kuchen ist die schönste Aussicht.

Marlene dreht sich auf der Schwelle um.

- Wir reservieren dir ein Stück.

Huch wendet sich ab.

- Das ist nicht nötig.

Er atmet die Waldluft ein. Schon nach den ersten Metern

hört er das Flüstern der Föhren.

Eine Frau läuft durch den Wald.

- Hallo, ich bin Alina Cassidy.

Sie trägt einen Tüllrock und bringt ein Heft mit Notenlinien.

- Notierst du die Flüstertöne?

Ein Mann kommt mit weit ausladenden Schritten.

- Hallo, ich bin Sammy Tanner.

Er trägt eine Weste und bringt einen Stift.

- Darf ich die Noten schreiben?

Alina gibt ihm das Notenheft.

- Das kannst du machen.

Tanner setzt sich auf einen bemoosten Stein, zeichnet Notenköpfe und -hälse in die Linien.

- Ich mag die Musik der Föhren.

Sie verlagert ihr Gewicht von einem Fuß auf den andern.

- Ich bin verrückt nach Komponisten.

Er winkt höflich ab.

- Also, ich schreibe einfach die Töne auf.

Ein breites Lächeln huscht über ihr Gesicht.

- Ich genieße es, dir zuzugucken.

Tanner zieht die Oberlippe ein.

- Hoffentlich gefallen dir meine Noten.

Alina schaut ihm über die Schulter.

- Das ist das Seltsamste, was ich je gesehen habe.

Er blinzelt verschmitzt.

- Es sind Sechzehntelnoten. Sie bewegen sich, halten keinen Moment still.

Plötzlich knäueln sie sich, schwirren und schwärmen wie Bienen aus dem Blatt.

In einer leichten Drehung des Oberkörpers wendet sich Alina Huch zu.

- Hilfst du uns?

Er zieht eine Schulter hoch.

- Wir folgen dem Schwarm. Vielleicht lässt er sich irgendwo nieder.

Sie läuft den Noten nach.

- Hoffen wir es! Nehmt die Beine unter den Arm!

Tanner rennt hinterher.

- Ich habe vergessen, Pausenzeichen zu schreiben.

Schritt für Schritt folgt ihnen Huch. Alina und Tanner geraten ins Unterholz, verschwinden im Gebüsch.

Huch zeigt sich überrascht.

- Sie sind wirklich schnell.

Eine Frau trippelt durch den Wald.

- Hallo, ich bin Mira Meligeni.

Sie trägt einen admiralblauen Rock.

- Kannst du einen Ton singen?

Huch singt.

- La.

Mira schmiegt sich mit verzückter Miene an ihn.

- Das war einmalig. Möchtest du etwas trinken?

Ein Mann schlendert heran.

- Hallo, ich bin Björn Knock.

Er trägt eine karierte Hose.

- Ich habe Durst.

Sie dreht sich einmal um die eigene Achse.

- Magst du Ananassaft?

Er schiebt die Hand über die Brust.

- Ich probiere ihn.

Drittes Kapitel

Der Drache

Eine Frau kommt mit resolutem Schritt.

- Hallo, ich bin Lisa Zana.

Sie trägt dünne Strumpfhosen, bringt ein Tablett mit einer Karaffe und 4 Gläsern.

- Ihr braucht nichts zu sagen. Ich weiß es bereits.

Mira tippt ihr auf die Schulter.

- Du bist rasch.

Knock schiebt die Unterlippe vor.

- Ich mag die Art, wie du auftrittst.

Lisa nimmt ein Glas vom Tablett.

- Wem darf ich einschenken?

Mira leckt sich die Oberlippe.

- Mir.

Knock schlägt erregt die Augen auf.

- Mir auch. Ich bin wirklich sehr durstig.

Lisas Blick schweift zu Huch.

- Und was möchtest du trinken?

Er lehnt an einen Stamm.

- Ich sehe mir den Wald an, während ihr trinkt.

Ein Mann trippelt in Schleifschritten heran.

- Hallo, ich bin Louis Clark.

Er trägt eine Fliege und bringt ein Notenblatt.

- Ist das nicht fast ein bisschen schade?

Huch zieht die Schulter hoch.

- Was meinst du?

Clark streckt seinen Arm aus.

- Dir wird Saft angeboten, und du probierst nicht einmal.

Huch atmet tief ein.

- Denkst du, ich verpasse etwas?

Clark gibt ihm das Notenblatt.

- Möglicherweise schon. Aber vielleicht hast du ja Freude an der Musik.

Mira wirkt verblüfft.

- Kannst du Noten schreiben?

Clark gesellt sich zu ihr.

- Nein, nein, wo denkst du hin! Die Noten sind nicht von mir.

Knock stützt das Kinn auf die Hand.

- Vielleicht versuchst du es einmal. Dann wirst du ein Komponist.

Lisa reicht Clark ein Glas.

- Darf ich dich einladen?

Er rundet den Rücken.

- Ja, vielen Dank! Täusche ich mich, oder trinkt ihr feinen Ananassaft?

Mira stupst ihn an.

- Du hast eine gute Nase.

Knocks Stimme schimmert seidig.

- Wir sind daran, ein Ananasteam zu gründen.

Lisa schenkt ein.

- Als du kamst, dachte ich sogleich, du gehörst dazu.

Clark lacht mit weit entblößten Zähnen.

- Es ist ziemlich leicht für mich, ja zu sagen, weil Ananassaft mein Lieblingsgetränk ist.

Eine Frau kommt auf Huch zu und spricht ihn an.

- Hallo, ich bin Luna Taro.

Sie trägt im Haar Federgirlanden.

- Du hast die gleichen Interessen wie ich.

Er spielt mit dem Blatt.

- Wofür interessierst du dich?

Luna deutet auf die Noten.

- Für die Brandenburgischen Konzerte von Johann Sebastian Bach.

Huch beugt den Oberkörper nach vorne.

- Ja was! Das Blatt ist aus den Brandenburgischen Konzerten. Möchtest du es haben?

Sie nimmt seine Hand und zieht ihn von der Gruppe weg.

- Nein, ich möchte dich auf unserer Bühne haben.

Er öffnet leicht den Mund.

- Ist sie in der Nähe?

Luna begibt sich tiefer in den Wald.

- Ja. Es ist die beste Waldbühne, die du je gesehen hast.

Er erhebt die Hände bis zur Schulter.

- Sicher findest du viele Menschen, die mehr als ich gesehen haben.

Ein Lächeln erhellt ihr Gesicht.

- Das ist nicht wichtig. Du bist mein Partner. Und das zählt.

Die Freiluftbühne steht auf einer Lichtung. Sie ist komplett mit Noten austapeziert, die Wände, die Decke und der Boden. Eine kleine Metalltreppe führt auf die Rampe.

Luna trippelt die Stufen hoch.

- Hier siehst du alle Brandenburgischen Konzerte im Klaviersatz.

Huch folgt ihr.

- Wieso im Klaviersatz?

Sie öffnet den Deckel eines Steinwayflügels.

- Damit du sie spielen kannst.

Er drückt die Arme an den Körper.

- Es hat keine Klavierbank.

Luna klatscht in die Hände.

- Das ist wunderbar! Ich dachte es mir. Du verstehst etwas von der Sache.

Ein Mann tritt aus der Hinterbühne hervor.

- Hallo, ich bin Oskar Puck.

Er trägt ein Barett und bringt eine Klavierbank.

- Bitte setz dich! Ich möchte sicher sein, dass die Höhe stimmt.

Luna nimmt Huch das Notenblatt ab

- Wir hoffen, dass dir die Bank gefällt.

Huch schiebt die Beine eng zusammen.

- Danke vielmals! Spielt ihr nicht selber?

Puck zieht die Schultern bis fast zu den Ohren hoch.

- Wir wollen dein Spiel hören.

Sie faltet aus dem Blatt einen Papierflieger.

- Jeder interpretiert die Brandenburgischen Konzerte anders.

Puck grinst breit.

- Die Tasten warten auf dich.

Huch setzt sich, lässt den Blick über die Notenblätter wandern, spielt ein paar Töne.

- Wieso auf mich?

Luna wirft den Flieger in die Luft.

- Das war wunderbar!

Puck stampft vor Freude mit den Füßen.

- Mir hat es über die Maßen gefallen.

Huch spannt die Lippen an.

- Entschuldigung, ich habe noch gar nicht angefangen.

Sie stellt sich auf die Zehenspitzen.

- Ich spreche für alle, die dein Konzert gehört haben.

Puck faltet die Hände hinter dem Kopf.

- Also für uns.

Luna tänzelt wie eine Feder um den Flügel.

- Wir sind begeistert und werden es nie vergessen.

Er reibt die Nase.

- Ich habe eine Frage. Warum sind nicht alle Tasten weiß?

Huch steht auf.

- Du kannst die Töne besser erkennen, wenn es Muster gibt.

Puck legt alle Zuneigung in seine Stimme.

- Das leuchtet mir ein. Dann habe ich noch eine Zusatzfrage.

Ihr Oberkörper wippt vor und zurück.

- Worum geht es?

Er legt die Hand aufs Herz.

- Seid ihr ineinander verliebt?

Luna senkt den Blick.

- Ja sicher! Warum würden wir sonst gemeinsam auf der Bühne stehen?

Puck dackelt in tänzerischen Zickzack-Bewegungen über die Rampe.

- Ihr seid ein Traumpaar. Ich schmeichle nicht.

Eine Frau steigt die kleine Metalltreppe hoch.

- Hallo, ich bin Teresa Bandura.

Sie trägt ein Jeanskleid, bringt den Papierflieger und eine

Feder aus Gold.

- Schaut her, was ich gefunden habe.

Luna deutet mit dem Finger auf Huch.

- Der Papierflieger gehört ihm.

Puck macht eine schnelle Handbewegung.

- Er spielt die Brandenburgischen Konzerte.

Teresa schenkt Huch die Feder.

- Dann bist du mein Freund.

Ein Mann springt auf die Bühne.

- Hallo, ich bin Anton Macke.

Er trägt eine Schuluniform.

- Heute ist mein Glückstag.

Luna bekommt Herzklopfen.

- Hast du einen Song erfunden?

Macke wirft feurige Blicke.

- Nein, das ist die Feder, nach der ich Tag und Nacht gesucht habe.

Huch nickt freundlich.

- Du kannst sie gerne haben.

Puck spricht hastig.

- Ich finde, du solltest sie nicht aus der Hand geben.

Teresas Augen werden feucht.

- Ganz genau, ich habe sie dir geschenkt.

Macke berührt Huchs Arm.

- Hm, könntest du wenigstens mit mir kommen? Ich möchte dir etwas zeigen.

Luna lächelt von Ohr zu Ohr.

- Dagegen ist nichts einzuwenden.

Puck rückt die Klavierbank.

- Wir bereiten in der Zwischenzeit dein zweites Konzert

vor.

Huch senkt den Blick.

- Aber ich habe noch gar kein Konzert gegeben.

Teresa legt den Arm lässig über seine Schulter.

- Das spielt keine Rolle.

Macke nimmt seine Uniformmütze ab.

- Du hast jetzt eine Mission.

Huch hebt den Kopf.

- Moment! Ich habe nur eine Feder und bin gern bereit, sie weiter zu schenken.

Luna wirkt streng und verneint entschieden.

- So geht das aber nicht.

Puck öffnet staunend den Mund.

- Du hast sie eben erst bekommen.

Teresa setzt sich auf die Klavierbank.

- Ich drücke dir den Daumen.

Macke eilt mit federnden Schritten die kleine Metalltreppe hinunter.

- Was willst du mehr! Du wirst unterstützt.

Luna schiebt Huch an den Rand der Rampe.

- Und wie! Wir denken an dich.

Puck geleitet ihn die Treppe hinunter.

- Du gehörst zu unserem Waldbühnenteam.

Teresa hält sich im Hintergrund.

- Andere träumen nur davon. Aber du hast die Feder wirklich.

Macke wandert durch den Wald.

- Du bist mutig und probierst etwas Neues aus.

Huch schlägt die Augenlider nieder.

- Wieso? Ich weiß gar nicht, was wir vorhaben.

Macke geht gebückt unter Zweigen durch, die wie Hände nach ihm greifen.

- Behalte die Feder im Auge.

Huch zieht die Unterlippe ein.

- Warum?

Macke rappelt sich hoch.

- Sie ist wertvoll. Wir dürfen sie nicht verlieren.

Eine Frau nähert sich mit ausgreifenden Eisläuferschritten.

- Hallo, ich bin Merle Perlach.

Sie trägt ein Prinzesskleid.

- Mir gefällt die goldene Feder.

Huch setzt ein strahlendes Lächeln auf.

- Du darfst sie haben.

Merle schlägt die Lider nieder.

- Bitte entschuldige, dass ich sie nicht annehme.

Macke grätscht die Beine.

- Du hast eine schöne Stimme. Kommst du mit?

Ein Lächeln fliegt über ihr Gesicht.

- Ja, ich begleite euch.

Der Weg führt an einer verwitterten Föhre vorbei. Ein Pilz wächst im Unterholz. Bei einem von Moos bewachsenem Felsbrocken schimmert ein goldenes Waschbecken. Es hat die Gestalt eines Schwans.

Macke deutet auf den linken Flügel.

- Da fehlt die Feder.

Merle spitzt ihren Zeigefinger und zeigt auf die Lücke.

- Steckst du sie hinein?

Huch steht in leichter Rücklage.

- Was passiert dann?

Ein Mann läuft herbei. Seine Schritte werden kürzer.

- Hallo, ich bin Jakob Kasch.

Er trägt einen kürbisorangen Anzug.

- Ihr seid mir alle ähnlich.

Macke hält sich die Hand vor den Mund.

- Wie kommst du darauf?

Kasch hüpft in vielen kleinen Sprüngen ums Waschbecken.

- Ihr freut euch, mich zu sehen. Und ich freue mich, euch zu sehen.

Merle schlägt die Augen auf und lächelt.

- So ist das in einem Team.

Er atmet tief ein.

- Heißt das, ihr nehmt mich auf?

Macke springt auf den Felsbrocken.

- Aber sicher! Ein Team, das nicht wächst, schrumpft.

Merle legt die rechte Hand aufs Herz.

- Wir sind daran, das Waschbecken zu renovieren.

Kasch verbeugt sich leicht.

- Darf ich helfen?

Huch reicht ihm die Feder.

- Das wäre sehr freundlich.

Kasch steckt sie in den linken Flügel.

- Sie passt!

Das Wasser gurgelt im Hals des goldenen Schwans, sprüht aus dem Schnabel, plätschert ins Becken.

Macke hüpft vom Felsbrocken, führt einen Freudentanz aus.

- Du hast deine Mission erfüllt.

Huch beobachtet ihn aufmerksam.

- Das muss ein Missverständnis sein. Ich hatte gar keine

Mission.

Merle tippt an seine Schulter.

- Ganz im Gegenteil! Du hast das Wasser zum Fließen gebracht.

Er widerspricht.

- Das war Jakob.

Kasch berührt seinen Arm.

- Es ging nur mit deiner Feder.

Eine Frau wuselt durch den Wald.

- Hallo, ich bin Magdalena Baku.

Sie trägt ein Dirndl und bringt eine kugelrunde Null aus rostigem Eisen.

- Tag und Nacht beschäftigt mich die Frage, wo ich meine Schürze waschen kann.

Macke hüpft auf der Stelle.

- Leg sie ins Becken, und du bist alle Sorgen los.

Magdalena kaut an den Lippen.

- In einem goldenen Becken! Das übertrifft meine kühnsten Erwartungen. Wem darf ich danken?

Merle lächelt stolz.

- Wir sind ein Team.

Sie weist mit dem Arm auf Huch.

- Aber ohne ihn würde kein Tropfen ins Becken klatschen.

Magdalena gibt ihm die kugelrunde Null.

- Du verdienst einen Preis. Das ist keine Frage.

Er sieht sich im Kreis um.

- Ich schätze euer Vertrauen in meine Fähigkeiten, aber ich bin nur ein Spaziergänger, der rumsteht und zuschaut.

Kasch schiebt Huchs Hände zusammen.

- Untertreibe nicht! Die Auszeichnung gehört dir.

Magdalena blickt ihm ins Gesicht.

- Ich will dich nicht drängen, aber ich bitte dich. Nimm sie an!

Macke riecht an seiner Uniformmütze.

- Sie braucht eine Wäsche.

Merle zieht das Prinzesskleid aus.

- Es muss dringend gewaschen werden.

Kasch legt seine Anzugsjacke ins goldene Waschbecken.

- Wir sind Freunde.

Magdalena wirft die Schürze dazu.

- Wir waschen alles gemeinsam.

Macke deutet mit dem Finger auf Huch.

- Möchtest du deinen Hut waschen?

Ein Mann tritt zum goldenen Schwan.

- Hallo, ich bin Julian Jaschke.

Er trägt einen Kittel.

- Entschuldigt, wenn ich mitten in eure Wäsche platze.

Merle schärft den Blick.

- Geht es um deinen Kittel?

Jaschke greift sich an die Stirn.

- Ja, er ist nicht mehr so sauber wie früher.

Kasch breitet mit leicht durchgebeugtem Knie die Arme aus.

- Dann schmeiß ihn ins Becken.

Jaschke streift den Kittel ab.

- Ich bin so glücklich, dass ihr mich in euer Team aufnehmt.

Magdalena stemmt den Ellbogen raus, reißt das Kinn hoch.

- Neue Mitglieder sind immer willkommen.

Eine Frau tigert mit federnden Schritten durch den Wald.

- Hallo, ich bin Elli Gala.

Sie trägt enge Jeans, sieht Huch an.

- Unterhalten wir uns über deine kugelrunde Null?

Er hält sie hoch.

- Ja. Ich finde es schön, dass du dich interessierst.

Elli schnuppert.

- Das Eisen riecht nach Rost.

Macke stellt sich neben Huch, hält die Hand vor den Mund und raunt.

- Nutze deine Chance!

Merle flüstert ihm ins Ohr.

- Du kannst ihr mit der Null imponieren.

Elli tänzelt.

- Was tuschelt ihr?

Macke wedelt müde mit der Uniformmütze.

- Nichts.

Kasch breitet die Arme aus.

- Er wollte sagen: Null.

Elli streunt mit katzenartigen Bewegungen um Huch.

- Ich brauche diese Null wirklich.

Huch bietet sie ihr an.

- Du kannst sie haben.

Elli wehrt entschieden ab.

- Nein, nein! Ich suche, genau gesagt, einen Mann, der mit der Null umgehen kann.

Magdalena gibt Huch einen Kuss.

- Das kannst du.

Jaschke faltet die Hände.

- Wir vertrauen dir.

Elli dringt in den Wald vor, dreht sich nach Huch um.

- Komm mit!

Er läuft über den weichen Moosboden.

- Was gibt es zu sehen?

Sie wartet auf ihn.

- Hörst du die Blätter wispern?

Huch lauscht hingerissen.

- Das ist eine eigene, magische Sprache.

Der Wald wirkt verwachsen, fast undurchdringlich. Sie müssen sich ducken und biegen, um durchs Dickicht zu kommen.

Plötzlich prallt Elli gegen eine hohe Spiegelwand.

- Da sind wir.

Huch schaut sich um.

- Ist das ein besonderer Ort?

Im gläsernen Schimmer erscheint ein Mund.

- Hallo, ich bin der Spiegel.

Er lächelt so auffordernd, als gelte es keine Zeit zu verlieren.

- Wollt ihr Gitarre spielen lernen?

Elli tätschelt Huch die Schulter.

- Willst du?

Ein Mann steigt leichtfüßig aus dem Gebüsch.

- Hallo, ich bin Philipp Doppler.

Er trägt ein Froschkostüm.

- Ich würde es wahnsinnig gern lernen.

Der Spiegel verzerrt den Mund.

- Hast du eine Gitarre?

Doppler senkt den Blick.

- Nein, leider nicht.

Der Spiegel schürzt die Lippen.

- Das ist kein Problem. Wir könnten tauschen. Du gibst mir irgendetwas und kriegst dafür die Gitarre.

Doppler hebt die Hände.

- Ich habe nichts.

Elli zeigt auf die kugelrunde Null.

- Wie wäre es damit?

Der Spiegel bekommt glasige Augen.

- Was für eine große Null!

Huch bietet sie ihm an.

- Wie soll das Tauschen gehen?

Der Spiegel schlingt die Zunge um die Null, schleudert sie in seinen Mund, verschluckt sie.

- Eisen ist gut.

Er plätschert wie ein Wasserfallvorhang herab, versickert im Waldboden. Eine Gitarre kommt zum Vorschein.

Elli klopft Doppler auf die Schulter.

- Nimm die Gitarre! Trau dich!

Er hebt sie auf.

- Soll ich spielen, und du singst dazu?

Sie räkelt sich mit halb geschlossenen Augen.

- Ist gut. Bist du in mich verliebt?

Doppler setzt sich auf einen bemoosten Stein.

- Ja.

Elli zieht die Augenbrauen hoch.

- Dann spiel!

Er zupft die Saiten.

- Die Gitarre klingt ungewöhnlich gut.

Ein Drache schießt durch die Wipfel, landet im Farn.

Eine Frau rutscht von seinem Rücken.

- Hallo, ich bin Marta Abadi.

Sie trägt ein rosa Mantelkleid.

- Er will nicht mehr fliegen.

Elli wippt mit den Fußspitzen.

- Willst du mitsingen?

Doppler spielt ein paar Töne.

- Wir könnten eine Band gründen.

Marta bewegt sich mit wiegenden Schultern.

- Ich bin dabei.

Elli dreht sich mit ausgestrecktem Arm langsam um die eigene Achse.

- Ich wünschte, du wärst meine Schwester.

Marta zuckt nur kurz mit den Augenlidern.

- Man muss nicht unbedingt verwandt sein. Wir können auch so zusammen Musik machen.

Doppler stützt den Kopf lässig in die Hand.

- Sehe ich gut aus?

Elli presst ihre Hand schmatzend gegen die Lippen.

- Ja. Du siehst wie ein Gitarrist aus.

Er legt den Finger an die Wange.

- Gut! Dann muss ich eigentlich nur noch Töne greifen und zupfen. Und es geht los.

Marta klopft Huch auf die Schulter.

- Glaubst du, unsere Musik wird schön?

Huch schließt die Augen.

- Auf jeden Fall! Ihr passt gut zusammen.

Elli beginnt ein Lied und singt.

- Bald prangt den Morgen zu verkünden.

Dopplers Finger gleiten über die Saiten.

- Was ist das?

Marta stimmt ein.

- Das ist ein Song von Mozart.

Ein Mann tritt heran.

- Hallo, ich bin Tim Burr.

Er trägt einen hellblauen Pullover.

- Ist das dein Drache?

Huch verschränkt die Arme auf dem Rücken.

- Nein. Er ist mit Marta gelandet.

Burrs Blick wandert über die Band.

- Wer ist Marta?

Huch antwortet mit einem Lächeln.

- Sie singt die zweite Stimme.

Burr presst die Lippen aufeinander.

- Singt sie schon lange?

Huch schließt halb die Augen.

- Sie hat eben erst begonnen.

Burr stößt ihm mit dem Ellbogen in die Rippen.

- Ich finde, wir müssen etwas für den Drachen unternehmen.

Viertes Kapitel

Ganz unten

Eine Frau nähert sich mit übermütigem Gang.

- Hallo, ich bin Amy Hammerstein.

Sie trägt einen ausladenden Reifrock und hat eine Handtasche.

- Singt ihr nicht in der Band mit?

Burr kneift die Augenbrauen zusammen.

- Nein, wir kümmern uns um den Drachen.

Amy kramt in ihrer Handtasche.

- Er braucht ein Ei.

Er kratzt sich am Kopf.

- Warum sind Eier bei Drachen so beliebt?

Sie klaubt ein Ei hervor.

- Ihr Leben beginnt in einer Schale. Dann schlüpfen sie aus und erinnern sich.

Burr neigt sich keck seitwärts.

- Du bist sowohl schlau als auch hübsch.

Amy spielt mit dem Ei.

- Danke. Hauptsächlich bin ich neugierig. So lerne ich eine Menge.

Die Band unterbricht den Song.

Marta hält sich die linke Hand an die Stirn.

- Macht ihr euch Sorgen um meinen Drachen?

Burr rudert zeitlupenhaft mit den Armen.

- Jetzt nicht mehr. Amy wird ihm ein Ei geben.

55

Amy lässt den Mund offen stehen.

- Moment! Ich habe nur gesagt, dass er ein Ei braucht.

Elli zeigt auf Huch und lacht.

- Dann könntest du ihm das Ei anbieten.

Huch hebt die Hände auf Schulterhöhe.

- Warum ich?

Doppler klopft mit den Fingerkuppen auf die Gitarre.

- Du bist unser Freund.

Martas Augen leuchten.

- Wir verlassen uns auf dich.

Burr springt wie ein Gummiball.

- Du hast ein Herz für Drachen.

Amy gibt Huch das Ei.

- Lass uns nicht im Stich.

Er weicht zurück, prallt gegen den Drachen.

- Entschuldigung, das war nicht meine Absicht.

Der Drache schleckt das Ei von seiner Hand, schlingt es hinunter, richtet sich auf.

Elli klimpert mit den Wimpern.

- Das hat ihm gutgetan.

Doppler legt Huch die Hand auf die Schulter.

- Du hast ihn gerettet.

Marta schaut ihn mit unbefangener Direktheit an.

- Du verstehst ihn.

Burr klatscht aus Leibeskräften.

- Das macht dich besonders.

Amy umarmt Huch innig.

- Ich bin in dich verliebt.

Huch rückt die Jacke zurecht.

- Der Drache scheint freundlich zu sein.

Elli dreht sich um die eigene Achse.

- Fühlst du dich in seiner Nähe sicher?

Er wirft den Mundwinkel auf.

- Ja. Ich habe mich noch nie so sicher gefühlt.

Doppler schlägt brummende Gitarrentöne an.

- Hast du keine Angst?

Huch lehnt lässig gegen den Drachen.

- Nein. Wieso sollte ich?

Marta tanzt zu den Tönen.

- Dazu besteht kein Grund.

Burr hopst vor Freude durch den Wald.

- Er mag dich.

Amy streicht sich mit der Hand nachdenklich über das Kinn.

- Pass auf! Er hat es auf dich abgesehen.

Der Drache hievt Huch mit dem Flügel auf seinen Rücken, flattert und fliegt mit ihm über die Wipfel hinaus.

Elli stellt die Brust vor und macht einen Hohlrücken.

- Wahrscheinlich macht er nur einen kleinen Rundflug.

Doppler singt zur Gitarre.

- Du bist unser Glück. Bitte komm zurück.

Marta winkt mit den Armen.

- Du musst den Drachen nur lenken.

Wie schwerelos zieht der Drache hoch über dem Wald Kreise, bevor er in der mächtigen Krone eines Baumriesen landet.

Huch klettert vom Rücken.

- Danke! Der Flug war entspannend.

Der Drache legt den Kopf unter den Flügel und schläft ein.

Eine Frau tritt unter den Baum.

- Hallo, ich bin Jule Candela.

Sie trägt ein knielanges Tutu und eine Umhängetasche, bringt eine Aluminiumleiter.

- Ist es möglich, dass du mit dem Drachen auf dem Baum gelandet bist?

Huch neigt und beugt sich.

- Ja! Ich frage mich, wie ich wieder auf den Boden komme.

Jule stellt die Leiter ab.

- Darf ich dir einen Tipp geben?

Er atmet durch.

- Ja gern.

Sie lehnt die Leiter gegen den Stamm.

- An deiner Stelle würde ich sie benützen.

Huch steigt hinunter.

- Das ist ein guter Vorschlag.

Jule schlägt die Augen auf.

- Endlich habe ich jemanden gefunden, der sie schätzt. Du machst mich glücklich.

Sein Zeigefinger weist in die Luft.

- Eine Leiter bietet Vorteile.

Sie zieht eine Schachtel aus der Tasche.

- Ich habe Pralinen gemacht.

Ein Mann flaniert durch den Wald.

- Hallo, ich bin Vincent Karakaya.

Er trägt ein Jeanshemd.

- Erfüllst du mir eine Bitte?

Jule streckt den Kopf vor.

- Worum geht es?

Karakaya bestreicht mit dem Finger den Mund.

- Ich hätte gern eine Praline.

Sie hält ihm die Schachtel hin.

- Greif zu!

Er reibt die Hände.

- Vielen Dank!

Jule schmiegt sich an ihn.

- Marzipan mit Walnuss ist eine der besten Pralinen, die ich je gegessen habe.

Karakaya lässt den Blick schweifen.

- Ich kann mich nicht entscheiden.

Eine Frau tritt ruhig und gelassen auf.

- Hallo, ich bin Annika Hendricks.

Sie trägt ein Ballkleid und bringt einen kleinen Sonnenschirm.

- Ich kenne diese Praline mit Nuss.

Jule streicht ihr Haar zurück.

- Ich will mich nicht rühmen. Sie ist, was sie ist.

Karakaya zeigt mit der Hand nach oben.

- Die beste.

Annikas Augen leuchten.

- Dann muss ich sie unbedingt versuchen.

Sie gibt Karakaya den Sonnenschirm.

- Halt ihn bitte.

Er reicht ihn Huch weiter.

- Ich möchte meine Hände lieber frei halten.

Huch lehnt den Kopf leicht zurück.

- Wieso denn?

Karakaya wischt über den Mund.

- Ich würde auch gern Pralinen naschen.

Jules Blick schweift zu ihm.

- Welche sticht dir ins Auge?

Karakaya lässt Kopf und Schulter hängen.

- Eigentlich alle.

Annika legt die Hand über die Schläfe.

- Dann musst du die Augen schließen und die Hand wählen lassen.

Er schaut Huch an.

- So wie du den Sonnenschirm gewählt hast.

Huch steht der Mund offen.

- Moment! Du hast ihn mir in die Hand gedrückt.

Jule trippelt mit winzigen Schritten Huch herum.

- Ja, aber du hast ihn ergriffen.

Karakaya spreizt Zeigefinger und Mittelfinger zum Victory-Zeichen.

- Er passt zu dir.

Annika schmiegt den Kopf an seine Schulter.

- Du darfst ihn behalten.

Huch wirkt steif.

- Was soll ich damit anfangen?

Jule schiebt den kleinen Finger zwischen die Lippen.

- Du kannst ihn aufspannen.

Karakaya muss laut lachen.

- Oder verschenken.

Annika streichelt Huch übers Haar.

- Der Sonnenschirm ist nämlich ein wertvolles Geschenk.

Ein Mann durchquert den Wald.

- Hallo, ich bin Nico Daus.

Er trägt eine Uniformmütze.

- Darf ich ihn aufspannen?

Huch wirft ihm den Schirm zu.

- Du kannst ihn haben.

Daus fängt ihn mit beiden Händen.

- Danke! Du bist sehr großzügig.

Er dreht und wendet ihn.

- Aber ich habe nur ein Hobby.

Jule schwenkt ihre Nase.

- Und was ist das?

Daus spannt ihn auf.

- Ich mache gern Sonnenschirme auf, zu meinem Vergnügen. Besitzen möchte ich sie lieber nicht, sonst hätte ich in kurzer Zeit eine riesige Sammlung.

Er gibt Huch den offenen Schirm zurück.

- Du hast ihn sicher schon vermisst.

Eine Frau huscht durch den Wald, weicht Wurzeln, Tannenzapfen und kleinen Ästen aus.

- Hallo, ich bin Chiara Gobi.

Sie trägt eine Bluse mit Spitzen.

- Ich habe meinen Sonnenschirm verloren.

Jule schmunzelt mit scharf gezeichneten Mundwinkeln.

- Das ist nur halb so schlimm. Wir beschirmen dich.

Chiara lehnt sich gemütlich an Huch.

- Danke! Wie heißt du?

Er stellt das Bein schräg nach vorn.

- Johann Sebastian.

Sie legt ihre Hand auf sein Kreuz.

- Das ist der tollste Sonnenschirm, den ich je gesehen habe.

Huch schließt halb die Lider.

- Du darfst ihn haben.

Sie starrt ihn entgeistert an.

- Aber ihr habt doch versprochen, mich zu beschirmen.

Er zieht den Kopf ein wenig ein.

- Ja, der Schirm spendet dir Schatten, wann immer du willst.

Chiara wölbt die Unterlippe schmollend vor.

- Ich will ihn aber nicht halten.

Karakaya blickt Huch ermunternd an.

- Ihr gehört irgendwie zusammen. Chiara, der Schirm und du.

Annika fährt mit dem Zeigefinger kreisend in die Luft.

- Egal, was passiert, ihr solltet immer beieinander sein.

Daus faltet die Hände über dem Bauch.

- Und euch unter dem Schirm bewegen.

Chiara sagt mit einem charmanten Augenzwinkern zu Huch.

- Dann gehen wir doch ein paar Schritte! Es steht uns ja nichts im Weg.

Ihm sackt die Kinnlade nach unten.

- Wir sind im Wald, im Schatten. Wozu brauchen wir den Sonnenschirm?

Jule berührt seine Schulter.

- Ich antworte für Chiara. Alle Menschen möchten be- schirmt sein.

Karakaya greift nach seinem Arm.

- Jeder Schirm hat einen Raum.

Annika streift sein Bein mit ihrem Knie.

- Du musst darüber nachdenken.

Daus hat ein breites Lächeln im Gesicht.

- Und dich entspannen. Es genügt, wenn der Schirm ge- spannt ist.

Chiara lenkt die Schritte zu einem Waldpfad.

- Danke für die guten Ideen! Wir nehmen sie mit auf den Weg.

Eine dicke alte Föhre flüstert. Der Wind säuselt durch die Bäume. Die Blätter rauschen.

Chiara schubst Huch leicht.

- Verlassen wir den Wald?

Er dreht den Oberkörper.

- Das könnten wir.

Ein Standspiegel steht mitten im Weg. Ein Zettel klebt auf dem Glas.

Chiara bleibt untergehakt stehen.

- Nimmst du ihn ab?

Ein Mann kommt durch den Wald gelaufen.

- Hallo, ich bin Joshua Chip.

Er trägt ein kanariengelbes Hemd.

- Seht euch den Zettel an!

Chiara schielt aus den Augenwinkeln zum Spiegel.

- Anschauen tun wir ihn bereits.

Chip reißt ihn vom Glas.

- Darf ich euch vorlesen, was darauf steht?

Sie verzieht die Lippen zu einem Lächeln.

- Würdest du das für uns machen?

Seine Augen gleiten über den Zettel hinweg, bleiben an ihrem Gesicht hängen.

- Aber sicher! Ich lese für mein Leben gern, vor allem laut.

Chiara plinkert mit den Augen.

- Du kannst jede Minute anfangen.

Chips Stimme vibriert vor Erregung.

- Oder sogar gleich, wenn es recht ist.

Er albert rum und macht einen Luftsprung.

- Da steht eine Frage.

Sie stülpt die Unterlippe nach vorn.

- Worum geht es?

Chip verlagert sein Gewicht von einem Fuß auf den andern.

- Willst du mit mir ausgehen?

Chiara wirft den Kopf auf.

- Ja, ich will.

Er schnippt andeutungsweise mit den Fingern.

- Ist gut! Dann gehen wir aus.

Huch wirft die Frage auf.

- Wer trägt den Schirm?

Chiara stellt die linke Hüfte aus.

- Mach ihn zu! Wir brauchen ihn nun nicht mehr.

Eine Frau tritt beschwingt hinzu.

- Hallo, ich bin Miriam Dedekind.

Sie trägt eine froschgrüne Daunenjacke.

- Lass ihn aufgespannt!

Chiara holt Luft.

- Kannst du nicht ohne Sonnenschirm im Wald sein?

Miriam kneift die Augen zusammen.

- Ich habe es versucht und fürchte, Lichtflecken könnten mich blenden.

Chip greift in die Brusttasche seines kanariengelben Hemds.

- Willst du meine Sonnenbrille?

Miriam stemmt selbstbewusst die Hände in die Hüften.

- Nein, ich möchte beschirmt sein.

Chiara pustet kurz.

- Alle würden gern beschirmt sein. Aber wir haben nur einen Sonnenschirm.

Chip tänzelt mit Wippen und Hüpfen über den Waldboden.

- Ein Platz ist jedoch frei geworden.

Miriam nähert sich Huch.

- Genau! Ich würde ihn gern einnehmen, wenn es niemanden stört.

Chiara streckt die Hand aus.

- Bitte, lass dich nicht aufhalten.

Chip zeichnet Wellenlinien in die Luft.

- Wir wollen, dass du dich sicher fühlst.

Miriam schaut Huch in die Augen, ohne zu blinzeln.

- Du und deine Freunde, ihr seid ein Team.

Er hebt das Kinn.

- Ich überlasse dir den Schirm gern.

Sie legt ihm den Arm über die Schulter.

- Tu das bitte nicht.

Chiara schaukelt den Kopf.

- Es ist irgendwie seltsam.

Chip drückt die Oberschenkel zusammen.

- Was?

Sie grätscht die Waden nach außen.

- Wie wenig es braucht, um glücklich zu sein. Einen Schirm und 2 Menschen!

Miriam seufzt beiläufig vor sich hin.

- Der Schirm ist schon okay und die beiden Menschen auch. Aber ich hätte gern noch eine Rose.

Ein Mann schreitet durch den Wald.

- Hallo, ich bin Konstantin Flack.

Er trägt Joggingschuhe.

- Rosen sind leicht zu finden.

Chiara zieht ein Bein an, berührt mit der Fingerspitze den Absatz.

- Weißt du wo?

Flack geht voraus.

- Ja, ich führe euch hin.

Er zeigt ihnen einen verwunschen daliegenden Föhrenwald.

- Da müssen wir durch.

Chip wippt mit der Hand.

- Wie kommst du darauf, dass es hier Rosen gibt?

Flack hebt das Kinn.

- Ich kenne die Landschaft.

Miriam spitzt die Lippen.

- Gibt es verschiedene Sorten?

Flack hält den Kopf schief.

- Nein, du findest nur eine Rose.

Chiara schaut verwirrt drein.

- Übertreibst du nicht ein bisschen?

Chip zieht ganz kurz seine rechte Wange hoch, als rümpfe er einseitig die Nase.

- Jede Rose ist doch anders.

Miriam winkelt den Ellbogen ab.

- Die Blüten sind einzigartig, ein Individuum.

Flack langt am Ziel an. Es ist eine Wand aus Plastikrosen.

- Seht selber!

Die Wand gehört zu einem Turm, der in den Himmel ragt. Er ist malvenrot, saturngelb und spargelgrün bemalt. Eine Galerie umläuft ihn in luftiger Höhe, wo die goldene Zipfelspitze blinkt.

66

Chiara presst den Mund zu.

- Wir finden Plastik nicht toll.

Chip blickt Miriam nachdenklich an.

- Würdest du eine Blume nehmen?

Sie greift eine Plastikrose heraus und steckt sie sich ins Haar.

- Ja sicher! Sie ist schön.

Flacks Augen wandern hin und her.

- Wenn sie dir gefällt, kommt sie mir auch gleich anders vor.

Chiara betrachtet ihre Bluse.

- Ich hätte gern andere Sachen.

Chip reibt die Augen.

- Was für Sachen denn?

Miriam stößt die Nasenspitze nach vorn.

- Bestimmt meinst du Kleider.

Flacks Blick schweift zu Chiara.

- Ja, das kann ich verstehen. Ich frage mich morgens beim Aufstehen auch: Wo sind meine Sachen?

Eine Frau wandert über den federnden Waldboden, als ginge sie auf Wolken.

- Hallo, ich bin Luana Hamburger.

Sie trägt einen Kimono und bringt einen Kleidersack.

- Ich habe vor, ihn zu öffnen. Wer möchte den Reißverschluss ziehen?

Chiara reckt das Kinn hoch.

- Das würde ich gern tun.

Luana geht einen Schritt zurück.

- Bist du verheiratet?

Chiara senkt den Blick.

- Nein, ich bin noch ledig.

Luana lässt die Augen wandern.

- Suchst du einen Mann?

Chiara neigt den Oberkörper leicht zur Seite.

- Ich wollte mit Joshua ausgehen.

Er lächelt sie breit an.

- Du kannst mich ja auch heiraten.

Miriam legt eine Hand auf Chiaras Schulter.

- Bei euch stimmt alles.

Flack weist auf die Wand aus Plastikblumen.

- Und außerdem, Rosen sind genug da.

Luana streicht mit den Fingern über ihren Nacken.

- Heiratest du in gewöhnlichen Kleidern oder darf es etwas Besonderes sein?

Chiara zieht ihre Bluse leicht nach oben.

- Diese plötzliche Hochzeit war unvorhersehbar. Wo kriege ich auf die Schnelle ein Kleid her?

Chip springt in die Luft.

- Vielleicht machst du den Kleidersack auf.

Miriam drückt ihre Brust nach vorn.

- Joshua wird ein bestimmt ein guter Ehemann.

Flack richtet den Blick gegen den Himmel.

- Er gibt dir jetzt schon brauchbare Tipps.

Luana zupft sich am Ohrläppchen.

- Ist es deine erste Hochzeit?

Chiara öffnet den Sack.

- Ja, ich hatte bisher keine Ahnung, wie Heiraten geht.

Sie zieht ein quarzweißes Glitzerkleid heraus.

- Das ist interessant.

Chip betrachtet es beeindruckt.

- Entscheide dich schnell. Passt es? Passt es nicht?

Miriam weitet die Arme.

- Sie muss es zuerst anprobieren.

Flack streckt den Fuß spitz.

- Vorher können wir nichts sagen.

Luana spannt die Schultern an.

- Wir brauchen einen Wandschirm.

Ein Mann hüpft durch den Föhrenwald.

- Hallo, ich bin Theodor Keun.

Er trägt ein Pyjama und einen Rucksack.

- Bist du bereit, dich in einem Konfettiregen umzuziehen?

Chiara drückt wie zum Schutz die Hand vor die Brust.

- Freiheraus gesagt, finde ich das ein bisschen ungewöhn-lich.

Chips Zunge berührt die Oberlippe.

- Die Idee ist doch gut bis auf einen Aspekt.

Miriam wiegt den Kopf.

- Woran denkst du?

Er zeigt mit dem Finger in die Höhe.

- Wie kommt Theodor auf den Turm?

Eine Frau winkt auf der Galerie.

- Hallo, ich bin Rapunzel.

Sie hat lange, goldene Haare.

- Willst du an meinem Haar hinaufsteigen?

Keun kehrt den Handteller auf Höhe der Brust nach oben.

- Ich weiß gar nicht, was ich sagen soll.

Rapunzel setzt ein freundliches Lächeln auf.

- Du brauchst nicht zu antworten, wenn du nicht willst.

Er reibt den Nacken.

- Danke, dass du mir Bedenkzeit einräumst! Was spricht

dafür? Was spricht dagegen?

Flack klopft ihm auf die Schulter.

- Bist du gut im Entscheiden?

Keun zieht den Kopf ein.

- Leider nicht! Ich bin nur ein Anfänger.

Luana fixiert ihn aus den Augenwinkeln.

- Dürfen wir dich beraten?

Keun wischt sich den Schweiß aus der Stirn.

- Ja gern!

Chiara wiegt sich in den Hüften.

- Denk nach! Du hast mir einen Konfettiregen versprochen.

Er ringt nach Atem.

- Ja, das stimmt.

Chip wippt auf seinen Zehen.

- Regen fällt nun mal von oben nach unten.

Miriam deutet mit leuchtenden Augen nach links und nach rechts.

- Schau, wo du stehst!

Keun baumelt mit den Armen.

- Dummerweise ganz unten.

Fünftes Kapitel

Die Pendeltür

Rapunzel turnt am Geländer herum.

- Unten sein ist gut.

Er zappelt wie eine Marionette.

- Ja, aber ich will hinauf.

Sie beugt sich herab.

- Ich warte auf dich.

Keun reckt die Finger wie Antennen empor.

- Was soll ich tun?

Rapunzel beobachtet ihn aufmerksam.

- Sag 2 Mal meinen Namen!

Er öffnet leicht den Mund.

- Rapunzel, Rapunzel!

Sie blinzelt.

- Und nun wäre es an der Zeit zu hören, was ich mit meinem Haar anfangen könnte.

Keun legt die Hände als Trichter an den Mund.

- Lass dein Haar herunter!

Rapunzel löst ihre Zöpfe, wickelt das Haar um einen vor-springenden Haken und lässt es fallen.

- Du bist willkommen.

Chiara wagt kaum zu atmen.

- Niemand hat so schöne Haare wie du!

Chip fährt sich über den Kopf.

- Meine Haare wären da nicht ausreichend.

71

Miriam guckt unter dem Sonnenschirm hervor.

- Ich würde es als Wunder bezeichnen.

Flack spreizt die Arme ab.

- Wichtig ist, dass wir bald den Konfettiregen sehen.

Luana legt Keun die Hand auf die Schulter.

- Du musst starten.

Keun reißt die Hände hoch.

- Ich habe nur noch Augen fürs Klettern.

Er steigt an den Haaren hinauf.

- Um Erfolg zu haben, muss man sich konzentrieren.

Rapunzel spreizt die Finger ab wie kleine Flügelchen.

- Gut, dass du kommst. Ohne dich fühle ich mich einsam.

Chiara richtet den Blick gebannt nach oben.

- Du kletterst sicher.

Chip stützt das Kinn in die Hand.

- Übrigens, schaden deine Konfetti der Umwelt?

Keun steigt übers Geländer, öffnet den Rucksack.

- Wieso? Sie sind aus Seidenpapier, das wie vom Baum fallende Blätter in die Natur zurückgeht.

Miriam schließt die Augen halb.

- Ich höre gern Seidenpapier rascheln.

Flack legt den Kopf in den Nacken.

- Und es schimmert im Sonnenlicht.

Luana steht dicht neben ihm.

- Außerdem fällt es langsam.

Keun kippt den Sack.

- Sollte ich nicht stolz auf meine Seidenpapier-Konfetti sein?

Rapunzel lehnt gegen das Geländer.

- Unbedingt! Das ist ganz natürlich.

In allen Farben, wie kleine Schmetterlinge schweben die Konfetti herab.

Chiara knöpft die Bluse auf.

- In diesem Regen kann ich mich bequem umziehen.

Chip probiert einen Tanzschritt.

- Es sieht aus, als ob du recht hast.

Miriam tippt Huch auf die Schulter.

- Du bist der Einzige, der nichts sagt.

Er berührt sein Ohr.

- Ich höre gern zu. Ihr habt schöne Stimmen.

Flack streckt die Hand aus.

- Würdest du mit mir den Platz wechseln?

Huch fragt augenzwinkernd.

- Willst du den Sonnenschirm halten?

Flack übernimmt ihn.

- Ja gern!

Er stellt sich neben Miriam.

- Es überrascht mich irgendwie.

Huch tritt in den Konfettiregen.

- Was denn?

Flack wippt von einem Bein aufs andere.

- Dass du mir den Schirm einfach so überlässt.

Luana schwingt sinnlich die Hüfte.

- Das ist nichts Besonderes. Jeder kann das tun.

Keun trommelt mit den Fingern aufs Geländer.

- Die Konfetti fallen extrem langsam.

Rapunzel spielt mit den Haaren.

- Das ist gut. Man braucht Zeit, um ins Kleid zu schlüpfen.

Chiara zeigt sich.

- Das meinst du nur. Ich bin fertig!

Sie sieht Luana an.

- Ich sollte dir danken.

Luanas Gesicht hellt sich auf.

- Das machst du doch! Du trägst ein Glitzerkleid von mir. Besser kann mir niemand danken.

Chip reicht Chiara die Hand.

- Du siehst wie eine Braut aus.

Sie langt sich an den Kopf.

- Findest du? Und was ist mit meiner Frisur?

Miriam führt weiche, fließende Bewegungen aus.

- Hättest du gern so lange Haare wie Rapunzel?

Flack reibt den Daumen an Zeige- und Mittelfinger.

- Warum lässt du sie nicht einfach wachsen?

Luana streckt den linken Fuß lässig nach außen.

- Das dauert sicher lange.

Keun beugt sich über das Geländer zu ihnen herab.

- Was machen wir in der Zwischenzeit?

Rapunzel schwenkt die Haare, bis die Spitzen Huch treffen.

- Entschuldige, das war keine Absicht!

Er verzieht beinahe keine Miene.

- Kein Problem! Wenn man so lange Haare hat, kann beim Kämmen allerhand passieren.

Chiara hebt die Augenbrauen.

- Sie kämmt sie gar nicht.

Chip murmelt hinter der vorgehaltenen Hand.

- Sie will dich necken.

Miriam zupft an Huch herum.

- Steig doch zu ihr hinauf, frage sie.

Flack spricht mit singender Stimme.

- Vielleicht hat sie Pläne.

74

Huch reckt den Kopf zum Himmel.

- Mit wem?

Luana beugt sich vor.

- Mit dir.

Keun schultert den Rucksack.

- Überlege selber! Wenn ich hinunterkomme, ist sie wieder allein.

Rapunzel schaut aus blauen Augen forschend in die Wolken.

- Wer sagt denn, dass ich auf dem Turm bleibe?

Sie löst die Haare vom Haken.

- Ich rufe einen goldenen Wal.

Chiara stiert durch die Wipfel in den Himmel.

- Ich will auch fliegen.

Chip legt den Kopf auf ihre Schulter.

- Ich habe noch nie einen Wal gesehen.

Miriam dreht die Arme einwärts.

- Was geschieht mit meinen Ohren, wenn der Wal abhebt?

Flack bläst die Backen auf.

- Es kann manchmal ein leichter Druck entstehen.

Luana schlägt die Hand vor den Mund.

- Wieso glaubst du das?

Keun stützt die Unterarme aufs Geländer.

- Der Wal kann sehr schnell Höhe gewinnen.

Rapunzel flicht die Haare zu Zöpfen.

- Wir müssen mit ihm reden, dass er sanft steigt.

Ein goldener Wal fliegt über den Föhrenwald, kreist um den Turm, öffnet das Maul.

Ein Mann tritt auf seine Zunge.

- Hallo, ich bin Adam Windhager.

Er trägt eine Kapitänsmütze.

- Zuerst holen wir die Passagiere vom Turm ab. Dann landen wir auf der Wiese vor dem Wald.

Der Wal singt, bläst eine Fontäne von goldenen Notenköpfen aus dem Atemloch. Sie fallen auf den Waldboden. Huch bückt sich.

- Die muss ich mir näher ansehen.

Rapunzel klettert über das Geländer.

- Ist es wirklich wahr? Hast du goldene Notenköpfe gefunden?

Sie betritt das Maul des Wals und schaut wie von einem Balkon herab.

- Machst du Musik daraus?

Huch zieht die Schultern ein.

- Wer kann sagen, was in der Zukunft passiert?

Rapunzel streckt den Arm gebieterisch aus.

- Ich! Heirate mich!

Windhager holt tief Luft.

- Darf ich dir etwas anvertrauen?

Sie lehnt sich zurück.

- Muss das gerade jetzt sein? Ich stehe vor der wichtigsten Frage meines Lebens.

Er legt die Hände an die Hosennaht.

- Also eine Frage klingt anders. Ich würde am Ende des Satzes leicht die Stimme anheben. Dann tönt es so: Möchtest du mich heiraten?

Rapunzel blickt ihn betroffen an.

- Fragst du mich?

Windhager breitet die Arme aus.

- Ja! Ich liebe dich.

Sie reibt am Ringfinger.

- Dann sage ich auch ja. Wir werden im Wal bestimmt ein glückliches Leben führen.

Keun wechselt die Farbe.

- Was wird aus mir? Muss ich im Turm ausharren, bis meine Haare deine Länge erreicht haben?

Windhager zieht den linken Mundwinkel hoch.

- Nein, der Wal nimmt alle auf.

Keun steigt über das Geländer.

- Zu meiner Überraschung kann er nicht nur fliegen, sondern auch in der Luft stehen.

Windhager nimmt ihm den Rucksack ab.

- Du wirst staunen, was der Wal alles kann.

Währenddessen stürmt Chiara voran.

- Gehen wir zur Wiese!

Chip durchstreift schnellen Schritts das Unterholz.

- Fliegen wird vielleicht unsere neue Leidenschaft.

Miriam verlässt den Wald.

- Ich möchte lernen, wie ein Wal zu singen.

Flack dreht kokett den Sonnenschirm, sagt zu Huch.

- Danke für den Schirm. Du hast uns ein schönes Geschenk gemacht.

Huch winkt mit einem goldenen Notenkopf.

- Gern geschehen.

Luana hebt den Kleidersack auf, streift Huch im Vorübergehen.

- Du bist ein beliebtes Teammitglied. Im Wal werde ich mich neben dich setzen.

Eine Frau teilt die Zweige auseinander.

- Hallo, ich bin Kira Kagura.

Sie trägt einen Glockenrock mit Rüschen.

- Ich denke, es lohnt sich zu fragen, was du mit den Notenköpfen machst.

Huch senkt die Lider.

- Ich sehe sie an.

Luanas weiche, wippende Stimme wird spitz.

- Lass die Notenköpfe, wo sie sind! Ich warte schon eine Ewigkeit auf dich. Warum kommst du nicht? Wir verpassen den Wal, wenn wir im Wald bleiben.

Kira zwinkert.

- Das ist nicht weiter schlimm. Hier wimmelt es von Walen. Unterdessen macht es sich Keun im Maul des Wals bequem, legt sich auf die Zunge.

- Wohin fliegen wir?

Rapunzel tippt Windhager von hinten an die Schulter.

- Wenn ich das richtig verstanden habe, gibt es eine Zwischenlandung, um die andern abzuholen.

Sein Blick schweift zum Horizont.

- Das kann ich nur bestätigen.

Er ruft dem Wal zu.

- Fliege zur Wiese.

Nach einer weiten Schleife landet der Wal vor dem Wald.

Chiara lehnt sich an Chip.

- Wie schön, dass uns dieser goldene Wal abholt!

Chip senkt seine Stimme ein wenig.

- Ich habe keine besondere Flugangst.

Miriam rennt um den Wal herum.

- Ein bisschen Angst haben viele. Das finde ich verständlich.

Flack späht zurück.

- Fehlt noch jemand?

Luana formt eine Hand zum Trichter.

- Hey! Kommt ihr?

Kira ruft aus dem Wald.

- Fliegt schon voraus! Wir nehmen den nächsten Wal.

Keun hebt den Kopf.

- Es gibt etwas, das ich nicht verstehe.

Rapunzel spielt mit ihren Haaren.

- Und das wäre?

Sein Blick wandert zum Wald.

- Wir sind doch ein Team. Wir starten gewiss nicht, bevor alle eingestiegen sind.

Windhager ringt die Hände.

- Niemals! Das könnten wir nicht verantworten.

Chiara steigt in den Wal.

- Eines unserer Mitglieder ist zurückgeblieben.

Chip hebt die linke Augenbraue.

- Wer denn?

Sie setzt sich auf den Unterkiefer des Wals.

- Johann Sebastian.

Miriam beißt sich auf die Zunge.

- Der Mann mit dem Sonnenschirm!

Flack deutet mit dem Finger auf sich.

- Entschuldigung, wenn ich mich einmische und das sage. Der Mann mit dem Sonnenschirm bin jetzt ich.

Luana legt den Kleidersack in den Wal.

- Ich bestehe darauf, dass wir warten, egal wie lang es dauert.

Keun blickt neugierig in den Wald.

- Es scheint, dass Johann Sebastian es nicht sehr eilig hat.

Rapunzel streicht eine widerspenstige Haarsträhne aus der Stirn.

- Bist du sicher, dass er bummelt, oder will er gar nicht einsteigen?

Windhager springt aus dem Wal.

- Bitte geduldet euch eine Weile! Ich erkundige mich persönlich.

Er läuft zum Waldrand.

- Kommt ihr?

Kira spreizt den kleinen Finger ab.

- Nein. Wir erforschen die Notenköpfe.

Windhager blinzelt unter seiner Kapitänsmütze.

- Vorbildlich! Der Walgesang gibt viele Rätsel auf. Habt ihr euch schon ein erstes Teilziel gesteckt?

Ihr Lächeln strahlt ihm zahnweiß entgegen.

- Ja sicher! Wir gründen ein neues Team.

Er kehrt zum Wal zurück.

- Wie wäre es, wollen wir fliegen? Kira und Johann Sebastian sind in einem eigenen Team.

Chiara nestelt mit den Fingern am Saum des Kleids.

- Mit anderen Worten, wir starten statt länger zu warten.

Chip guckt in den Wald.

- Wenn du meinst.

Miriam schürzt unmerklich die Lippen.

- Der Wal ist groß. Es hätten auch 2 Teams Platz.

Flack lässt den Blick suchend über die Bäume gleiten.

- Ja, aber das andere Team hat gar keinen Grund zu fliegen.

Luana lässt die Schulter herunterfallen.

- Das hätte ich nie gedacht.

Keun schiebt die Stirn in Falten.

- Was denn?

Sie presst die Knie zusammen.

- Dass ein neues Team so schnell entstehen kann.

Rapunzel stemmt die Hände in die Hüften.

- Starten wir!

Windhager hebt den Arm und winkt.

- Auf jeden Fall kehren wir sofort zurück, wenn sie uns anrufen.

Der Wal hebt ab. Der Himmel weitet sich.

Im Wald unten sitzt Kira am Boden, winkelt ein Bein an.

- Du hast großes Selbstvertrauen.

Huch sammelt Notenköpfe.

- Ich? Wieso?

Ihr Fuß wippt.

- Dein Team fliegt fort. Und du bleibst cool.

Er sieht den Wal in den floridablauen Himmel tauchen.

- Ein Quäntchen Vertrauen ist immer gut.

Kira steht auf.

- Kannst du die Notenköpfe ins Leben rufen?

Ein Mann läuft durch den Wald.

- Hallo, ich bin Levin Bosco.

Er trägt eine Krawatte und bringt einen Korb voller Notenhälse.

- Aller Wahrscheinlichkeit nach vermisst ihr nichts so sehr wie Hälse.

Kira schenkt Huch einen aufmunternden Blick.

- Wie denkst du darüber?

Er schlägt die Lider nieder.

- Wir brauchen sie.

Bosco lächelt charmant.

- Alles verläuft fast fahrplanmäßig. Ich habe mir nämlich überlegt, wie ich die Hälse loswerden könnte. Und nun reißt ihr euch darum.

Kira senkt die Stimme.

- Ich habe etwas Seltsames geträumt.

Huch ruckt den Kopf nach links.

- Was denn?

Sie schließt die Augen zu einem Spalt.

- Dass Notenhälse wie Männchen um die Notenköpfe schwärmen, sich mit ihnen verbinden und in langen Reihen tanzen.

Bosco schlenkert den Korb.

- Das ist nicht gar nicht seltsam. Meine Hälse rennen wirklich zu den Köpfen.

Er fasst ihn mit beiden Händen.

- Darf ich ihn kippen?

Kira streckt den Arm gebieterisch aus.

- Unbedingt! Wir bestehen darauf.

Sie streichelt Huch über den Ellbogen.

- Sag auch etwas!

Huch wirft einen kurzen Blick in den Korb.

- Wir bitten dich darum.

Bosco leert den Korb aus.

- Diese Notenhälse werden von vielen Leuten gemocht.

Sie verbinden sich mit den Notenköpfen, bilden eine Reihe, eine mehrstimmige Partitur.

Kira schüttelt unmerklich den Kopf.

- Ich weiß nicht, was das für ein Song ist.

Bosco spricht langsam.

- Das sieht interessant aus.

Sie fragt Huch.

- Kennst du die Melodie?

Er beugt sich aufmerksam über die Noten.

- Ja, das ist der Song „Herzlich tut mich verlangen" von Johann Sebastian Bach.

Kira blickt ihn aus den Augenwinkeln an.

- Du brauchst ein Klavier.

Huch holt tief Atem.

- Wie kommst du auf die Idee?

Ihre Augen funkeln.

- Damit wir hören, wie die Noten tönen.

Bosco wedelt mit dem Finger.

- Wäre ich an deiner Stelle, würde ich in so einer Situation direkt in die Tasten greifen und sagen: Ihr habt die Noten, und hier ist der Sound.

Eine Frau läuft in hurtigen Sprüngen über die Wiese.

- Hallo, ich bin Carolin Cardoso.

Sie trägt ein raschelndes schattenschwarzes Kostüm.

- Darf ich euch zum besten Steinwayflügel führen?

Kira wirft die Lippen auf

- Steht er in der Nähe?

Carolin geht voran.

- Einatmen, ausatmen, und wir sind da.

Mit schnellen Schritten stürzt ihr Bosco nach.

- Bewegen wir uns! Es fragt sich nur, in welche Richtung.

Sie schwingt die Arme locker umher.

- Du hast sie schon eingeschlagen. Ich finde dich wendig.

Kira quert hinter ihnen die Wiese.

- Gibt es etwas, worauf wir achten müssen?

Carolin sagt mit einem Augenzwinkern.

- Eigentlich nicht! Ich bitte euch nur, nicht zu erschrecken.

Mein Haus wurde nämlich in der Mitte zersägt.

Bosco schaut mit durchdringenden Blicken in die Runde.

- Wer macht denn so etwas?

Ein Lächeln stiehlt sich in ihr Gesicht.

- Dafür gibt es speziell große Sägemaschinen. Sie fahren durch, und die Hälfte des Hauses ist weg.

Kira horcht auf.

- Das klingt so, als würdest du der abgesägten Hälfte nicht nachtrauern.

Carolin bestätigt.

- Genauso ist es! Die Vorteile überwiegen. Es sieht wie ein Puppenhaus aus. Luft und Licht kommen rein.

Boscos Augen leuchten.

- Das überzeugt mich. Wenn ich ein Haus hätte, würde ich es auch zersägen lassen.

Kira dreht sich nach Huch um.

- Kannst du auch Chopin spielen?

Er streicht über den Hinterkopf.

- Auf dem Klavier?

Sie starrt ihn mit offenem Mund an.

- Ja, wo denn sonst?

Huch schließt zu ihr auf.

- Im Theater oder in einem Film. Chopin ist eine wunderbare Rolle. Man kommt herein und sagt: Guten Tag, meine Damen und Herren, ich bin Frédéric Chopin.

Carolin weist auf ihr zersägtes Haus. Die Südfassade der zweistöckigen, weiß gestrichenen Holzvilla fehlt.

- Kommt zuerst einmal in mein Haus.

Kira drückt den Zeigefinger auf die Daumenbeere.

- Ich habe noch nie ein so offenes Haus gesehen.

Bosco schreitet rascher.

- Ich bin mehr als dankbar für die Einladung.

Carolins Hände zeichnen Bahnen in die Luft.

- Die Menschen haben in der Regel 2 grundlegende Wünsche: Ein Dach über dem Kopf und ein Klavier. Das kann ich anbieten.

Im Erdgeschoss stehen ein Steinwayflügel und eine Klavierbank.

Kira taumelt, fällt fast hin.

- Ich bin überwältigt, weiß nicht, wie ich mich ausdrücken soll.

Bosco geht mit klopfendem Herzen um den Flügel herum.

- Es macht gewiss Freude, in einem so hellen Raum zu spielen.

Carolin hängt sich bei Huch ein.

- Willst du mich heiraten?

Ein Mann läuft über die Wiese.

- Hallo, ich bin Fritz Everhard.

Er trägt einen Pullover mit einem efeuumrankten Namensschriftzug.

- Warum heiratest du nicht mich?

Sie zieht die Augenbrauen zusammen.

- Wäschst du gern das Geschirr ab?

Everhard kommt schwer atmend zu stehen.

- Ich bin glücklich, wenn ich einen Teller ins Wasser tauchen darf.

Carolin zieht ihren Arm zurück.

- Wirst du soviel tun, wie du kannst?

Er streckt die Hände in Halshöhe aus.

- Und noch viel mehr.

Ihre Augen beginnen zu strahlen.

- Mein Herz schlägt für dich.

Kiras Stimme kippt leicht über.

- Fritz ist ein richtiger Gentleman.

Bosco legt den Handrücken auf die Hüfte.

- Wir sehen voraus, dass diese Ehe gelingen wird.

Carolin drückt Everhard.

- Rennen wir sofort in die Kapelle!

Everhard hebt den Kopf, schließt die Augen.

- Wir sind ein Team, das lauter gute Ideen zusammenträgt.

Kira studiert die Rückwand.

- Übrigens, was ist das für eine Tür?

Carolin zieht die Augenbraue kurz hoch.

- Das ist eine Pendeltür. Sie schwingt auf 2 Seiten.

Sechstes Kapitel

Die Ratte

Bosco stößt einen Flügel auf.

- Das würde ich gern ausprobieren.

Carolin winkelt den Zeigefinger ab.

- Wir könnten das Haus durch die Pendeltür verlassen.

Everhard bewegt beide Flügel.

- Ja, ich finde es spannend, eine Tür in Schwingung zu versetzen.

Kira klopft Huch von hinten auf die Schulter.

- Komm auch mit! Den Song von Johann Sebastian Bach hören wir später.

Er hebt nur kurz den Finger in die Höhe und lässt ihn wieder sinken.

- Ich brauche etwas Zeit.

Bosco guckt neugierig.

- Für was denn?

Huch sagt beinahe entschuldigend.

- Um den Steinway anzuschauen.

Carolins Augen blitzen.

- Jeder sieht die Welt auf seine Weise.

Everhard hält ihr die Pendeltür auf.

- Ein paar Menschen benötigen dafür etwas mehr Zeit.

Kira geht mit Carolin hinaus.

- Dagegen ist nichts einzuwenden.

Bosco folgt den Frauen.

87

- Wir warten auf dich in der Kapelle.

Everhard drückt die Türflügel bis zum Anschlag auf und verlässt das Haus.

- Du musst bei der Hochzeit unbedingt dabei sein.

Hin und her schlägt die Pendeltür. Dann steht sie still.

Huch richtet die Augen auf den Steinway.

Eine Frau tanzt ins zersägte Haus.

- Hallo, ich bin Lenya Delgado.

Sie trägt eine Halskette und eine knarrende Lederjacke.

- Eine Wand fehlt.

Er hält die Hand locker flatternd in die Luft.

- Manchmal nutzt man die Gelegenheit voll aus, mehr Licht und Luft ins Haus zu bringen. In diesem Haus lässt es sich gewiss angenehm spielen.

Lenya räkelt ihre langen Beine.

- Hast du kalte Hände?

Huchs Mundwinkel zuckt kaum wahrnehmbar.

- Nein, ich denke nicht.

Sie schürzt ihren kirschroten Mund.

- Doch, sie sind kalt wie Eis.

Er streckt die Hände weit von sich.

- Ich weiß nicht, wie du darauf kommst.

Lenya ergreift seine rechte Hand, drückt kräftig zu.

- Schön, dich kennenzulernen.

Huch richtet den Blick auf sie.

- Danke! Möchtest du mit mir über etwas reden?

Ihr Herz schlägt schneller.

- Du bist mein Typ.

Ein Mann kommt auf leisen Sohlen.

- Hallo, ich bin Michael Picot.

Er trägt einen mausgrauen Anzug.

- Passt es, wenn ich euch besuche?

Lenya spielt mit ihrer Halskette.

- Immer! Du dringst sportlich ein.

Er zappelt mit den Armen und Beinen.

- Ich bin eben in guter Form.

Sie läuft um den Steinway.

- Treibst du Sport?

Picot reißt lächelnd den Mund auf.

- Ja! Ich fahre Holzschuh.

Lenya dreht sich um die eigene Achse.

- Ist das gefährlich?

Er hält den Kopf schräg.

- Nein! Jeder liebt das Holzschuhfahren.

Lenya wippt auf den Zehen.

- Ist das eine Art Rollschuh?

Picot hängt gebannt an ihren Lippen.

- Nein, eher eine Art Einbaum, aber in der Form eines riesig großen Holzschuhs.

Sie schüttelt die Hände, als wolle sie den Regen beschwören.

- Da kommt mir eine gute Idee in den Sinn.

Huch hält den Kopf schräg.

- Was ist dir eingefallen?

Lenya fährt sich mit der Zunge über beide Lippen.

- Wir gründen ein Holzschuhteam und fahren über den See.

Picot schließt verzückt die Augen.

- Ich bin sofort dabei.

Er läuft aus dem zersägten Haus, schlägt den Weg zum

See ein.

- Du bist eine Frau, die auf Anhieb begeistert.

Sie blickt Huch herausfordernd an.

- Wie steht es mit dir?

Huch streckt den Arm zur Seite.

- Ich würde gern den Klang des Steinways hören.

Lenya umarmt ihn.

- Hey, wir sind ein Holzschuhteam und machen das später. Versprochen!

Der Weg ist in den Stein gehauen.

Lenya achtet auf die abgetretenen Stufen.

- Wir gehen vorsichtig.

Picot steigt langsam, tastend, fast ängstlich hinunter.

- Ich teile deine Meinung. Wir haben eine Menge Zeit.

Sie legt Huch den Arm um die Schulter.

- Alles, was du tun musst, ist hübsch auf deine Schritte zu achten.

Er spreizt die Finger.

- Ihr gebt mir gute Tipps.

Picots Becken und Rücken wippen hin und her.

- Kannst du gut schwimmen?

Huch schiebt die Augenbrauen in die Stirn.

- Wieso? Kann der Holzschuh untergehen?

Picot wischt die Worte mit der Hand weg.

- Das halte ich für ausgeschlossen.

Ein See liegt gleich am Fuß der Treppe. Der riesige Holzschuh spiegelt sich im Wasser.

Lenya tritt auf den Bootssteg.

- Hältst du eine Begrüßungsrede, wenn wir an Bord sind?

Picot klettert in den Holzschuh.

90

- Warum?

Sie folgt ihm.

- Du bist der Kapitän. Darum!

Er hilft Huch beim Einsteigen.

- Ich behaupte nicht, etwas anderes zu sein. Aber muss ich deswegen eine Rede halten?

Lenya kehrt den Handteller nach oben.

- Das erwarte ich.

Picot zuckt etwas ratlos die Schulter.

- Willkommen an Bord!

Sie hält den Kopf schräg.

- War das schon die ganze Rede?

Er entblößt beim Lächeln die obere Zahnreihe.

- Ja. Ich habe nichts mehr beizufügen.

Lenya schiebt die Hüfte vor.

- Ich bewundere dich. Du kannst dich kurzfassen.

Picot stößt ab.

- Du bist die Erste, die mich bewundert.

Der Holzschuh treibt über den See, zuerst immer weiter hinaus, dann zum anderen Ufer. Das Wasser schimmert karibikblau.

Sie tastet ihn mit Blicken ab.

- Ich glaube an dich.

Er weist mit der Hand aufs Wasser.

- Wenn dieser See eine Farbe wäre, wie würde sie heißen?

Lenya ergreift Huchs Hand.

- Du musst einen Namen finden.

Er wippt mit dem Schuh.

- Wieso ich?

Sie schiebt ihren Arm unter seinen.

- Du bist still.

Picot rollt die Zunge über die Lippen.

- Auf diese Weise siehst du alle Farben.

Lenya blickt versonnen auf den See.

- Und es fallen dir Namen ein.

Am anderen Ufer wartet eine Frau auf dem Bootssteg.

- Hallo, ich bin Rosa Rossellini.

Sie trägt eine schwanenweiße Bluse.

- Ich werde euch den Namen der Farbe sagen: Karibikblau.

Lenya fasst sich ans Herz.

- Dieser Name ist wie ein riesiger Gong, der den See in
Schwingung bringt.

Der Holzschuh schaukelt auf den Wellen.

Picot vertäut ihn am Pfahl des Bootsstegs.

- Ich lasse euch jetzt aussteigen.

Rosa streckt den Arm aus.

- Darf ich helfen?

Lenya schwingt sich auf den Steg.

- Danke! Ich kann gut ohne Hilfe aussteigen.

Picot verlässt den Holzschuh.

- Ich glaube fest daran, dass du hilfsbereit bist.

Rosa wippt in den Knien.

- Das bin ich.

Sie reicht Huch die Hand.

- Kann ich wenigstens dir helfen?

Er steigt aus.

- Das ist ein freundlicher Empfang.

Lenyas Mundwinkel zucken verschmitzt.

- Rosa liebt dich.

Ein Mann schreitet würdig auf den Steg.

- Hallo, ich bin Bruno Watt.

Er trägt ein royalblaues T-Shirt und hält einen seerosen-weißen Luftballon an einer Schnur.

- Für mich ist der Ballon leicht zu halten.

Lenya guckt fröhlich.

- Lass ihn los!

Watt hält sich mit der freien Hand den Bauch.

- Warum?

Picot umtänzelt ihn.

- Um zu sehen, wie er fliegt.

Rosa wirft einen fragenden Seitenblick auf den Ballon.

- Oder willst du ihn behalten?

Watt dreht sich im Kreis.

- Ich möchte ihn in einen Safe tun.

Eine Frau tritt aus dem Schatten der Uferbäume.

- Hallo, ich bin Milla Nana.

Sie trägt eine dunkelblaue Jacke.

- Darf ich euch einen Safe zeigen?

Lenya springt vom Bootssteg.

- Ja! Gern nehmen wir deine Einladung an.

Picot dreht sich wie eine Tanzmaus.

- Hat es darin Platz für einen Ballon?

Milla wiegt sich mit heftigen Kopfbewegungen hin und her.

- Sicher! Der Safe lässt keine Wünsche offen.

Rosa bietet Huch beim Gehen den Arm an.

- Dann können wir ihm den Ballon anvertrauen. Was meinst du?

Huch geht 2 Schritte vor und dann 3 zurück.

- Das muss Bruno entscheiden.

Watt schiebt sich breitbeinig über den Steg.

- Das Angebot tönt gut. Ich beginne mich zu fragen, ob ich nicht mehr Ballons hätte bringen sollen.

Milla winkelt die Ellbogen in verschiedene Richtungen.

- Nun, ich führe euch hin.

Sie geht an schroffen Felsen vorbei durch eine steinige Bucht.

- Dann könnt ihr euch selber überlegen, was ihr alles einlagern wollt.

Eine Wolke schwebt über den Himmel.

Lenya trottet hinterher.

- Ich habe nichts einzulagern, sehe aber gern zu.

Picot streicht sich mit den Händen das Gesicht entlang.

- Es ist notwendig, dass jedes Teammitglied zu seiner Sache kommt.

Rosa schiebt sich an ihm vorbei.

- Unbedingt! Bruno gehört jetzt zum Team.

Watt verbeugt sich mit großer Geste nach allen Seiten.

- Danke! Ich möchte bei euch eine wichtige Rolle spielen.

Milla führt sie zu einem gekippten Schiffswrack.

- Es sieht ein bisschen brüchig aus. Aber macht euch keine Gedanken! Der Safe ist unversehrt.

Lenya tastet das Wrack mit ihren Blicken ab.

- Das Schiff ist wirklich reparaturbedürftig.

Picot schlurft beim Gehen.

- Das hat Vorteile. Man kann es besser besichtigen.

Rosa wackelt mit den Händen.

- Es wird begehbar.

Watt tanzt mit ausgebreiteten Armen. Der Ballon fliegt

hinter ihm her.

- Ich bin eher ängstlich. Aber ihr ermutigt mich.

Milla dreht ihr Gesicht nur ganz leicht zur Seite.

- Ich bin überzeugt, dass das Team eine gute Wirkung auf dich hat.

Stromkabel hängen herab. Vom riesigen Schiffsrumpf überwölbt, liegt der Safe im Sand.

Lenya schaut nach rechts, nach links.

- Wem fällt das Öffnen zu?

Picot schüttelt mit gerunzelter Stirn kaum merklich den Kopf.

- Ich weiß fast nichts über Safes.

Rosa schreitet auf Huch zu.

- Kannst du uns einen Rat geben?

Er hat die Hände tief in den Hosentaschen.

- Auf den ersten Blick sehe ich, dass der Safe geschlossen ist.

Watt beugt sich über das Zahlenschloss.

- Wie kommst du darauf?

Huch weicht einen Schritt zur Seite, einen Schritt nach hinten.

- Das liegt in der Natur des Safes.

Milla dreht am Schloss.

- Ich habe vergeblich versucht, ihn aufzumachen.

Ein Mann läuft vorüber. Er ist sichtlich verwirrt, im Schiffsbauch Menschen zu sehen.

- Hallo, ich bin Joel Knoll.

Er trägt ein gebügeltes Hemd.

- Der Code ist 10, 2, 8.

Lenya wischt sich den Handrücken über den Mund.

- Wie hast du das herausgefunden?

Knoll quittiert die Frage mit einem kurzen, breiten Lachen.

- Mein Haus hat 10 Fenster, 2 Türen und 8 Zimmer.

Picot schiebt die Arme leicht nach vorn.

- Ich wusste, dass es sehr schwierig würde, den Code selber zu entdecken.

Rosa richtet die Augen auf Knoll.

- Es ist nett von dir, uns zu helfen.

Watt krümmt den Rücken.

- Wir freuen uns alle, den Safe aufspringen zu sehen.

Milla dreht am Schloss. Die Tür öffnet sich.

- Ich wünschte, dass es passiert.

Knoll steht in leicht gebeugter Haltung.

- Man darf das Ziel nie aus den Augen verlieren.

Lenya hibbelt und zappelt.

- Ich weiß nicht, was ich sagen soll.

Picot lehnt zwanglos gegen Knoll.

- Du bist ein kluger Mann.

Knoll legt ihm den Arm über die Schulter.

- Ihr solltet euch den Code einprägen.

Rosa malt die Zahlen mit dem Finger in den Sand.

- Ich schreibe ihn auf.

Watt schiebt den Ballon in den Safe.

- Mein Herz macht vor Freude einen Sprung.

Milla schließt die Tür.

- Wir sind das beste Safe-Team, das sich jemals in der Geschichte versammelt hat.

Knoll sagt, welche Gedanken ihm gerade durch den Kopf gehen.

- Nun ist der Ballon sicher eingeschlossen. Ich überlege,

was wir als Nächstes unternehmen könnten.

Lenya grätscht die Waden nach außen.

- Wir erforschen die Bucht.

Picot schiebt die Knie zusammen.

- Du unterbreitest gute Vorschläge.

Rosa zeigt beim Lächeln die strahlenden Zähne.

- Niemand kann dich übertreffen.

Watts Augen gleiten über die Wellen.

- Mit einem Wort gesagt, wir sind jetzt ein Forschungs-team.

Milla spreizt die Arme weit vom Körper weg.

- Möchte jemand heiraten?

Knoll pufft Huch an seine Schulter.

- Du könntest Lenya fragen.

Huch lockert seinen Oberkörper.

- Was?

Lenya drückt ihr Rückgrat durch.

- Frag mich, ob ich deine Frau werden möchte.

Eine Frau eilt federnden Schrittes durch die Bucht.

- Hallo, ich bin Jara Unkelbach.

Sie ist mit einem Hemd bekleidet und schenkt Huch eine Silbertrompete.

- Es gibt Gemeinsamkeiten zwischen dir und mir.

Picots Augen wandern hin und her.

- Das trifft zu. Ihr 2 habt einen fröhlichen Gesichtsausdruck.

Rosa hebt ihre Brauen zur Mitte hin.

- Wir sind euch sehr dankbar.

Watt blinzelt schelmisch.

- Ihr bringt uns in gute Stimmung.

Milla richtet sich auf, zeigt mit dem Zeigefinger auf Jara.

- Das kurzärmlige Hemd steht dir.

Jara strahlt sie an.

- Danke.

Knoll tritt hinter Huch und fasst ihn um die Taille.

- Du solltest auch ein kurzärmliges Hemd tragen.

Huch steht breitbeinig, um das Gleichgewicht zu halten.

- Habt ihr etwas dagegen, wenn ich lange Ärmel habe?

Jara verfällt mit zurückgelegtem Kopf in schalkhaftes Lachen.

- Nein, sicher nicht! Vergiss das sofort!

Lenya wirft einen Stein ins Wasser.

- Einige Männer tragen eben nicht gern kurze Ärmel.

Picot dreht sich um die eigene Achse.

- Es wird oft gesagt, dass die Ärmel immer kürzer werden.

Rosa kreist um sich selbst.

- Früher hüllten sich die Menschen in Felle. Damals hat es noch keine Ärmel gegeben.

Watt zupft an seinem royalblauen T-Shirt.

- Dieser Stoff weitet sich leicht.

Milla nimmt einen Stecken, zieht um Huchs Schattenwurf eine Linie in den Sand.

- Ich glaube, ich entscheide mich zu heiraten.

Knoll wischt sich eine Haarsträhne aus der Stirn.

- Wen möchtest du heiraten?

Jara neigt den Kopf zur Seite.

- Ich hoffe, du findest einen guten Bräutigam.

Ein Mann läuft durch die Bucht.

- Hallo, ich bin Leopold Akiko.

Er trägt eine dunkelbraune Lederjacke.

- Es ist ein wirklich schöner Tag.

Lenya berührt leicht seinen Unterarm.

- Vielleicht bringst du die Antwort auf unsere Frage.

Akiko beißt sich auf die Lippen.

- Denkt ihr an eine bestimmte Frage?

Picot kommt ihm mit federnd tänzelndem Gang entgegen.

- Wer heiraten könnte.

Milla hüpft fröhlich beschwingt um Akiko.

- Ich mag dich.

Rosa umarmt sie und gibt ihr einen Kuss auf die Wange.

- Das verstehen wir.

Watt wirft einen Seitenblick auf Akiko.

- Gefällt dir Milla?

Akiko erwidert, ohne mit der Wimper zu zucken.

- Ja, ich bin verrückt nach ihr.

Knoll tanzt katzenhaft.

- Dann bist du es, der sie heiratet.

Jara nickt anerkennend.

- Du bist ein wunderbarer Mann.

Akiko hebt freundlich die Hand und winkt Milla.

- Danke. Ich kann mir vorstellen, wie das Leben mit dir aussieht.

Sie klopft sich selbst auf die Schulter.

- Man hat mir gesagt, ich sei ein Glückskind. Und ich bin es.

Lenya winkt ihr zu.

- Du scheinst entschlossen zu sein.

Picot dreht sich schwindelerregend schnell im Kreis.

- Auch Leopold kann sich für eine Hochzeit entscheiden.

Rosa hängt sich bei Milla ein.

- Seid ihr schon einmal in der Kirche gewesen?

Milla stutzt bei dieser Frage einen Moment lang.

- Nein.

Watt breitet die Arme aus.

- Ich habe gelernt, dass man überall heiraten kann. Aber wenn ihr einen festlichen Rahmen sucht, schlage ich die Kirche vor.

Milla drückt die Lippen an den Handrücken.

- Ich nehme den Vorschlag gern an.

Knoll löst seine Uhr vom Handgelenk und spielt damit.

- Du solltest einen Kranz aus Blumen tragen.

Jara schnipst mit den Fingernägeln.

- Und Karten verschicken.

Akiko runzelt die Stirn.

- Was könnten wir schreiben?

Lenya streift die Haare zurück.

- Wir heiraten. Freundliche Grüße Milla und Leopold.

Picot schlägt einen fröhlich tänzerischen Gang ein.

- Der Weg zur Kirche ist nicht lang.

Rosa folgt ihm.

- Wir gehen zu Fuß.

Watt schließt sich ihnen an.

- Es macht Spaß, über die Hochzeit zu reden.

Milla dreht sich nach Huch um.

- Gefällt dir meine Trompete?

Er steht am See. Das Silber blitzt in seiner Hand.

- Ja.

Sie wendet sich zum Gehen.

- Du darfst sie behalten.

Huch reißt die Augen auf vor Erstaunen.

- Danke! Aber vielleicht könnt ihr sie brauchen, wenn ihr

heiratet.

Eine Frau eilt mit hochgeworfenen Armen durch die Bucht.

- Hallo, ich bin Amina Molo.

Sie trägt ein dunkelrotes Gewand.

- Darf ich die Trompete genau ansehen?

Milla schenkt ihr ein aufmunterndes Lächeln.

- Das geht in Ordnung. Lass dir Zeit!

Knoll entfernt sich wiegenden Schrittes.

- Wir treffen uns dann in der Kirche.

Jara wippt mit den Füßen.

- Vielleicht spielt ihr uns einen Song vor.

Akiko holt Milla ein.

- Die Trompete passt gut zur Hochzeit.

Plötzlich stehen Amina und Huch allein in der Bucht.

Sie legt den Arm um seine Hüfte.

- Ich möchte, dass dieser Tag der glücklichste in deinem Leben wird.

Ein Mann geht leicht vorgebeugt.

- Hallo, ich bin Robin Brock.

Er trägt eine Schirmmütze.

- Wie kann man mit einer Trompete Seifenblasen machen?

Amina strebt einem kleinen Gehölz zu.

- Begleitet mich! Ich zeige euch den rosafarbenen Brunnen.

Brock trottet neben ihr her.

- Ich habe Talent für Musik. Aber ich blase lieber Seifenblasen.

Ihr Blick huscht herum, bleibt an Huch haften.

- Wenn es die Trompete nicht gäbe, müssten wir auf die Seifenblasen verzichten. Komm mit! Wir brauchen dich.

Birken und Föhren spenden Schatten. Wacholder duftet. Heidekraut blüht.

Amina schaut Huch direkt in die Augen.

- Der Brunnen ist einen Besuch wert.

Brock kichert in sich hinein.

- Ich möchte mich verkleiden.

Sie schenkt ihm einen fragenden Blick.

- Denkst du an ein bestimmtes Kostüm?

Er hält die Beine eng zusammen.

- Ich wäre gern eine überlebensgroße Ratte.

Siebtes Kapitel

Schneewittchen

Eine Frau kommt mit genau bemessenen Schritten.

- Hallo, ich bin Elise Hiroki.

Sie ist ganz in Lilienweiß gekleidet und bringt ein Rattenkostüm.

- Sich verkleiden führt zu unerwarteten Ergebnissen.

Brock gibt ihr die Schirmmütze.

- Das reizt mich. Hilfst du mir?

Elise schiebt die Mütze in die Tasche, hält ihm das Kostüm hin.

- Ja! Du hast die richtige Figur dafür.

Amina legt eine Hand auf die Hüfte.

- Willst du immer noch zum Brunnen kommen?

Brock schließt den Reißverschluss, hüpft durchs Gehölz.

- Sicher! Ich gehe gern spazieren.

Um Elises Mundwinkel zuckt ein Lächeln.

- Wie lange möchtest du eine Ratte sein?

Er lässt seine Arme fliegen wie Schmetterlinge.

- Das kann ich wirklich nicht sagen.

Eine Lichtung kommt in Sicht. Wie ein pflanzenförmiges Zuckerbäckerornament ragt der rosafarbene Brunnen aus einem runden Teich empor.

Elise schmiegt sich an Huch.

- An diesem Ort herrscht eine geheimnisvolle Stimmung. Ich bin ganz durcheinander.

103

Amina streckt den Arm aus.

- Kann ich bitte die Trompete haben?

Huch sagt augenzwinkernd.

- Ich bin glücklich, wenn ich sie aus der Hand geben darf.

Brock schiebt das rechte Bein etwas nach vorn.

- In unserem Team gibt es eine einfache Regel. Wir beschenken einander.

Elise meint mit Blick auf Huch.

- Du bist meine erste Liebe.

Ein Mann nähert sich mit schnellen Schritten.

- Hallo, ich bin Oliver Klipp.

Er trägt Shorts.

- Ich habe mich sportlich angezogen und hoffe, dass ihr mich beachtet.

Amina fährt sich durchs Haar.

- Natürlich! Du bist besonders.

Brock schaut Klipp unverhohlen ins Gesicht.

- Ich würde gern deine Shorts tragen.

Elise nimmt Brocks Hand.

- Wärst du gern ein Sportler?

Sein Atem stockt.

- Das ist genau meine Idee.

Klipp zieht die Shorts aus.

- Wir sind gut befreundet. Da ist es ganz normal, die Kleider zu tauschen.

Amina runzelt die Stirn.

- Ich würde die Shorts um keinen Preis der Welt hergeben.

Brock steigt aus dem Rattenkostüm.

- Warte es ab! Das wird dir sicher gefallen, wenn ich in Shorts vor dir stehe.

Elise macht eine Faust mit nach oben zeigendem Daumen.

- Hauptsache, du fühlst dich wohl darin.

Brock legt die Shorts an.

- Es geht nicht nur um mich. Wenn ich durch den Teich zum Brunnen gehe, diene ich uns allen.

Amina schenkt ihm einen blitzenden Augenaufschlag.

- Das nehmen wir gern an.

Sie wendet sich an Huch.

- Würdest du Robin die Trompete geben?

Er übergibt sie ohne Umschweife.

- Wer möchte das nicht!

Klipp schlüpft ins Rattenkostüm, weist auf Brock.

- Du bist der einzige Mann, dem meine Shorts stehen.

Elise schmiegt den Arm an den Körper.

- Und trotzdem sitzen sie locker.

Amina atmet schneller.

- Ich mag Seifenblasen.

Brock watet mit der Silbertrompete durch den Teich.

- Ich hoffe, dass sie mir gelingen.

Elise spreizt die Finger ab.

- Hat es Seifenwasser im rosaroten Brunnen?

Klipp zieht die Augenbrauen hoch.

- Oder ist es ein spezielles Wasser?

Amina faltet die Hände vor dem Bauch.

- Nein. Der Brunnen kann uns mit allem versorgen, was wir brauchen. Wenn wir wünschen, dass sein Wasser sich ballt, dann geschieht es.

Brock steht breitbeinig, ruhig und sicher vor dem Brunnen.

- Gut! Dann werde ich jetzt die Trompete in den Trog tauchen.

Elise legt die Hände zusammen.

- Du musst nichts versprechen.

Klipp spricht mit kräftiger Stimme.

- Aber gib dein Bestes!

Amina stemmt den weit ausgestellten Arm in die Hüfte.

- Ich bin sicher, du hast ein hervorragendes Talent für Seifenblasen.

Brock tunkt den Schallbecher ins Wasser ein.

- Mein Ziel ist es, eine einzige aus der Trompete zu blasen.

Elise springt aufgekratzt hin und her.

- Du darfst auch mehr machen.

Klipp verfolgt gebannt jede Bewegung Brocks.

- Früher oder später wird es dir gelingen.

Amina holt durch den Mund Luft.

- Wir haben genug Zeit und müssen lernen, als Team zusammen zu warten.

Brock bläst eine Seifenblase.

- Ganz unter uns, das ist die schönste, die ich je gemacht habe.

Sie schwebt über den Teich, schillert in den Regenbogenfarben.

Elise streckt sich.

- Man kann mit Sicherheit sagen, dass sie alle übertrifft.

Klipp zieht die Schulter zurück und das Kinn hoch.

- Ich finde keine Worte.

Amina lacht und klatscht.

- Ich liebe ihre intensiven Farben, das heiße Rosa, das elektrische Blau und das Drachengrün.

Brocks Oberkörper kippt immer weiter nach vorn.

- Ihr Flug erfreut mich.

Elise streicht Huch über die Schulter.

- Du bist sympathisch.

Er sperrt die Augen auf.

- Wieso?

Sie tanzt um ihn herum.

- Du kannst staunen wie ein Kind.

Eine Frau schlendert in die Lichtung.

- Hallo, ich bin Lilya Munz.

Sie trägt einen Schal.

- Ich würde euch gern etwas schenken.

Klipp lässt das Becken wippen.

- Was denn?

Lilya blinkert mit den Augen.

- Meinen Schal. Ist das eine gute Idee?

Amina hält ihr Gesicht in die Sonne.

- Ja sicher! Danke vielmals!

Brock steigt aus dem Teich.

- Wir nehmen Geschenke an.

Elise lässt den Blick schweifen.

- Die Frage ist nur, wer deinen Schal tragen soll.

Klipp weist mit dem bis auf die Fingerspitze durchgestreckten Arm auf Huch.

- Dir steht er am besten.

Lilya legt ihn Huch um den Hals.

- Dann gebe ich dir den Schal.

Huch atmet hörbar ein.

- Danke vielmals! Aber würde er jemand anderem nicht besser stehen?

Amina tänzelt um ihn herum.

- Nein! Der Schal wird dich immer glücklich machen.

Brock schleudert die Arme nach oben.

- Wir sind ein Team, das alles für dich tut.

Elise umarmt Huch.

- Ich glaube, dass du ihn nie mehr ablegen wirst, nicht einmal zum Schlafen.

Klipp balanciert auf einem Baumstamm.

- Sein Glanz erfreut die Menschen in deiner Umgebung.

Lilya schiebt Huch mit der Hand am Rücken an.

- Ich träume davon, dass dir die Herzen nur so zufliegen werden.

Plötzlich zeigen alle auf ihn und lachen.

Hinter ihm steht eine Giraffe, beugt den langen Hals, schnuppert am Schal.

Huch fährt herum.

- Es kann sein, dass er dir gefällt.

Amina steht auf den Zehenspitzen.

- Er ist anziehender, als wir dachten.

Brock gerät ins Staunen.

- Er hat den Schal kaum angelegt, und schon hat er eine Freundin!

Elise richtet den Kopf schräg nach oben.

- Giraffen sind größer als Pferde.

Klipp rudert mit den Ellbogen.

- Gibt es sie auch in anderen Farben?

Lilya schlägt ihm spielerisch auf die Schulter.

- Hast du einen bestimmten Wunsch?

Er zeigt ein rätselhaftes Lächeln.

- Ja, ich hoffe, dass eine blaue Giraffe kommt.

Mit hocherhobenem Kopf und leuchtender Geweihkrone tritt eine knallblaue Giraffe auf die Lichtung.

Amina klemmt die Hand unter das Kinn.

- Du darfst nie deine Wünsche verlieren, selbst wenn sie extrem sind.

Brock streckt und dehnt sich.

- Es macht Spaß, Tiere zu beobachten.

Elise spreizt das Bein tänzerisch ab.

- Ich spüre für eine Sekunde, dass ein kleines bisschen fehlt.

Klipp kreist um sich selbst.

- Musik!

Lilya stupst Huch an.

- Kannst du Klavier spielen?

Er schlägt den Blick nieder.

- Manchmal finden meine Finger die Tasten.

Amina wandert in den Wald.

- Dann sollten wir ein Klavier suchen.

Brock schließt sich ihr an.

- Mir würde ein farngrünes gefallen. Dann könnte ich zu jedem Ton singen: Farn, Farn, Farn.

Elise beugt den Oberkörper ein wenig nach vorne.

- Ein pinkes Klavier wäre mir lieber.

Klipp macht eine Aufwärmübung.

- Nun gut, wir sind ein Team. Dann gehen wir immer weiter durch den Wald, bis wir auf ein farngrünes und ein pinkes Klavier stoßen.

Lilya umfasst Huchs Arm.

- Nun musst du dich leider von den Giraffen verabschieden. Die Suche kann nicht warten.

Sein Blick gleitet über die Giraffen.

- Ich frage mich, ob sie das verstehen.

Sie richten sich auf, fressen Baumblätter.

Amina öffnet die Lippen.

- Es gibt viele Wendungen und Windungen auf diesem Waldweg.

Brock senkt die Wimpern.

- Aber wir kommen voran.

Elise lässt die Arme lose baumeln, drückt die Brust nach vorne.

- Du kannst hingehen, wohin du willst.

Klipp rupft ein Blatt vom Zweig.

- Klaviere lauern überall.

Lilya atmet flach durch den Mund.

- Sicher! Sie warten auf uns.

Der Weg führt durch den schattigen Wald. Die Luft riecht nach Föhren. Bei einem Findling stehen ein farngrünes und ein pinkes Klavier.

Amina führt den Handrücken an die Stirn.

- Die beiden Klaviere passen zusammen.

Brock schnellt nach vorn.

- Das stimmt. Mir hat es das farngrüne angetan.

Elise taucht aus dem Halbdunkel auf.

- Wer das pinke schöner findet, hebe die Hand.

Klipp tänzelt über den Waldboden.

- Ich finde, wir sollten die Klaviere nicht gegeneinander ausspielen.

Lilya legt Huch die Hand auf die Schulter.

- Lieber solltest du spielen.

Huch lehnt sich von ihr weg.

- Auf welchem?

Ein Flusspferd in Übergröße bricht durchs Unterholz.

Amina zieht die Nasenlöcher leicht zusammen.

- Lassen wir doch das Flusspferd entscheiden!

Brock sieht belustigt aus.

- Mich nimmt schon sehr wunder, welches Klavier es vorzieht.

Elise lacht zu ihm herüber.

- Ich würde vorsichtig vorhersagen, eher das pinke.

Das Flusspferd geht jedoch zum farngrünen, rülpst und spuckt einen Klavierstuhl aus.

Klipp ruft mit glockenheller Stimme.

- Es hat eine Vorstellung davon, welches es liebt.

Lilya stößt Huch in die Rippen.

- Es heißt dich zum Spielen willkommen.

Er setzt sich.

- Ich könnte den Stuhl ausprobieren.

Amina sagt mit halb geschlossenen Augen zu Huch.

- Willst du auch den Tastendeckel heben?

Brock kommt ihm zuvor.

- Das könnte ich übernehmen.

Elise fährt Huch aufmunternd über die Wange.

- Du bist mein bester Freund.

Ein Mann tanzt zuckend durch den Wald.

- Hallo, ich bin Franz Pronk.

Er trägt eine seidig brombeerblaue Uniform und bringt eine Bockleiter.

- Ich bewundere das riesige Flusspferd. Ich glaube, wir können uns alle auf seinen Rücken setzen und reiten.

Klipp steigt auf.

- Ich zweifle nicht daran.

Lilya folgt ihm, sieht ihn betreten an.

- Bist du nervös?

Amina rafft das Gewand, springt binnen eines Wimpern-schlags auf den Rücken.

- Warum nicht? Ich reite zum ersten Mal auf einem Fluss-pferd.

Brock bewegt sich geschmeidig und gelenkig.

- Ich finde es cool.

Elise nimmt auf dem breiten Rücken Platz.

- So etwas habe ich noch nie gemacht.

Klipp reckt das Kinn vor.

- Das Leben kommt in Schwung.

Lilya lädt Huch mit einer freundlichen Handbewegung ein.

- Steig auf, wenn du kannst.

Pronk dreht sich auf dem Absatz um.

- Ich helfe dir gern.

Eine Frau schreitet durch den Wald.

- Hallo, ich bin Giulia Rivera.

Sie trägt ein aufwendig gerüschtes Seidenkleid und sagt zu Huch.

- Gefällt dir dein Schal?

Er steht von einem Bein aufs andere.

- Möchtest du ihn?

Giulia streckt den Kopf lächelnd weit vor.

- Das könnte sein. Sicher ist nur: Er macht mich neugierig.

Amina macht ein pfiffiges Gesicht.

- Und schon ist es passiert!

Brock schnippt mit den Fingern.

- Schritt für Schritt wird dir Giulia eröffnen, worum es ihr geht.

Elise betrachtet Huch von oben bis unten.

- Gibst du ihr den Schal?

Seine Stimme schwankt leicht.

- Wäre das falsch?

Klipp rollt die Zunge mit halboffenem Mund.

- Das musst du dir gut überlegen.

Lilya zieht die Brauen über der Nasenwurzel zusammen.

- Ich würde alles Mögliche tun, nur das nicht.

Pronk steigt auf das Flusspferd.

- Wir haben uns lange genug hier aufgehalten. Ich schlage vor, dass wir mit dem Flusspferd langsam voranreiten.

Er zieht die Bockleiter hoch, sagt zu Giulia und Huch.

- Ihr kommt nach, sobald ihr Lust habt.

Sie richtet den Blick gegen den Himmel.

- Danke! Der Vorschlag ist goldrichtig.

Das Flusspferd setzt sich in Bewegung.

Amina ruft zurück.

- Meditiert in aller Ruhe über euer zukünftiges Leben!

Brock umfasst die Silbertrompete mit beiden Händen und drückt sie an sich.

- Menschen, Katzen, Fische und Vögel mögen es gern ruhig.

Elise hält die umgedrehte Hand schalenförmig hoch.

- Entspannt euch! Wir sind schon so gut wie verschwunden.

Klipp sitzt zurückgelehnt auf dem Flusspferd.

- Gleich seid ihr ganz ungestört.

Lilya spricht, als hätten ihre Silben jeden Bodenkontakt verloren.

- Ihr seht fröhlich unter den Bäumen aus.

Pronk hebt lässig den Arm.

- Eines Tages wird euer Traum wahr.

Giulia kann sich vor Lachen nicht mehr einkriegen.

- Welcher Traum?

Er winkt zum Abschied.

- Ich kann nicht mehr verraten.

Erst hören Giulia und Huch noch das dumpfe Trampeln des Flusspferds, dann nur noch die Vögel in den Wipfeln.

Giulia fasst seine Hand.

- Das ist eine gute Gelegenheit sich kennenzulernen.

Huch öffnet die Lippen.

- Wirklich?

Sie geht mit bedächtigen Schritten in die entgegenge-setzte Richtung.

- Machen wir einen Spaziergang?

Er tippt sich mit der Fingerspitze gegen das Kinn.

- Ich gehe gern zu Fuß.

Ihre Augen beginnen zu leuchten.

- Wir haben ein interessantes Gespräch.

Huch neigt den Kopf leicht zur Seite.

- Wie es aussieht, interessierst du dich für den Schal.

Sie schießt funkelnde Blicke auf ihn ab.

- Nicht nur! Ich wollte dir schon lange sagen: Du bist mein Freund.

Ein Mann stürmt durch den Wald.

- Hallo, ich bin Richard Burillo.

Er trägt eine Armbanduhr und schwenkt einen kaminfe-gerschwarzen Zylinder.

- Passt er euch?

Giulia antwortet mit halb gesenkten Lidern.

- Dieser Hut ist zu groß für mich.

Burillo schiebt die rechte Schulter vor.

- Er ist besonders wertvoll.

Eine Haarsträhne fällt ihr übers Auge.

- Bist du verheiratet?

Er lacht schallend.

- Nein, ich bin ledig.

Giulia schmiegt die Arme auf Bauchhöhe an den Leib.

- Nicht jeder kann seine Träume umsetzen.

Burillo federt in den Knien.

- Ich schon! Ich bin Zauberer geworden.

Sie guckt schelmisch hinter dem Haar hervor.

- Kannst du uns einen Trick vorführen?

Er scheint vor Energie zu sprühen.

- Sicher! Sogar 2, wenn ihr wollt.

Giulia streift Huch über die Schulter.

- Es fragt sich, wie viele Tricks wir sehen möchten, einen oder 2?

Sein Blick schweift nach links, bleibt an ihrem Gesicht hängen.

- Fragst du mich?

Sie streicht sich die Fransen aus der Stirn.

- Ja, ich möchte deine Meinung einholen. Wir sind Freunde und besprechen alles.

Huch stützt das Kinn auf seinen Handrücken.

- Ich könnte mir vorstellen, dass wir uns erst einen Trick zeigen lassen und dann entscheiden, ob wir mehr sehen wollen.

Burillo dreht mit geschlossenen Augen eine Pirouette.

- Du bist klug! Darf ich den Schal haben?

Giulia wölbt die Lippen nach vorn.

- Wieso nicht?

Huch reicht ihm den Schal zeitlupenhaft langsam.

- Manchmal ist es schwer festzustellen, wem er gehört.

Burillo stopft den Schal in seinen Zylinder.

- Ihr seid freundlich.

Giulia tänzelt um Burillo herum.

- In deinem Hut ist reichlich Platz.

Er zeigt ihr den leeren Zylinder.

- Leider kann ich den Schal nicht mehr zurückgeben. Er ist weg und verschwunden.

Sie beugt sich über den Hut.

- Das ist ein besonderer Trick.

Burillo wirft den Zylinder in die Luft.

- Ich wusste nicht, dass er funktioniert.

Giulia zieht eine Schulter hoch.

- Wer sagt denn, dass wir nicht mehr zu verblüffen sind!

Er fängt den Hut auf.

- Eigentlich ist es schade. Der Schal hatte eine schöne Breite. Man hätte einen Minirock daraus machen können.

Ein verlegenes Lächeln huscht über ihr Gesicht.

- Wisst ihr, ob Miniröcke noch aktuell sind?

Burillo sagt mit kratziger Stimme.

- Es gibt verschiedene Ansichten, was die Mode betrifft.

Huch schiebt die Hände in die Hosentaschen.

- Wir könnten eine Umfrage starten.

Giulia hakt sich bei ihm ein.

- Das ist eine gute Idee.

Burillo schlägt einen federnden Gang ein.

- Das hört sich verlockend an. Wir gehen durch den Wald und fragen uns um.

Die Bäume breiten ihr Blätterdach aus. Unter einer knorrigen Eiche liegt ein birkenweißer Schneewittchensarg.

Giulia sieht eine Frau darin liegen.

- Sie schläft.

Burillo fasst sich an die Stirn.

- Vermutlich gibt sie keine Antwort.

Die Frau schlägt die Augen auf.

- Hallo, ich bin Schneewittchen.

Sie trägt ein wolkenweißes Tenniskleid.

- Seid ihr gute Freunde?

Giulia stellt sich auf die Zehenspitzen.

- Ja! Wir sind ein Team und machen eine Umfrage.

Burillo geht in die Hocke.

- Ich mag Gespräche über Mode. Du auch?

Schneewittchen steigt aus dem Sarg.

- Natürlich! Ich rede gern über Kleider.

Giulia zeigt mit dem ausgestreckten Finger auf Huch.

- Was ist mit dir?

Huch steht neben einer Buche.

- Es wäre anmaßend, mich als Experten zu bezeichnen, aber ich könnte meine persönliche Meinung sagen.

Burillo legt den Knöchel des Mittelfingers an die Schläfen.

- Die persönliche Meinung ist etwas, das immer hilft.

Schneewittchen fährt sich mit der Hand durchs Haar.

- Ich danke euch für das offene Gespräch.

Giulia dreht die Hand um die Armachse.

- Wir wollen doch, dass du uns von deinen Vorlieben erzählst.

Burillo blinzelt Schneewittchen mit den Augen zu.

- Gefallen dir Fische?

Sie lässt den Mund weit offen stehen.

- Ja! Ich würde am liebsten mit einem Goldfisch tanzen.

Ein Mann läuft aus dem Schatten des Waldes.

- Hallo, ich bin Henrik Mancini.

Er trägt ein rapsgelbes T-Shirt.

- Der Goldfisch ist kein gewöhnlicher Fisch.

Giulia fährt mit einem Ruck empor.

- Wo schwimmt er?

Burillo dreht den Oberkörper.

- Wie können wir ihn finden?

Schneewittchen schiebt die Knie auseinander.

- Kannst du uns zu ihm führen?

Mancini winkelt den rechten Fuß an.

- Selbstverständlich!

Er bringt sie in eine wilde, unberührte Waldlandschaft. Vögel singen in den Bäumen.

- Ich kenne den kürzesten Weg.

Giulia spreizt die Finger, presst sie auf die Brust.

- Die Wurzeln sind riesig.

Burillo bestaunt die säulenartigen Stämme.

- Das sind die größten Bäume, die ich jemals gesehen habe!

Schneewittchen hält die Augen weit geöffnet.

- Hier bin ich noch nie gewesen.

Achtes Kapitel

Die Hochzeitskutsche

Mancini klappert mit den Lidern.

- Wir kommen gut voran. Ich bin stolz auf euch. Ihr seid mein Team.

Er zeigt ihnen einen Teich, den Seerosen bedecken.

- Sie blühen.

Giulia lässt den Blick über das Wasser gleiten.

- Schade, dass der Goldfisch nicht zu sehen ist!

Mancini atmet mit einem kräftigen und tiefen Zug den Brustkorb empor.

- Er taucht auf, wenn er uns sieht.

Burillos Hände flattern wie aufgeregte Vögel.

- Tanzt er gern?

Mancini lehnt den linken Arm lässig an die Hüfte.

- Tanzen ist seine Leidenschaft.

Ein heller Lichtfleck fällt auf Schneewittchens Stirn.

- Wie kann ich ihn anlocken?

Mancini beugt sich sehr weit nach vorn.

- Habt ihr den Flossenschlag gehört?

Ein riesiger Goldfisch springt aus dem Wasser, tanzt auf den Seerosenblättern.

Giulia lacht mit weit offenem Mund.

- Ich liebe ihn.

Burillos Stimme beginnt zu taumeln.

- Wenn ich doch nur auch auf den Seerosenblättern ge-

119

hen könnte!

Schneewittchen hopst auf ein Blatt.

- Ich gebe dir einen guten Rat.

Sie tanzt mit dem Goldfisch, ruft Burillo über die Schulter zu.

- Du musst nicht gehen, sondern hüpfen.

Mancini wischt sich die Stirn.

- Sie trotzt der Schwerkraft.

Giulia legt Huch eine Hand auf den Arm.

- Sie ist zufrieden.

Er setzt ein breites Lächeln auf.

- Der Goldfisch vielleicht auch.

Burillo drängt zum Aufbruch.

- Wie wäre es? Gehen wir ein bisschen weiter?

Schneewittchen dreht Pirouetten.

- Ich komme später.

Mancini macht sich auf den Weg.

- Bevor ich es gesehen habe, wusste ich gar nicht, wie gut Goldfische tanzen können.

Giulia blickt auf.

- Schaut euch den klaren Himmel an!

Burillo streckt und räkelt sich.

- Keine Wolke trübt das Blau.

Mancinis Blick ist geradeaus auf einen Park gerichtet.

- Folgt mir!

Auf einem Rasen steht ein Müllcontainer.

Giulia bewegt sich leichtfüßig darauf zu, erstarrt.

- Das ist für mich eine Überraschung.

Burillo heftet sich an ihre Fersen.

- Was siehst du?

120

Sie presst die Beine zusammen.

- Ein zerstörtes Gemälde.

Mancini tippt sich an die Stirn.

- Der Rahmen ist zerbrochen, die Leinwand zerknittert.

Giulia winkt Huch.

- Das musst du genau ansehen.

Er späht in den Container.

- Der beste Weg es zu betrachten, wäre es herauszunehmen.

Burillo legt das Gemälde in den Rasen.

- Bei der Kunst ist es so, dass eine kleine Unachtsamkeit großen Schaden anrichten kann.

Mancinis Augen sind in unruhiger Bewegung.

- Wie meinst du das?

Burillo zieht den Kopf zwischen die Schultern.

- Vielleicht hat jemand das Gemälde fallen lassen.

Giulia presst die Lippen zusammen.

- Du hast Sinn für Humor.

Burillo guckt ratlos.

- Wieso?

Mancini reckt den Hals.

- Ein Sturz würde es wohl kaum so übel zugerichtet haben.

Burillos Augen blitzen.

- Es könnte aus einem Flugzeug gefallen sein.

Giulia lehnt sich aus Versehen an ihn an.

- Ich bin froh, dass du es aus dem Container geholt hat.

Burillo geht in die Knie.

- Wenn ich eine Galerie hätte, würde ich es ausstellen.

Eine Frau tritt in den Park.

- Hallo, ich bin Thalia Falco.

Sie trägt Schnabelschuhe.

- Ich bin sicher, dass ich in meiner Galerie einen guten Platz finde.

Giulia öffnet leicht die Lippen, als würde sie gerade ganz tief durchatmen.

- Hast du Gästezimmer?

Thalia deutet mit dem Daumen hinter sich.

- Ja, ich kann euch 4 Schlafzimmer im Obergeschoß anbieten.

Burillo gähnt.

- Ich brauche ein Bett.

Mancini legt sich die Hände auf die Augen.

- Ich weiß nicht, was ich sagen soll, aber ich bin auch ziemlich müde.

Thalias Fußspitze zuckt kurz.

- Ihr solltet euch erholen.

Sie geht durch den Park zu einem steinweißen, turmgekrönten Haus, das in der Sonne blitzt und von Freitreppen flankiert ist.

- Bin ich etwas zu schnell für euch?

Giulia hebt mit durchgedrücktem Rücken den Kopf.

- Nein, ich habe noch nie einen so ruhigen Gang gesehen.

Burillo hebt das zerstörte Gemälde auf.

- Ich würde auch gern einmal ausgestellt werden.

Thalia sagt mit plötzlich aufblitzendem Lächeln.

- Wir tragen ein Bett in die Galerie.

Mancini gesellt sich zu ihr.

- Ich würde es schätzen, wenn ich ein Bett neben dem Kunstwerk bekäme.

Giulia nähert sich dem Haus.

- Hat es auch Platz für mich?

Thalia öffnet beide Türflügel.

- Ich kümmere mich darum.

Der Blick fällt in einen weiten, sonnendurchfluteten Ausstellungsraum.

Burillo legt das zerstörte Gemälde in der Mitte auf den hellen Boden.

- Wir sind alle schläfrig geworden.

Mancini schaut neugierig zu einer Freitreppe.

- Sind die Betten im oberen Stock?

Thalia setzt den Fuß auf die Treppenstufe.

- Mein Traum ist, die Gäste zu verwöhnen.

Ein Mann trägt ein leinenweißes Bett hinunter.

- Hallo, ich bin Michel Gorny.

Er hat löwenzahngelbe Shorts an.

- Probiert es bitte aus!

Eine Frau führt das Bett hinten.

- Hallo, ich bin Noemi Toklas.

Sie trägt perlweiße Sandalen.

- Sagt eure Meinung! Gefällt es euch?

Giulia zupft das Kleid zurecht.

- Das Bett rettet uns.

Burillos Mund steht offen.

- Es wird unseren Ansprüchen gerecht.

Mancini dreht und krümmt den Oberkörper.

- Ich benutze das Kopfkissen.

Thalia streift Huch mit ihrem Arm.

- Es ist ein Bett für 4 Personen.

Er senkt eine Schulter ab.

- Es ist das erste Mal, dass ich ein so großes Bett sehe.

Gorny lässt am Treppenfuß Noemi vorangehen.

- Es ist heiß begehrt.

Noemi lenkt das Bett in den sonnendurchfluteten Raum.

- Vor allem von Giraffen und anderen Langschläfern.

Er stellt es neben dem zerstörten Gemälde ab.

- Das Bett passt in die Umgebung.

Sie fährt sich mit der Hand durchs Haar.

- Tragen macht Spaß. Es fällt mir nicht leicht loszulassen.

Giulia legt sich hin.

- Wie lange dürfen wir schlafen?

Thalia stützt das Kinn in die Hand.

- So lange wie ihr wollt!

Burillo macht sich am Verschluss zu schaffen.

- Da ich immer auf die Armbanduhr schaue, ziehe ich sie jetzt ab.

Ein Mann schreitet zum turmgekrönten Haus.

- Hallo, ich bin Tilo Wimm.

Er trägt einen Blazer und bringt eine Aluminiumleiter.

- Damit kommen wir überall hin.

Huch dreht sich um.

- Kletterst du auf einen Baum?

Wimm stellt sie ab.

- Nein, nein! Wir haben noch kein Ziel.

Er blickt in den Ausstellungsraum und überlässt Huch die Leiter.

- Halte sie mal kurz. Ich bin gleich zurück.

Burillo streckt sich auf dem Bett aus.

- Ich bin sicher, dass du eine gute Idee hast, wo wir die Uhr versorgen könnten.

Wimm geht in den Saal.

- Ich löse das Problem für dich.

Er ergreift die Uhr.

- Die Entspannung kann beginnen.

Mancini stützt sich mit einer Hand auf den Bettrand.

- Ich sehe mich schon schlafen.

Thalia steigt die Treppe hoch.

- Wir bringen die Uhr in den Turm.

Gorny folgt ihr.

- Wie wäre es, wenn wir sie auf ein Samtkissen legen würden?

Noemi gibt Wimm einen Wink.

- Wir setzen uns im Turm zusammen und beraten die Details.

Wimm läuft zur Treppe.

- Ihr seid meine besten Freunde.

Huch fragt in ruhigem Ton.

- Was geschieht mit der Leiter?

Thalia teilt ihm fröhlich mit.

- Das entscheiden wir später.

Gorny legt den Kopf in den Nacken.

- Momentan kümmern wir uns um die Uhr.

Noemi ruft unter der Tür.

- An deiner Stelle würde ich die Leiter ablegen.

Wimm verschwindet mit den anderen im Turm.

- Oder anstellen.

Eine Frau geht auf Huch zu.

- Hallo, ich bin Livia Zamora.

Sie trägt ein goldoranges Sommerkleid.

- Im Park liegen mehrere Würfel zerstreut. In manche kann man hineinklettern. Ich bin froh, dass du eine Leiter hast.

Huch richtet die Fußspitzen leicht nach innen.

- Ich habe nicht erwartet, dass sich jemand dafür begeistern könnte.

Ein Mann tanzt ums turmgekrönte Haus.

- Hallo, ich bin Malik Bark.

Er trägt ein krokuslila Hemd und legt die Hand an einen Holm.

- Gib mir die Leiter!

Huch lässt sie los.

- Danke, dass du sie nimmst!

Bark schultert sie.

- Ich helfe gern.

Livia blickt vertrauensselig.

- Seid ihr bereit?

Seine Nasenflügel beben.

- Mehr als bereit! Schon unterwegs.

Sie geht im Schatten hoher Bäume zu einem riesigen Würfel.

- Es fällt mir leicht, mit euch ein Team zu bilden.

Er stellt die Leiter an.

- Mir auch! Aber ich würde gern das Hemd wechseln.

Eine Frau kommt durch den Park.

- Hallo, ich bin Ariana Steinbach.

Sie trägt ein Kleid mit Rüschen an den Ärmeln und bringt ein königblaues Hemd.

- Das ist das Hemd, das dir passen könnte.

Livia wirft ihm einen Blick zu.

- Es könnte dir geradezu perfekt stehen.

Bark knöpft sein krokuslila Hemd auf.

- Mein Ziel ist, euch zu gefallen.

Ariana lächelt ihm zu.

- Wir beraten dich.

Ein Mann spaziert durch den Park.

- Hallo, ich bin Jason Gill.

Er trägt eine bernsteingelbe Hose und bringt einen Rucksack.

- Darf ich dir das alte Hemd abnehmen?

Bark reicht es ihm.

- Gern. Mein Team schenkt mir ein neues.

Ariana entfaltet das königsblaue Hemd.

- Es ist leichter, ein neues zu bekommen, als ein altes zu entsorgen.

Gill öffnet den Rucksack.

- Ich nehme es, stecke es in den Sack und sorge dafür, dass es gewaschen wird und einen neuen Träger findet.

Livia steht auf dem linken Bein.

- Ich hätte Lust, in den Würfel zu steigen.

Bark zieht das königsblaue Hemd an.

- Im neuen Hemd strotze ich vor Tatendrang.

Ariana steigt auf die Leiter.

- Ich hoffe, sie steht gut.

Livia blickt ihr versonnen nach.

- Wie viele Sprossen hat die Leiter?

Bark richtet sich auf.

- Ich zähle 12.

Gill schließt den Rucksack.

- 12 ist eine Glückszahl.

Ariana ruft herab.

- Ich bin so weit oben, dass ich in den Würfel gucken kann.

Seine Stimme klingt neugierig.

- Was siehst du?

Sie beugt sich über die Oberkante.

- Ich brauche eine zweite Leiter, um in den Würfel hinab-
zusteigen.

Eine Frau steigert das Tempo ihrer Schritte.

- Hallo, ich bin Bella Kirstin.

Sie trägt ein Kleid mit einer großen korallenroten Schärpe
und bringt eine Aluminiumleiter.

- Sie ist einzigartig, federleicht und zugleich stabil.

Ariana reckt ihren Arm.

- Darf ich sie mal in die Hand nehmen?

Bark spricht mit leuchtenden Augen.

- Ich richte sie auf.

Ariana beugt ihren Kopf tief.

- Du musst sie nur reichen. Ich ziehe sie hoch und kippe
sie über die Kante.

Gill richtet den Blick bedächtig auf sie.

- Ist gut.

Bella zieht beide Augenbrauen nach oben.

- Ein wenig Glück gehört dazu.

Ariana stellt die zweite Leiter sorgfältig im Innern des Wür-
fels an.

- So könnte ich Berge voller Höhen und Tiefen überwin-
den.

Sie schürzt das Kleid, schwingt das Bein über die Oberkante und steigt auf der andern Seite ab.

- Diese beiden Leitern ähneln sich.

Livia betritt als Nächste die Leiter.

- Bitte warte auf mich!

Bark geht hinter ihr.

- Wenn ich wiedergeboren werden könnte, wollte ich in einem Würfel zur Welt kommen.

Ariana ruft aus dem Innern.

- Du kannst ja zu mir kommen.

Gills Stirnfalten kräuseln sich bis unter die Kopfhaut.

- Hallo! Gibt es etwas Besonderes im Würfel?

Bella weist zur Leiter.

- Schau nach und lass dich überraschen!

Er spitzt die Ohren.

- Nach dem, was ich höre, muss es großartig sein.

Sie tätschelt ihm die Hand.

- Es wäre besser für dich, persönlich nachzusehen.

Gill klettert die Leiter hoch.

- Ich bin schon unterwegs.

Bella wirft Huch einen Blick zu.

- Welchen Weg gehen wir?

Er lässt den Arm über die ausgestellte Hüfte fallen.

- Wir können gehen, wohin wir wollen.

Sie schlägt vor.

- Dann nehmen wir den Weg ins Tal.

Huch bewegt sich in kleinen Schritten vorwärts.

- Vielleicht grasen dort Schafe.

Über einen großen kalkweißen Fels und eine weite Fels-terrasse rauscht ein Fluss.

Bella schaut versunken in die Strömung.

- Mir gefällt die Musik, die im Wasser klingt.

Sie blickt Huch fragend an.

- Spielst du ein Instrument?

Ein Mann betritt den Fels stürmisch.

- Hallo, ich bin Ferdinand Wallroth.

Er trägt ein tomatenrotes Halstuch und bringt eine Gitarre.

- Interessiert ihr euch?

Bella wendet sich mit einer heftigen Bewegung um.

- Ja. Gitarren wiegen leicht.

Wallroth lehnt den linken Arm lässig an die Hüfte.

- Alles läuft nach Plan. Ich habe eine Gitarre, und ihr zeigt Interesse.

Sie reckt den Kopf nach vorn.

- Du bist unser neuer Freund.

Seine Augenlider klappen auf und zu, aber sein Blick dahinter bleibt fest.

- Wir sind ein Team. Spielst du einen Song?

Bella kann sich vor Lachen nicht mehr einkriegen.

- Ich kann nicht spielen.

Wallroth senkt seinen Blick.

- Du musst einfach anfangen.

Sie hält Huch den Ellbogen zum Einhaken hin.

- Kannst du spielen?

Er setzt ein Lächeln auf.

- Wieso fragst du mich das?

Bella rempelt ihn an.

- Du hast große Hände.

Wallroth gibt ihm die Gitarre, legt ihm das Band über die Schulter.

- Jeder kann spielen.

Huch schaut sich um.

- Wir brauchen einen Koffer, um sie zu versorgen.

Bella gibt ihm einen Kuss.

- Jetzt hast du dich verraten! Du kennst dich aus und spielst uns einen Song.

130

Eine Frau kreuzt auf.

- Hallo, ich bin Mejra Achenbach.

Sie trägt ein grasgrünes Kostüm und bringt einen Gitarren-koffer.

- Ich hoffe, dass er euch gefällt.

Bella schließt die Augen.

- Dankeschön! Wir schauen ihn später an.

Wallroth dreht nur leise den Zeigefinger und richtet ihn auf Huch.

- Im Augenblick würden wir nämlich gern deinen Song hören.

Mejra klopft ihm auf die Schulter.

- Wir warten.

Huch lupft die Augenbrauen.

- Ich weiß gar nicht, welchen Song ihr wünscht.

Bella schnuppert genießerisch an seinem Haar.

- Wir wünschen „Komm, lieber Mai, und mache" von Wolf-gang Amadeus Mozart.

Wallroths Hand berührt seine Schulter.

- Und noch etwas! Ich möchte dich näher kennenlernen.

Mejra streicht mit dem Finger übers Gesicht.

- Ich weiß nichts über dich, außer dass du Gitarrist bist.

Huch zupft an einer Saite.

- Diese Gitarre klingt gut.

Bella sagt mit einem Zwinkern in den Augenwinkeln.

- Unser Team sollte immer von Musik umgeben sein.

Wallroth krümmt Daumen und Zeigefinger zu einem Kreis.

- Wir sind deine Freunde.

Mejra atmet tief durch die Nase ein.

- Wir freuen uns auf deine Stimme.

Ein Lächeln legt sich auf Huchs Gesicht.

- Ich dachte, ihr würdet singen.

Ein Mann schiebt einen Handwagen mit einem Schlagzeug darauf.

- Hallo, ich bin Friedrich Kanari.

Er trägt einen übergroßen Strickpullover.

- Möchte jemand heiraten?

Bellas Mund zuckt.

- Die Hochzeit ist ein wichtiges Ereignis.

Wallroth sieht sie an.

- Du und ich, wir sind Mitglied eines Teams.

Mejra legt den Gitarrenkoffer auf den Handwagen.

- Das stimmt genau. Ihr 2 habt etwas gemeinsam.

Kanari wirft den Kopf zurück und lacht.

- Gebt euch doch das Jawort.

Bella strahlt und neigt den Kopf zur Seite.

- Warum nicht?

Wallroth strahlt zurück.

- Ich versuche, an etwas Anderes zu denken.

Ein Lächeln huscht über Mejras Gesicht.

- Aber dir kommt nur die Hochzeit in den Sinn.

Kanari greift sich ans Herz.

- Das sehen wir.

Bellas Herz fängt an zu pochen.

- Es ist klar, dass wir verliebt sind.

Wallroth öffnet die Beine eine Spur breiter.

- Du bist die einzige Frau, die ich heiraten möchte.

Sie strafft sich.

- Ich hätte gern ein Brautkleid aus Baumwolle.

Er richtet sich zu seiner vollen Größe auf.

- Vielleicht kann es jemand auftreiben.

Mejra macht einen Ausfallschritt.

- Unverzüglich! Wir verlieren keine Sekunde.

Kanari kneift die Augen zusammen.

- Welche Größe hast du?

Eine Frau streift durch die Schlucht.

- Hallo, ich bin Carina Madani.

Sie trägt bananengelbe Leggings und bringt eine Kiste.

- Wenn ihr es zulässt, könnte ich sie aufmachen.

Bella wendet den Blick nach rechts.

- Was sagt ihr?

Wallroth stellt sich auf die Zehenspitzen.

- Ich bin dafür.

Mejra trommelt mit den Fingernägeln auf die Kiste.

- Ich finde es gut, dass wir gemeinsam entscheiden.

Kanari reckt die Arme schützend über den Kopf.

- Entscheidungen sind nicht so einfach, wie es den Anschein hat.

Carina mustert Huch aus den Augenwinkeln.

- Könntest du bitte deine Meinung sagen?

Huch weicht einen Schritt zurück.

- Was würdest du selber am liebsten tun?

Sie schließt die Augen und lacht schallend.

- Ich würde den Deckel abnehmen.

Bella öffnet die Kiste.

- Genau! Das mache ich!

Wallroth streicht mit der Hand über den Stoff, der zum Vorschein kommt.

- Diese Baumwolle fühlt sich seidig und glatt an.

Mejra nimmt das Kleid heraus.

133

- Du verstehst etwas von Stoffen.

Ein Lächeln huscht über Kanaris Mund.

- Das Kleid ist ein Blickfang.

Carina stellt die Kiste auf den Handwagen mit dem Schlagzeug.

- Wir suchen eine Umkleidekabine.

Hufgetrappel hallt durch die Schlucht. 4 Schimmel ziehen eine silberweiße Hochzeitskutsche.

Neuntes Kapitel

Der Zeppelin

Ein Mann winkt auf dem Kutschenbock.
- Hallo, ich bin Josef Larkin.
Er trägt einen Smoking.
- Meine Kutsche hat die beste Kabine.
Bellas Augenbrauen hüpfen.
- Darf ich darin das Brautkleid anprobieren?
Larkin beugt den Rücken.
- Ja sicher.
Wallroth schreibt Ringe in die Luft.
- Du bist ein freundlicher Kutscher.
Mejra öffnet ihr die Tür.
- Ich würde dir gern helfen.
Bella tritt in die Kutsche.
- Dankeschön! Ob mir das Kleid wohl passt?
Kanari verschränkt die Arme vor der Brust.
- Ich vermute, es hat die ideale Größe.
Carina hebt den Kopf.
- Mit diesem Kleid sorgst du für Aufsehen.
Larkin lässt den Blick übers Team schweifen.
- In meiner Kutsche haben alle Platz.
Wallroth legt die Hand an die Wange.
- Zugegebenermaßen.
Kanari kugelt auf dem Boden rum.
- Aber ich denke, es macht Sinn, dass wir warten.

135

Carina zupft sich die Haarsträhnen aus dem Gesicht.

- Bella wird gleich heraustreten und sich zeigen.

Larkin winkt.

- Sie kommt!

Bella steigt aus der Kutsche.

- Ich habe mich, so schnell ich konnte, umgezogen.

Wallroth hat Glanz in den Augen.

- Das Kleid steht dir.

Mejras Herz hämmert.

- Jetzt gibt es kein Zurück mehr.

Kanari fordert Carina mit einer Handbewegung auf einzusteigen.

- Wir fahren zur Hochzeitshalle.

Sie zögert.

- Jeder möchte dem andern den Vortritt lassen.

Larkin zieht die Beine an.

- Alles in allem seid ihr ein vorbildliches Team.

Bella reicht Wallroth die Hand.

- Es ist nie zu früh zum Heiraten.

Er hilft ihr beim Einsteigen.

- Ich liebe dich.

Mejra fühlt unter ihren Füßen ein Kribbeln.

- Habt ihr eine Trauzeugin?

Bella guckt aus der Kutsche.

- Ja, wir nehmen dich. Komm rein!

Kanari fasst sich an den Kopf.

- Ein gutes Team ist die schnelle und effektive Lösung, um Trauzeugen zu finden.

Wallroth schaut aus dem Kutschenfenster.

- Genau! Du bist es und fährst mit.

Carina schlägt den Blick auf.

- Darf ich an der Hochzeit singen?

Bella reckt das Kinn vor.

- Das würde uns freuen.

Larkin schenkt Huch eine einladende Handbewegung.

- Was ist mit dir?

Huch dreht an einem Stimmwirbel.

- Ich stimme die Gitarre.

Bella krümmt den Rücken wie ein Fragezeichen.

- Dauert das lange?

Huch horcht einem Ton nach.

- Ich werde bald fertig sein.

Wallroth reibt Daumen und Zeigefinger aneinander.

- Ist gut! Wir treffen uns in der Hochzeitshalle.

Huch fährt mit dem Finger über die Saiten.

- Das ist eine Möglichkeit, wenn nichts dazwischenkommt.

Mejra verschränkt die Arme beflissen über dem Bauch.

- Ist die Halle in der Nähe?

Kanari zieht das Kinn zurück.

- Ja, es ist nur eine kurze Fahrt.

Carina macht ausladende Handbewegungen.

- Aber sie macht Spaß.

Larkin treibt die Pferde an, ruft Huch zu.

- Komm so schnell wie möglich nach!

Die Kutsche fährt los.

Das Hufgetrappel verklingt im Rauschen des Flusses.

Eine Frau eilt in großen Schritten über die Felsterrasse.

- Hallo, ich bin Medina Nunez.

Sie trägt einen erdbeerroten Bademantel.

- Das hört sich sehr interessant an.

Huch schaut auf.

- Was denn?

Medinas Blick verhakt sich einen Sekundenbruchteil länger als üblich.

- Die Töne, die du spielst.

Er wendet ein.

- Ich stimme bloß die Gitarre.

Ihre Arme wippen.

- Der Fels ist ganz warm von der Sonne. Hast du es gemerkt?

Huch blickt nach unten.

- Jetzt, wo du es sagst, fällt es mir auf.

Medina streckt die Hand aus.

- Gib mir die Gitarre! Ich stimme sie.

Er streift das Band über den Kopf.

- Dankeschön! Das kannst du sicher besser als ich.

Sie nimmt die Gitarre.

- Leg dich hin und mach es dir bequem.

Ein Mann flaniert über die Felsterrasse.

- Hallo, ich bin Lorenz Klimek.

Er trägt eine Operettenuniform.

- Da steht ein Schlagzeug auf dem Handwagen. Darf ich es abladen?

Medina sagt mit verschmitztem Lachen.

- Sei so gut! Es ist höchste Zeit.

Er hebt ein Instrument ums andere vom Wagen.

- Hallo Trommeln und Becken! Ihr werdet jetzt aufgestellt.

Sie reckt den Hals.

- Du hast ein fröhliches Lächeln auf den Lippen. Spielst du gern?

138

Klimek tritt 2 Schritte beiseite.

- Nein! Ich frage mich, wer das Schlagzeug erfunden hat.
Dieser Mensch hatte sicher 6 Hände.

Medina ruft Huch zu.

- Wir wollen Musik machen. Übernimmst du das Schlagzeug?

Eine Frau kommt daher.

- Hallo, ich bin Anne Manzoni.

Sie ist in libellengrünen Satin gewandet.

- Jetzt bin ich an der Reihe.

Medina biegt ihren Körper.

- Gehst du ans Schlagzeug?

Klimek wirft sich lässig das links gescheitelte Haar aus der Stirn.

- Wir hoffen, dass du spielst.

Anne setzt sich auf den Trommelstuhl und beginnt.

- Ich habe nichts anderes im Sinn.

Medina setzt mit der Gitarre ein.

- Du bist sehr geschickt.

Klimek hat ein blitzendes Lachen in den Augen.

- Schlagzeug und Gitarre vertragen sich gut.

Anne trommelt in leicht vorgebeugter Haltung.

- Je mehr wir zusammen spielen, desto leichter fällt es uns.

Medina wendet den Kopf zu Huch.

- Liebst du unsere Musik?

Er begegnet ihrem Blick.

- Ja, sie gefällt mir.

Klimek schlägt die Hand vor den Mund.

- Kann mir jemand helfen?

Anne schaut ihn von der Seite an.

- Was brauchst du?

Er schreit leidenschaftlich.

- Ich hätte gern einen Bass.

Ein Mann bewegt sich marionettenhaft über die Felsterrasse.

- Hallo, ich bin Kian Tarango.

Er trägt ein aprikosenoranges Hemd und bringt einen Bassgeigenkoffer.

- Wer steht am Bass?

Medina weist mit dem Zucken eines Augenwinkels auf Klimek.

- Lorenz!

Klimek zwinkert spitzbübisch.

- Könntest du mir den Bass geben?

Anne wirft einen Schlagstock in die Luft.

- Wir lieben die tiefen Töne sehr.

Tarango macht sich am Verschluss zu schaffen.

- Ich beeile mich.

Medina lässt ihren Blick zu Huch schweifen.

- Wir sind daran, eine Band zu gründen. Was sagst du dazu?

Huch nimmt ein schnelles Augenzwinkern wahr.

- Ich höre eure Musik gern.

Klimek fällt ihm um den Hals.

- Ich bekomme einen Bass. Kannst du dir vorstellen, wie glücklich ich bin?

Huch entzieht sich mit einer Drehung in der Hüfte.

- Ich bin mir nicht sicher, ob mir das gelingt.

Anne presst die Lippen zu einer Art Schmollmund zusammen.

- Es ist wertvoll, sich einzufühlen.

Tarango gibt Klimek den Bass.

- Du siehst begeistert aus.

Medinas Gesicht hellt sich auf.

- Das stimmt.

Klimek zupft an den Saiten.

- Ich hoffe, mein Spiel wird euch gefallen. Wünscht ihr etwas Bestimmtes?

Anne legt die Schlagstöcke ab.

- Ich hätte gern ein Brautkleid.

Tarango drückt ein wenig das Kreuz durch.

- Willst du heiraten?

Sie fährt sich durchs Haar.

- Ja. Aber ich kann auf der Felsterrasse kein Brautkleid sehen.

Ein bunt bemalter Zeppelin fliegt über das Tal.

Medina unterbricht das Gitarrenspiel.

- Vielleicht hat er etwas Passendes an Bord.

Klimek hebt die Finger von den Saiten.

- Achte darauf, dass es nicht zu eng in der Taille ist.

Anne steht auf.

- Wenn der Zeppelin hier landet, frage ich die Kapitänin.

Tarango kräuselt ein wenig die Nase.

- Darf ich dir einen Rat geben?

Sie lächelt mit den Augen.

- Ja gern!

Er schließt die Lider halb.

- Du solltest vor allem einen Bräutigam finden.

Der Zeppelin landet.

Die Kapitänin öffnet die Kabinentür.

- Hallo, ich bin Valerie Orinoco.

Sie trägt eine fliegenpilzrote Kunststoffbrille.

- Steigt ein, sucht euch den bequemsten Sitz und entspannt euch.

Medina hebt den Kopf.

- Hoffentlich hast du ein Brautkleid.

Valerie schießen Tränen in die Augen.

- Das finde ich furchtbar aufregend. Wer heiratet?

Klimek senkt das Kinn bis auf die Brust.

- Das fragen wir uns auch.

Anne fuchtelt mit den Unterarmen.

- Ich möchte eben das Kleid vor der Hochzeit aussuchen.

Valerie winkelt den Fuß an.

- Das verstehe ich.

Tarango tanzt um Anne.

- Ich liebe dich und würde dich gern heiraten.

Medina drückt Anne an sich.

- Möchtest du seine Frau werden?

Anne zieht die Schultern hoch.

- Warte bitte! Ich will zuerst ein hübsches Brautkleid.

Valerie dreht sich um, ruft in den Zeppelin.

- Wir brauchen den Schrank.

Ein Mann erscheint in der Türöffnung.

- Hallo, ich bin Gustav Pick.

Er trägt eine ahorngrüne Jacke.

- Wir bringen ihn gleich.

Eine Frau erscheint neben ihm.

- Hallo, ich bin Leona Robinson.

Sie trägt ein Eichhörnchenkostüm.

- Ihr könnt euch auf uns verlassen.

Medina wirbelt im Kreis durch die Luft.

- Sie holen extra den Schrank aus dem Zeppelin.

Klimek holt tief Atem.

- Sie sind zuvorkommend.

Anne wendet den Blick Tarango zu.

- Könnte ich einmal kurz mit dir sprechen?

Er reckt seinen Kopf empor.

- Ja, ich bin ganz Ohr.

Sie blinzelt, als wäre ein Staubkorn ins Auge geflogen.

- Liebe und Heirat sind große Wörter. Ich weiß nicht, ob sie mir passen. Zuerst brauche ich ein Brautkleid in meiner Größe.

Tarango öffnet beide Handteller.

- Ist gut! Dann mache ich meinen Antrag vielleicht später.

Valerie breitet die Arme aus.

- Nehmt es ruhig! Es gibt verschiedene Möglichkeiten. Man kann mit dem Kleid anfangen, mit einem Blick oder mit einer Rose. Jedes Paar geht es anders an.

Der Schrank hat Räder.

Pick stößt ihn aus dem Zeppelin.

- Ich denke, er ist schwerer geworden.

Leona zieht den Schrank.

- Das Problem ist, dass er alles aufnimmt, was reingeht.

Medina warnt.

- Passt auf, dass ihr euch nicht wehtut!

Picks Stirn entspannt sich.

- Mir passiert schon nichts. Ich mache nicht viel anderes als stoßen.

Leona hält inne.

- Wie schnell haben wir den Schrank am rechten Platz?

Klimek sieht zu Boden.

- Wenn das nicht der richtige Standort ist, verstehe ich die Welt nicht mehr.

Pick zieht anerkennend die Augenbrauen hoch.

- Du sprichst mir aus dem Herzen.

Leona wendet sich Klimek zu.

- Hast du schon einmal eine Frau geküsst?

Er wischt sich mit dem Arm über den Mund.

- Ja sicher! Aber was hat das mit dem Schrank zu tun?

Sie spreizt die Finger.

- Es war nur eine Frage.

Anne beugt sich leicht nach vorne.

- Darf ich auch etwas fragen?

Tarango tupft sich mit einem Taschentuch die Stirn ab.

- Bitte! Alle Stimmen sind wichtig.

Sie spielt mit dem Türgriff.

- Kann ich den Schrank öffnen?

Valerie schickt ihr ein Lächeln zu.

- Sei so gut! Er gehört dir mit allem, was drin ist.

Anne zieht am Griff.

- Danke! Du bist großzügig. Der Schrank ist wie neu.

Ein Mann springt heraus.

- Hallo, ich bin Tristan Strack.

Er trägt einen zottigen Pelz.

- Darf ich mich vorstellen?

Pick presst den Mund zu einem Strich zusammen.

- Wir hatten andere Vorstellungen.

Leona reibt sich die Augen.

- Wir dachten, es wären Brautkleider im Schrank.

Valerie bewegt die Hand auf und ab.

144

- Machen wir kein Aufheben! Du bist genau wie wir und gehörst zu uns.

Strack kreuzt die Arme über der Brust.

- Ihr könnt mich aber auch ausschließen. Der Entscheid liegt in euren Händen.

Medina tanzt um ihn herum.

- Du bist dabei! Ich hoffe, du fühlst dich wohl bei uns.

Er folgt ihr mit den Augen nach.

- Seid ihr meine neuen Freunde?

Klimek bestaunt den Pelz.

- Mehr als das! Ich bewundere dich.

Anne sagt mit leuchtenden Augen.

- Ich würde gern mit dir ins Bett gehen.

Tarango holt Luft.

- Hat es Betten im Zeppelin?

Valerie reckt das Kinn.

- In allen Größen, Längen und Breiten.

Pick breitet die Arme aus.

- Wir sind ein fliegendes Hotel.

Leona streckt die Nase nach vorn.

- Wie wäre es mit einer Tasse Kaffee?

Strack überlegt, wie er es ausdrücken soll.

- Ich habe auf der ganzen Welt eine Frau gesucht.

Anne ringt um Worte.

- Ich kann kaum kühlen Kopf bewahren.

Medina steigt in den Zeppelin.

- Ich gehe vor und sehe mich um.

Valerie weist mit einem Kopfrucken zur Tür.

- Kommt alle an Bord!

Klimek wirbelt auf der Spitze eines Fußes herum.

145

- Mich interessiert die Küche.

Er gibt den Bass Tarango.

- Übernimmst du ihn?

Tarango versorgt ihn im Koffer.

- Ja sicher. Er ist mein Lieblingsinstrument.

Pick stößt den Schrank.

- Ich brauche eine freundliche Helferin, die sich mit mir um den Schrank kümmert.

Leona fasst an.

- Ich helfe gern.

Strack rennt mit Anne an Bord.

- Es macht Spaß, etwas Neues auszuprobieren.

Sie beschleunigt die Schritte.

- Ich bin aufs Höchste gespannt, wie das Bett aussieht.

Klimek betritt den Zeppelin.

- Hoffentlich finde ich Trauben und Feigen in der Küche.

Tarango schleppt den Bassgeigenkoffer.

- Kann ich auch allein in einem Bett schlafen?

Valerie hält ihm die Tür auf.

- Ihr bekommt und dürft alles.

Pick hat ein breites Lächeln im Gesicht.

- Davon können andere nur träumen.

Leona verschwindet mit dem Schrank im Zeppelin.

- Ihr seid unsere Freunde. Das ist alles.

Tarango wagt erste Blicke.

- Eure Einladung lässt nichts zu wünschen übrig.

Valerie spricht Huch mit singender Stimme an.

- Hereinspaziert!

Ein Drache fliegt über die Felsterrasse, landet neben dem Zeppelin.

146

Eine Frau springt von seinem Rücken.

- Hallo, ich bin Xenia Lambert.

Sie trägt ein aus Flicken zusammengesetztes Kleid.

- Willst du mit uns fliegen?

Huch schiebt den Hut in den Nacken.

- Drache oder Zeppelin? Was empfehlt ihr mir?

Valerie tanzt Wange an Wange mit Xenia.

- Beide Angebote sind ganz besonders anziehend.

Xenia beugt das Knie.

- Der Zeppelin ist in gewisser Hinsicht futuristisch.

Valerie geht untergehakt mit ihr auf und ab.

- Ich glaube nicht, dass er den Drachen übertrifft.

Xenia schreitet forsch vorwärts und zurück.

- Ich dachte immer, der Zeppelin sei ein ziemlich gutes Luftschiff.

Valerie schnuppert an ihrem Haar und dreht verträumt den Kopf.

- Drachen sind überall nötig. Ohne sie geht nichts.

Xenia reckt den Arm in die Luft.

- Im Zeppelin fühlst du dich aber wohl.

Valerie dreht sich um ihre Achse.

- Du musst dich bloß entscheiden.

Xenias Blick zielt direkt und forsch auf Huch.

- Was sagst du dazu?

Er hebt die Hände.

- Vielen Dank für die ausführlichen Erklärungen!

Valerie schmiegt den Kopf an Huchs Wange.

- Hast du es gemerkt? Xenia ist in dich verliebt.

Ein Mann rollt in einem riesenhaften Plastikball auf die Felsterrasse.

147

- Hallo, ich bin Connor Aki.

Er trägt blassblaue Jeans.

- Es ist unglaublich! Ich sehe einen Drachen.

Xenias Blick wandert zu ihm.

- Fürchtest du dich?

Die Frage zaubert ihm ein kurzes Lächeln ins Gesicht.

- Nein, ich freue mich.

Valerie schaut sinnierend.

- Ist der Drache treu?

Xenia fällt in Singsang.

- Ja! Er ist immer für mich da.

Aki wischt den Staub aus den Augenwinkeln.

- Ist das wahr? Verlässt er dich nie?

Sie formt die Hände vor dem Bauch zur Raute.

- Nein! Er ist mein Lieblingstier.

Valerie kontrolliert den Sitz der Brille.

- Es ist wie mit meinem Zeppelinteam. Leona und Gustav bestehen darauf, dass wir alles gemeinsam unternehmen.

Xenia steigt auf den Drachen.

- Wohin ich auch reise, ich fliege immer mit ihm.

Aki kauert wie ein sprungbereiter Tiger.

- Darf ich mitfliegen?

Sie schleudert ihren rechten Arm in die Höhe.

- Sicher! Setz dich hinter mich!

Er schwingt sich auf den Rücken des Drachens.

- Das mache ich, so schnell ich kann.

Der Drache schlägt die Flügel, hebt ab.

Valerie hat einen Schimmer auf den Lippen.

- Er verzaubert alle, die ihn sehen.

Xenia klammert sich an den Hals.

- Das stimmt. Er übertrifft sich selber beim Start.

Aki schlingt seine Arme um ihre Hüfte.

- Das sehe ich auch so.

Er ruft Huch zu.

- Du kannst meinen Ball haben! Ich schenke ihn dir.

Huch richtet den Blick gegen den Himmel.

- Danke!

Schnell gewinnt der Drache Höhe, gleitet ins tiefe Blau.

Valerie stellt sich unter den Türrahmen.

- Wenn man vom Start spricht, fällt mir der Zeppelin ein.

Huch vergräbt die Hände in der Tasche.

- Ich finde Einfälle spannend.

Sie ruckelt an der Brille.

- Dann schlage ich vor, dass du einsteigst.

Eine Frau läuft auf die Felsterrasse.

- Hallo, ich bin Tamara Bacall.

Sie trägt eine quietschgelbe Federboa.

- Ich treffe pünktlich zum Start ein.

Valerie senkt die Lider.

- Der Zeppelin ist fast bereit. Nur der letzte Passagier muss noch überzeugt werden.

Tamara blickt, während sie redet, Huch an.

- Ich übernehme das gern.

Zehntes Kapitel

Die Kissen

Valerie stützt das Kinn in die Hand.

- Dankeschön! Du bist außerordentlich bereitwillig.

Tamaras Augen leuchten auf.

- Nein, das ist normal, dass man einander hilft.

Sie legt Huch ein Ende der Federboa über die Schulter.

- Es macht mir Spaß, Reisen zu begleiten.

Ein Mann schreitet über die Felsterrasse.

- Hallo, ich bin Clemens Dahl.

Er trägt ein billardgrünes Kapuzenshirt.

- Ich schätze das Beisammensein.

Valerie fragt ihn.

- Möchtest du, dass dich Tamara begleitet?

Dahl schlägt erregt die Augen auf.

- Ja, ich will mit ihr reisen.

Sie verbeugt sich knapp.

- Ist gut! Ihr seid willkommen!

Tamara zieht das Ende der Federboa um Huchs Hals.

- Was ist mit dir?

Eine Frau kommt bedächtig zum Zeppelin.

- Hallo, ich bin Marina Gregg.

Sie trägt ein Kleid, an dessen Saum eine Haarklammer klemmt.

- Darf ich dich kurz sprechen?

Huch zieht die rechte Schulter ein bisschen nach hinten.

151

- Mich?

Marina umrundet den riesenhaften Plastikball.

- Ja. Wie heißt du?

Er schiebt die Boa von der Schulter.

- Huch.

Valerie macht große Augen.

- Mir scheint, das gibt ein längeres Gespräch.

Tamara wirft Küsse.

- Da wollen wir nicht stören.

Dahl huscht in den Zeppelin.

- Gewiss nicht! Wenn 2 Menschen sich kennenlernen wollen, brauchen sie viel Zeit.

Sie bleibt unter der Tür stehen.

- Ich wünschte, ich hätte auch so eine schöne Haarklammer an der Boa.

Valerie bittet sie hinein.

- Sicher? Das trifft sich gut. Wir haben massenweise Haarklammern an Bord.

Sie schließt die Tür, ruft Marina und Huch zu.

- Auf Wiedersehen! Wir landen bald wieder und laden euch ein.

Der Zeppelin hebt lautlos ab, steigt in den wolkenlosen Himmel.

Marina streicht mit den Händen über den riesenhaften Plastikball.

- Ich werde dich nie vergessen. Du bist der Mann mit dem ganz großen Ball.

Huchs Finger bewegen sich leicht.

- Möchtest du ihn haben?

Ein Mann trippelt auf den Fußspitzen.

- Hallo, ich bin Dennis Hack.

Er trägt ein Matrosenhemd.

- Im Ball rollen ist mein Lieblingssport.

Marina versteckt sich hinter dem Ball.

- Macht er dich glücklich?

Hack küsst die Luft.

- Und wie! Worte können das gar nicht ausdrücken.

Wie im Wind schwebende Blätter fliegen ihre Hände in die Luft.

- Willst du rollen?

Er kippt mit dem Oberkörper ruckartig nach vorne.

- Ich wüsste nicht, was ich lieber täte!

Marina legt kurz die Hand auf seine Schulter.

- Ja, dann geh hinein.

Hack lenkt den Blick auf den Ball.

- Die Tür ist von selbst aufgegangen. Soll ich eintreten?

Sie zuckt mit den Achseln.

- Du kannst nicht nein sagen.

Er klettert in den Ball.

- Das stimmt. Ich wage es.

Marina zeigt mit ausgestrecktem Arm hinunter.

- Nimm den flachen Weg! Wir wünschen, dass du langsam rollst.

Hack lenkt den Ball in die sanft abfallende Talstraße.

- Das ist meine bevorzugte Strecke.

Sie schaut ihm nach.

- Er rollt behutsam.

Huch hält den Kopf hoch.

- Du hast ihn gut beraten. Die Straße eignet sich.

Marina blickt direkt in seine Augen.

- Du siehst froh aus.

Er holt Luft.

- Ja, ich bin gern zu Fuß unterwegs.

Sie streicht sich das Kleid glatt, spielt mit der Haarklammer.

- Ich habe einen neuen Plan.

Huch kauert vor einer plätschernden Quelle.

- Denkst du an einen Spaziergang?

Sie folgt dem Fluss durch den flimmernden Blätterwald.

- Ich suche ein Smartphone.

Eine Frau bahnt sich einen Weg durchs grüne Dickicht.

- Hallo, ich bin Lorena Jacuzzi.

Sie trägt eisvogelblaue Leggings und bringt eine Tasche.

- Ist es zwingend, dass ihr ein Smartphone bekommt?

Marina zeigt beim Lächeln alle Zähne.

- Ja, es ist die einzige Sache auf der Welt, die ich brauche.

Lorena nimmt ein Smartphone aus der Tasche.

- Ich verstehe euch.

Sie erkundigt sich.

- Gibt es eine bestimmte Funktion, die ihr benötigt?

Marina lässt die Lippen beim Reden leicht auseinandergehen.

- Ja, ich möchte um die Ecke blicken.

Lorena streicht mit dem Zeigefinger über den Nasenflügel.

- Dann müssen wir ein Loch ins Smartphone bohren.

Marina schaut durch die Bäume zum Himmel empor.

- Leider gibt es hier niemanden, der das kann.

Lorena horcht.

- Wenn ich Hufschläge höre, erwarte ich ein Einhorn.

Ein gleißend weißes Pferd mit einem Horn auf der Stirn bewegt sich in großen Sprüngen durch den Blätterwald.

Lorena streckt den Arm aus.

- Ich halte ihm das Smartphone hin.

Marina beißt sich auf die Unterlippe.

- Bohrt es gern ein Loch?

Lorena steht aufrecht.

- Ja sicher! Man braucht nur eine ruhige Hand, damit der Stoß gelingt.

Marina klimpert mit den Wimpern.

- Wir lernen viel von dir.

Das Einhorn senkt den Hals, rammt die Spitze des Horns ins Smartphone, zieht den Kopf zurück, trabt davon, duckt sich, um durchs Dickicht zu kommen.

Lorena späht durchs Loch.

- Smartphones zu löchern, ist seine Leidenschaft.

Marina fragt, als sie sich von der Überraschung erholt hat.

- Kann ich jetzt um die Ecke sehen?

Lorena gibt ihr das Handy.

- So oft du willst! Was hast du denn vor?

Marina stellt sich auf die Zehenspitzen und dreht Pirouetten.

- Ich würde es einfach gern ausprobieren.

Lorena hat ein nachsichtiges Lächeln auf den Lippen.

- Das solltest du nicht alleine tun. Wir begleiten dich.

Sie wendet sich an Huch.

- Zusammen ist wertvoller als allein. Das siehst du doch auch so, oder?

Er steckt die Hände in die Hosentaschen.

- Wohin gehen wir überhaupt?

Marina deutet auf den Weg.

- Wir suchen ein Haus und stellen uns vor die Frontseite.

Lorena ergänzt.

- Dann schauen wir durchs Loch im Smartphone und blicken um die Ecke.

Sie gehen tiefer in den Wald, bis sie vor ein verlassenes Steinhaus geraten. Flechten überziehen die Fassade.

Marina legt den Kopf in den Nacken.

- Wie romantisch!

Lorena horcht auf.

- Ich höre etwas.

Marina sperrt die Augen auf.

- Was ist das?

Lorena deutet aufs Smartphone.

- Warum guckst du nicht um Ecke?

Marina späht durchs Loch.

- Ich sehe einen Mann. Er kratzt einen Kreis in den Waldboden.

Sie steckt das Smartphone weg.

- Er kommt!

Der Mann biegt um die Ecke.

- Hallo, ich bin Aras Krapp.

Er trägt einen geblümten Schlafanzug.

- Ich habe einen Kreis gemacht. Wem darf ich ihn schenken?

Marina läuft um die Ecke.

- Mir! Einen Kreis kann man immer brauchen.

Krapp folgt ihr.

- Du hast es erfasst.

Huch stellt sich an den Rand des Kreises.

- Was hat sie erfasst?

Krapp hält sich an den Schultern umschlungen.

- Wer in den Kreis tritt, ist meine Freundin.

Lorena wirft ihm einen Blick zu.

- Hast du eine Freundin?

Krapp muss ein Lachen unterdrücken.

- Zähle bis 30! Dann feiern wir das Ende meiner Einsamkeit.

Marina rennt vorwärts und rückwärts um den Kreis herum.

- Will jemand vor mir hineinspringen? Ich möchte keine Gefühle verletzen.

Lorena lehnt sich gegen Huch.

- Der Kreis ist groß. Wir haben alle darin Platz.

Krapp stellt sich auf ein Bein.

- Du sagst es!

Eine Frau bummelt mit schlenkernden Hüften durch den Wald.

- Hallo, ich bin Daphne Rizzo.

Sie trägt ein Goldkostüm.

- Ihr seid interessant.

Marina beugt den Oberkörper.

- Ich bin mir nicht sicher, was du an uns interessant findest.

Daphne stützt die Schläfe gegen den Handrücken.

- Eure Füße.

Lorena setzt sich.

- Ich ziehe gern die Schuhe aus.

Krapp streift die Pantoffeln ab.

- Interessierst du dich wirklich für unsere Füße?

Daphne wackelt mit den Hüften.

- Ja, ich studiere sie.

157

Marina schlüpft aus den Schuhen.

- Ich habe Freude an meinen Füßen.

Lorena geht ein paar Schritte barfuß.

- Ohne Schuhe spüre ich den Waldboden ganz stark.

Krapp mahnt.

- Tannnadeln können aber zur Herausforderung werden.

Daphne richtet den Blick auf Huch.

- Was machst du?

Er zieht die Schultern hoch.

- Ich überlege gerade, ob ich die Schuhe auch ablegen soll.

Marina lässt den Fuß kreisen.

- Wenn du nicht willst, musst du nicht.

Lorena tritt von einem Bein aufs andere.

- Aber du bist eingeladen.

Krapp schmunzelt pfiffig.

- Die Füße ein bisschen zu erden, würde dir guttun.

Daphne streift die Schuhe ab.

- Ich bin ganz gern barfuß.

Ein Mann tritt energisch auf.

- Hallo, ich bin Korbinian Schick.

Er trägt einen Wollpullover mit überlangen Ärmeln.

- Ich habe einen speziellen Fußabdruck entdeckt.

Marina reckt den Kopf.

- Wo hast du ihn gefunden?

Schick antwortet schnell.

- Im Sand am Fluss.

Lorena legt gelassen die Hände übereinander.

- Wir betrachten gerade unsere Füße.

Krapp lehnt an einen Baum.

- Das ist der Grund, weshalb wir barfuß sind.

Daphne hebt die Nase.

- Wenn wir gewusst hätten, was es am Fluss zu sehen gibt, hätten wir die Schuhe anbehalten.

Schick geht zielstrebig zu Huch.

- Du steckst noch in den Schuhen!

Huch lächelt entschuldigend.

- Ich bin nicht gern der Erste.

Marina legt Daumen und überwölbte Finger an die Stirn.

- Mach eine Ausnahme!

Lorena zieht immer engere Kreise um Huch.

- Geh mit Korbinian voraus und lass dir den Fußabdruck zeigen.

Krapp verschränkt die Arme hinter dem Rücken.

- Wir haben die Absicht, euch bald zu folgen.

Daphne zieht die Schulter zurück.

- Wir treffen uns dann am Fluss.

Schick hält die Hand ans Ohr.

- Ich hoffe, ihr kommt bald.

Er geht mit Huch über das dichte Wurzelgeflecht des Waldes.

- Du hast freundliche Freunde. Sie wollen dich irgendwie voranbringen.

Huch nickt höflich.

- Es ist schön, das zu hören.

Der Fluss liegt hinter einem Erlenhain.

Schick betritt das flache Sandufer.

- Kannst du Spuren lesen?

Huch schiebt die Hände in die Hosentaschen.

- Ich denke schon. Es gibt immer Spuren zu sehen.

Schick führt ihn zu einem Fußabdruck mit Zehen.

- Gefällt er dir?

Huch bleibt stehen.

- Ja. Danke, dass du ihn mir gezeigt hast.

Schick sieht ihn prüfend an.

- Möchtest du in einen Frosch verwandelt werden?

Huch antwortet mit einem Achselzucken.

- Die Frage ist, ob das gelingt.

Schick betrachtet die Ränder seiner Fingernägel.

- Ich bin mir sicher, dass ich das schaffen könnte.

Eine Frau streift durchs Unterholz.

- Hallo, ich bin Eliana Sagmeister.

Sie trägt Ohrringe.

- Habt ihr ein Anliegen?

Schick hält sich den Ellenbogen.

- Ja! Wer kann mich in einen Frosch verwandeln?

Eliana bewegt fahrig die Hand.

- Das können sicher alle. Es ist leicht.

Sie hält ihn bei den Schultern.

- Bald kannst du gut schwimmen.

Er schrumpft, wird zu einem Frosch.

- Bitte verratet niemandem, wer ich in Wirklichkeit bin.

Eliana wedelt mit dem Finger in seine Richtung.

- Und wenn deine Freunde nach dir fragen?

Schick hüpft ins Wasser.

- Dann macht ihr eine Ausnahme.

Er schwimmt davon.

- Meinen Freunden dürft ihr alles sagen.

Ihr Blick gleitet zu Huch.

- Die Verwandlung ist gelungen.

Er geht einen Schritt zur Seite, einen Schritt nach hinten.

- Brauchst du nichts weiter als die Hände zum Zaubern?

Eliana schenkt ihm einen direkten Blick ins Gesicht.

- Ohne dich hätte ich es nicht geschafft.

Huch verschränkt die Hände auf dem Rücken.

- Wirklich? Aber ich stand doch nur daneben.

Sie stemmt den Arm in die Hüfte.

- Das sehe ich ganz anders. Wer unaufgefordert mithilft, ist mein Freund.

Er blinzelt in die Sonne.

- Was habe ich denn beigetragen?

Eliana unterdrückt ein Kichern.

- Ich mag es, von dir angesehen zu werden.

Huch entdeckt in ihren Augenwinkeln ein schelmisches Schmunzeln.

- Ich würde eher sagen, dass ich dir zugeschaut und mich gefragt habe: Was macht sie?

Sie schaukelt beim Reden hin und her.

- Du hast dich gewundert.

Er schiebt das Kinn ein bisschen nach vorn.

- Ja! Das umschreibt es.

Eliana legt ihm den Arm um die Schulter.

- Aber du willst schon, dass wir Freunde sind?

Ein Mann watet durch den Fluss.

- Hallo, ich bin Lino Tapp.

Er trägt eine Sporthose.

- Alle Menschen benötigen Freunde. Und da bin ich schon.

Eliana streckt lächelnd die Hand aus.

- Du siehst sehr gut aus.

Tapp läuft zielstrebig auf sie zu.

- Danke! Ich glaube fest an die Freundschaft.

Sie deutet nur ein Kopfnicken an.

- Was wollen wir als Nächstes tun?

Er hat die Hand am Ohr.

- Wir haben uns gefunden und nahezu schon alles erreicht.

Eliana schaut sinnend in die Ferne.

- Alle außer mir scheinen putzmunter zu sein.

Tapps Blick schweift suchend über die Uferlinie.

- Willst du dich ausruhen?

Sie legt den Kopf leicht zur Seite.

- Ja. Kennst du den schnellsten Weg, wie wir zu einem Kissen kommen?

Er streckt die Zehen in den von der Sonne aufgewärmten Sand.

- Wir bräuchten Stoff.

Eine Frau schreitet auf nackten Sohlen.

- Hallo, ich bin Holly Boro.

Sie trägt ein nixenhaft grünes Paillettenkleid und bringt alte Kaffeesäcke.

- Gefallen sie euch?

Eliana wiegt sich.

- Du ahnst kaum, wie sehr!

Tapp atmet förmlich auf.

- Wir sind glücklich.

Holly zwinkert Huch zu.

- Kaffeesäcke beruhigen.

Er berührt den Stoff.

- Das höre ich zum ersten Mal.

Eliana lässt Sand durch die Finger rieseln.

- Ich weiß sicher, dass man sekundenschnell einschläft.

162

Tapp dreht eine Pirouette.

- Das ist gut erprobt und erforscht.

Holly breitet die Säcke am Ufer aus.

- Du legst den Kopf darauf und gleitest sanft in den Traum.

Ein Mann läuft im Zickzack.

- Hallo, ich bin Devin Randolf.

Er trägt eine Weißhaarperücke und bringt eine Schere.

- Ich würde gern Stoff zuschneiden.

Eliana wirft die Arme hoch.

- Möchtest du Kissen herstellen?

Randolf zeichnet mit seinem Finger in die Luft.

- Kleine oder große? Oder dürfen es auch mittlere sein?

Tapps Hände fliegen von oben nach unten.

- Wir interessieren uns für eine Größe, die tiefen Schlaf ermöglicht.

Holly lässt weich das Becken kreisen.

- Wir verstehen uns als Relaxteam. Nichts ist wichtiger.

Randolf glättet das Gesicht zu einem sonnigen Lächeln.

- Das freut mich sehr.

Eliana wackelt mit dem Kopf.

- Mich dünkt, es fehlt noch was.

Tapp wedelt mit der Hand.

- Denkst du an Nadel und Faden?

Sie blickt kurz ins Leere.

- Ja, jemand muss die Kissen nähen.

Holly zeigt mit dem Finger auf Randolf.

- Kannst du das auch?

Er schnippt mit der Schere.

- Nein, ich schneide nur die Stoffe zu.

Eine Frau geht über den Sand.

163

- Hallo, ich bin Luanda Mora.

Sie trägt eine Papierkrone auf dem Kopf, bringt Nadel und Faden.

- Ich hätte gern Spaß mit euch zusammen.

Elianas Mundwinkel nehmen verträumte Züge an.

- Schön, dass du uns besuchst!

Tapp neigt den Kopf.

- Was vergnügt dich?

Luanda lässt die Nadel elegant zwischen Zeige- und Mittelfinger wippen.

- Ich liebe das Nähen.

Holly winkelt den Fuß an.

- Ich habe eine Riesenidee.

Luanda verharrt erwartungsvoll.

- Und die wäre?

Holly biegt die Finger.

- Du könntest die Kissen in die Hand nehmen.

Randolf schneidet weiter.

- Du bist zu nichts verpflichtet.

Eliana nickt aufmunternd.

- Holly will nur mal sehen, wie du reagierst.

Luanda fädelt den Faden ein.

- Ich freue mich! Endlich kann ich nähen.

Tapp saugt die Luft tief durch die Nase ein.

- Wir sind noch lange nicht über dem Berg.

Holly reißt die Augen weit auf.

- Wie meinst du das?

Er zuckt leicht die Schultern.

- Jemand muss die Kissen stopfen.

Randolf hält den Stoff hoch.

- Sonst fühlen sie sich schlaff an.

Luanda beginnt zu nähen.

- Wir bräuchten Füllmaterial.

Eliana befingert sich an der Kehle.

- Ich kann an nichts anderes mehr denken.

Ein Mann kommt ans Ufer.

- Hallo, ich bin Sami Comini.

Er trägt ein Rabenkostüm und bringt Baumwollfüllmaterial.

- Ihr seid ein Spitzenteam! Habt ihr schon eure Ziele erreicht?

Eliana knickst höflich und verbeugt sich.

- Nein! Wir können erst relaxen, wenn alle Kissen gestopft sind.

Tapp springt und malt mit dem Finger einen winzigen Halbkreis in die Luft.

- Ich träume davon, tief entspannt zu schlafen.

Comini hält die Beine eng geschlossen.

- Kann ich da helfen?

Holly packt ihn am Arm.

- Heiß ersehnt! Du darfst die Kissen füllen.

Randolf spielt mit der Schere.

- Dein Baumwollmaterial eignet sich zweifellos.

Luanda spitzt die Lippen.

- Bist du unternehmungslustig?

Comini stopft ein Kissen.

- Natürlich! Ich steige gern bei euch ein, wenn ich darf.

Elianes Stimme klingt hell.

- Du bist hochwillkommen.

Tapp hebt die Hände auf Brusthöhe.

- Wir sind offen.

Holly heftet ihre Augen an sein Gesicht.

- Unser Team wächst.

Randolf spricht ruhig und konzentriert.

- Du kommst haargenau zum richtigen Zeitpunkt.

Luanda näht flink und gewandt.

- Gefallen dir die Kissenhüllen?

Comini füllt das Wollmaterial ein.

- In jeder Hinsicht! Ich liebe sie sehr.

Eliane legt sich in den Sand, reißt den Mund auf.

- Ich bin wild auf das Kissen.

Elftes Kapitel

Der Rost

Tapp beugt sich zu ihr.

- Du hast strahlende Zähne.

Sie schlägt die langen Beine elegant übereinander.

- Danke! Ich finde deine Zähne auch schön.

Holly schiebt sich ein Kissen unter den Kopf.

- Ich bin bereit zum Relaxen.

Randolf schließt die Augen.

- Als ich alleine war, hatte ich nur eine Schere.

Luanda wischt mit der Hand durch die Luft.

- Jetzt bist du in einer Gemeinschaft und hast ein Kissen.

Comini bittet mit einer Geste.

- Schlaft nicht zu nahe beim Wasser!

Eliana schenkt Tapp im Schatten das halb geöffneten Lids einen schrägen Blick.

- Du hast wunderbare Augen, nicht wahr?

Um seinen Mund deutet sich ein kleines Lächeln an.

- Ich glaube schon. Trotzdem fallen sie mir langsam aber sicher zu.

Holly reckt sich, um Huch besser sehen zu können.

- Du bist der Einzige, der noch steht.

Huch schaut suchend den Fluss entlang.

- Ich bin etwas langsam.

Randolf hält die Arme eng am Körper.

- Das Kissen ist das tollste Geschenk, das ich je bekom-

167

men habe.

Luanda spreizt die Finger vom Körper weg.

- Könnt ihr den Himmel berühren?

Comini legt die Hände hinter den Kopf.

- Nein, er ist zu hoch.

Eine Frau schreitet mit festem, schnellem Schritt.

- Hallo, ich bin Polina Santoro.

Sie trägt einen knielangen Rock.

- Ein Kästchen treibt. Wer möchte es retten?

Eliana inspiziert den Fluss aus den Augenwinkeln.

- Es schwimmt ganz offenbar.

Tapp schließt die Augen.

- Was könnte darin sein?

Holly liegt bäuchlings am Ufer.

- Ich denke, etwas Federleichtes.

Randolfs rechtes Auge ist offen.

- Ein Schwergewicht würde es versenken.

Luanda holt tief Luft.

- Sobald wir ausgeruht sind, kümmern wir uns darum.

Comini lehnt zurück.

- Das nehmen wir uns fest vor.

Polina wendet das Gesicht zu Huch.

- Und du? Wie steht es mit dir? Machst du dich bereit?

Ein Mann flaniert am Ufer unter den Bäumen.

- Hallo, ich bin Gregor Long.

Er trägt Turnschuhe.

- Ich finde es wunderbar, dass sich unsere Wege kreuzen.

Sie streckt den Arm.

- Siehst du das Kästchen?

Long blickt auf den Fluss.

- Ja! Es fällt auf.

Polina blinzelt.

- Würdest du es retten?

Long rennt los.

- Selbstverständlich! Ich fische es heraus.

Ihr Blick gleitet zu Huch.

- Was machst du unterdessen?

Huch wendet den Kopf.

- Ich könnte zuschauen.

Polina legt die Hände mit gespreizten Fingern auf die Hüfte.

- Begleitest du mich?

Er schreitet neben ihr.

- Ja. Ich weiß aber nicht, warum.

Sie rafft den Rock in die Höhe.

- Weil ich möchte, dass du etwas Zeit mit mir verbringst.

Eine Frau geht auf sie zu.

- Hallo, ich bin Tamina Nielsen.

Sie trägt ein Tigerkostüm.

- Mit euch zusammen zu sein, ist bei weitem das Beste.

Polina drückt und herzt sie.

- Schön, dich zu treffen!

Bei einer Biegung des Flusses treibt das Kästchen ans Ufer.

Long spritzt durchs Wasser, packt es.

- Was sagt ihr dazu?

Polina streckt die Arme in den Himmel.

- Du bist gewandt.

Er watet ans Ufer.

- Danke! Mich beschäftigt vor allem das Kästchen.

Tamina lächelt mit halboffenen Augen.

- Weißt du, was darin ist?

Long lässt den Blick unverwandt auf dem Deckel ruhen.

- Nein! Da steht leider nichts darauf.

Polina schaut ihn fragend an.

- Kannst du es zu uns bringen?

Long setzt einen Fuß vor den anderen.

- Gern! Ich trage es vorsichtig. Vielleicht enthält es etwas Zerbrechliches.

Tamina spreizt die Finger.

- Wir müssen es auftun.

Polina winkt Huch zu.

- Wie viele Male hast du schon ein Kästchen geöffnet?

Ein Mann fegt über das Ufer.

- Hallo, ich bin Janosch Punt.

Er trägt geringelte Socken.

- Es ist kinderleicht, einen Verschluss zu entriegeln.

Polina wendet den Kopf.

- Du scheinst interessiert zu sein.

Long reicht ihm das Kästchen.

- Bitte! Übernimm es!

Tamina blinzelt.

- Gleich hast du es geschafft!

Punt schiebt mit dem Finger den Riegel zurück.

- Ich bin normalerweise nicht der Erste, der etwas anpackt.

Polina schnalzt mit der Zunge.

- Mach doch eine Ausnahme!

Long sagt mit steil gerecktem Zeigefinger.

- Wir vermuten, dass du das Kästchen aufkriegst.

Tamina dreht sich im Kreis.

- Schaffst du es?

Punt hebt den Deckel.

- Ja! Es geht!

Polina legt die linke Hand in die rechte Ellenbeuge.

- Du hast Kraft.

Long kratzt sich am Nacken.

- Was ist drin?

Tamina reckt ein Bein in die Höhe.

- Das ist eine Kreide.

Punt klaubt sie aus dem Kästchen.

- Damit können wir auf den Boden kritzeln.

Polina lässt die Arme kreisen.

- Dann haben wir ein neues Ziel.

Long blinzelt in die Sonne und atmet durch.

- Suchen wir eine Malfläche!

Tamina wandert im Kiesbett neben dem wild schäumen-
den Fluss.

- Zuoberst auf meiner Wunschliste steht die Landstraße.

Punt lässt den Blick zu Polina schweifen.

- Ich wäre dir dankbar, wenn du bestimmst, wer die Kreide
trägt.

Sie ergreift sie.

- Wie seht ihr das? Was ist eure Meinung?

Der Weg führt durch einen Birkenwald. Dünne Äste ver-
dichten sich zu einem orientgrünen Dach, tauchen ihn ins
Dämmerlicht.

Long schaut Huch an.

- Möchtest du die Kreide?

Huch trödelt, bewundert eine markant verdrehte Föhre.

- Ich finde, sie ist bei Polina gut aufgehoben.

171

Tamina blickt rückwärts, als wollte sie ihn auffordern, ihr zu folgen.

- Wir würden sie aber gern in deiner Hand sehen.

Punt wendet sich an Polina.

- Ich glaube, es ist entschieden.

Sie gibt Huch die Kreide.

- Ich bin froh! Von diesem Punkt aus darfst du sie übernehmen.

Er hebt einen Fuß hoch, winkelt ihn leicht an.

- Was heißt das?

Long gesellt sich dazu.

- Wir haben dich gewählt.

Tamina streicht ihm sanft über den Rücken.

- Du hast etwas vor.

Punt reckt den Arm.

- Darum ist die Kreide bei dir gelandet.

Die Landstraße schlängelt sich durch den Birkenwald.

Polina sieht Huch lang und prüfend an.

- Was zeichnest du?

Er lässt seine Hand locker baumeln.

- Was schlagt ihr vor?

Long legt den Finger an die Wange.

- Male einen Hut!

Huch zeichnet mit einem Strich die Krempe, mit einem Halbkreis die Krone auf die Straße.

- Geht das?

Tamina sagt mit leicht nach vorn geneigtem Oberkörper.

- Und wie!

Punt klopft ihm auf die Schulter.

- Das ist ein riesiger Hut!

Polina rennt im Zickzack.

- Er passt!

Long springt mit ausgestreckten Beinen wie ein Flugkörper über den Hut.

- Wir haben ein Bild auf der Straße.

Tamina wedelt mit den Armen.

- Unser Traum wurde wahr.

Punts Blick schweift zu Huch.

- Deiner Hand darf nie etwas passieren.

Polina blickt durch die Bäume in den Himmel.

- Ich glaube an Schutzbändchen.

Eine Frau tritt aus dem Birkenwald, bringt ein buntes Bändchen.

- Hallo, ich bin Leyla Glick.

Sie ist in ein helles Kleid gehüllt.

- Du solltest deine Hand schützen.

Polina zieht die Schulter hoch.

- Es gibt viele Bändchen.

Long riskiert einen Blick.

- Wodurch zeichnet sich deins aus?

Ein leichtes Lächeln umspielt Leylas Mund.

- Es ist aus bestem Knüpfgarn geflochten.

Tamina spitzt die Lippen.

- Ist das schwierig?

Leyla spielt mit dem Bändchen.

- Nein, ganz und gar nicht! Aber es braucht eine ruhige Hand.

Punt scharrt mit den Füßen.

- Hast du schon mal daran gedacht, dich zu verloben?

Leyla streicht das Haar zurück.

173

- Natürlich! Aus dem Grund flechte ich doch die Bändchen.

Ein Mann winkt schon von weitem zur Begrüßung.

- Hallo, ich bin Magnus Brack.

Er trägt Schuhe mit Klettverschluss.

- Ich bewundere dein Bändchen.

Leyla hebt fragend ihre Brauen.

- Hast du keins?

Brack streckt ihr den Arm entgegen.

- Leider nicht! Bindest du mir deins ums Handgelenk?

Sie fasst sein Handgelenk.

- Gern! Ich versuche über die Gründe nachzudenken.

Er senkt die Augen.

- Denk nicht zu viel! Manchmal geschieht etwas und man weiß nicht, wie es passiert.

Leyla knüpft einen Knoten.

- Wann wollen wir uns verloben?

Brack schaut in ihr Gesicht.

- Genau jetzt!

Polina stößt ihn mit dem Ellbogen an.

- Es kann nie zu früh sein.

Long wiegt den Kopf hin und her.

- Mit einem Wort, ihr seid ein Traumpaar.

Tamina schlägt ein Rad.

- Wir sind froh, dass wir dabei sind!

Punts Stimme klingt verträumt.

- Ich möchte wenn möglich nie eine Verlobung verpassen.

Leyla winkelt die Arme an.

- Gebt mir ein Wunschzettelchen.

Bracks Blick schweift zu Huch.

- Hast du Papier dabei?

Eine Frau bewegt sich wie in Zeitlupe auf der Straße.

- Hallo, ich bin Nicole Calina.

Sie trägt ein Matrosenkleid und bringt einen Zettel.

- Ich habe ein Stück zerknittertes Papier gefunden.

Polina nimmt es ihr aus der Hand.

- Jemand sollte es prüfen.

Long kümmert sich darum, glättet es.

- Nicht jedes Papier eignet sich für ein Wunschzettelchen.

Tamina legt den Finger auf die Unterlippe.

- Wirf es in die Luft!

Punt nickt energisch.

- Wenn es nicht trudelt beim Fallen, eignet es sich.

Leyla verschränkt die Arme.

- Es kann gar nicht schlingern, weil es zerknittert ist.

Long schleudert das Papier hoch.

- Es gleitet ruhig herab.

Brack hebt es auf.

- Dann ist es unser Wunschzettelchen.

Nicoles Augen flackern.

- Ich wusste es! Gleich, als ich es fand, dachte ich: Gewöhnliches Papier fasst sich anders an.

Ihr Blick wandert langsam suchend zu Huch.

- Hast du einen Stift?

Ein Mann durchquert den Birkenwald mit schnellen Schritten.

- Hallo, ich bin Laurenz Escher.

Er trägt einen Bademantel und bringt einen Bleistift.

- Hier habt ihr etwas zum Schreiben.

Polina streift eine Haarsträhne aus dem Gesicht.

175

- Danke vielmals, dass du uns hilfst!

Long zieht eine Augenbraue in die Höhe.

- Dein Bleistift ist eher lang. Sicher liegt er gut in der Hand.

Tamina schaut Leyla und Brack aufmunternd an.

- Bitte nennt einen Wunsch!

Punt hebt leicht die Nase.

- Damit wir ihn auf den Zettel schreiben können.

Leyla lächelt mit hochgezogenen Wangen.

- Ich wünsche mir einen Sonnenschirm.

Brack sieht sie von der Seite an.

- Willst du einen blauen oder einen gelben?

Nicole spreizt die Ellbogen ab.

- Ich würde die Wunschfarbe auch angeben, wenn ich du wäre.

Escher gibt Brack den Bleistift.

- So macht man das.

Polina zieht hörbar die Luft durch die Nase.

- Ich bin gespannt. Welche Farbe wählst du?

Leyla antwortet, ohne mit der Wimper zu zucken.

- Kurkumagelb!

Long sieht den Schirm vor seinem inneren Auge.

- Das ist eine anregende Farbe.

Tamina schließt alle Finger einer Hand zusammen.

- Niemand entscheidet sich so schnell wie du.

Punt kratzt sich am Kinn.

- Einen kurkumagelben Schirm kann man im Garten und am Strand verwenden.

Leyla blickt Brack an.

- Hast du den Wunsch aufgeschrieben?

Er steht breitbeinig da.

- Schon geschehen!

Nicole trommelt sich mit der Hand weich auf den schlaff gestreckten Unterarm.

- Nun müsst ihr das Wunschzettelchen rollen und in den Baum hängen.

Escher macht einen runden Rücken.

- Es stehen wunderbare Birken in diesem Wald.

Eine Frau kommt entspannt daher.

- Hallo, ich bin Alia Dillenberger.

Sie trägt enge Lederleggings und bringt einen Faden.

- Erlaubt ihr, dass ich euch ein kleines Geschenk bringe?

Polina blickt in gespannter Erwartung.

- Ist es ein natürlicher Faden?

Alia hält ihn hoch.

- Ja, er ist aus Jute gesponnen.

Long beschattet die Augen mit den Händen.

- Seine Farbe schimmert golden.

Tamina fingert daran herum.

- Jute ist eine der erstaunlichsten Pflanzen, die ich kenne.

Punt fiebert vor Erregung.

- Ich würde den Faden auch gern berühren.

Leyla blickt ihm freundlich ins Gesicht.

- Du darfst ihn auch gleich um das Wunschzettelchen binden.

Brack übergibt ihm das gerollte Papierstück.

- In unserem Team wimmelt es von hilfsbereiten Händen.

Nicole berührt mit dem Zeigefinger die Nasenspitze.

- Wir vertrauen uns.

Escher überlässt Punt den Faden.

- Wenn du das Zettelchen gebunden hast, hänge ich es in

den Baum.

Alia freut sich.

- So wird der Wunsch vielleicht in Erfüllung gehen.

Punt umwickelt das Zettelchen, schlingt einen Knoten und reicht es Escher.

- Welche Birke wählst du aus?

Escher hängt es an einen Ast.

- Die nächste ist die beste.

Polina hat ein wie gemaltes Lächeln auf den Lippen.

- Wir haben es geschafft!

Long seufzt erleichtert.

- Das Zettelchen hängt.

Tamina richtet sich auf.

- Wir haben uns selber übertroffen.

Punt lässt sich vom Sonnenlicht berieseln.

- Wenn der Wunsch in Erfüllung geht, bekommen wir einen Sonnenschirm.

Leyla streckt die Hände in die Luft.

- Er wird uns Schatten spenden.

Bracks Blick wandert zu Huch.

- Du stehst ein bisschen abseits.

Nicole zwinkert ihm zu.

- Komm zu uns! Du bist unser Freund.

Escher streckt den Zeigefinger.

- Du bist in unserem Team.

Alia lehnt mit der Brust gegen seinen Arm.

- Der Sonnenschirm wird auch dir gehören.

Huch kreuzt die Beine.

- Dankeschön!

Polina legt die Arme um ihn.

- Ich denke, du bist ein Glückspilz!

Ein Mann rollt einen pinken Schirmsockel auf eine Lichtung im Birkenwald.

- Hallo, ich bin Mick Flipp.

Er trägt einen Frack.

- Ist das ein guter Platz für den Sonnenschirm?

Long lässt die Arme baumeln.

- Das könnten wir besprechen.

Tamina setzt sich ins Gras.

- Eine Lichtung im Birkenwald ist ein Lichterparadies.

Punt riecht an einer Blume.

- Gibt es einen besseren Platz?

Leyla steht staunend unter einem Baum.

- Nein. Wir hören die Vögel.

Brack breitet die Arme aus.

- Sie singen zu unserer Verlobung.

Nicole dreht sich im Kreis.

- Dann spricht viel dafür, dass Mick den Sockel hier abstellen kann.

Escher umarmt eine Birke.

- Es sieht aus, als hätten wir uns entschieden.

Alia bewegt sich zeitlupenhaft langsam.

- Ich liebe Besprechungen.

Flipp fragt Huch.

- Und wie gefällt dir die Farbe des Sockels?

Huch betrachtet den Anstrich.

- Wir finden sicher gute Gründe, einen pinkfarbenen Sockel zu mögen.

Eine Frau läuft leise einen Pfad entlang.

- Hallo, ich bin Kim Garland.

Sie trägt einen knallorangen Hut und bringt einen großen kurkumagelben Sonnenschirm.

- Ist das euer Traum?

Polina nimmt ihr den Schirm ab.

- Ja, er gefällt uns.

Long steckt den Stock in den Sockel.

- Er ist genau das, was uns gefehlt hat.

Tamina öffnet den Schirm.

- Man muss ihn nur aufspannen.

Punt legt sich darunter und hört den Bienen zu.

- Sagt mir, was ihr davon haltet!

Leyla reibt sich verwundert die Augen.

- So also sieht kurkumagelb aus.

Brack setzt sich an den Rand des Sockels.

- Wir haben eine gute Farbe gewählt.

Nicole streckt sich im Gras aus.

- Der Sonnenschirm ist groß!

Escher hockt schmunzelnd im Schatten.

- Wir finden alle darunter Platz.

Alia döst.

- Wir betrachten ihn fast als Zelt.

Flipp stützt den Kopf in die Hand.

- Ich bin müde und will schlafen.

Kim sagt zum Team.

- Ich gratuliere euch zu der guten Wahl.

Bei der Wurzel einer Birke liegt eine eingedrückte Coladose.

Kim blickt Huch an.

- Jemand hat sie vergessen.

Er vergräbt seine Hände tief in den Jackentaschen.

- Aus welchem Material besteht sie?

Sie knickt den Oberkörper leicht ein.

- Die Dose ist aus Aluminium.

Huch weicht zurück.

- Es scheint, als würde sie dich interessieren.

Kim streckt den Arm aus.

- Sie gefällt mir.

Er wirkt abwartend.

- Was machen wir damit?

Sie hebt die Dose auf.

- Wir bringen sie zur Kunstmesse. Ist das eine glückliche Entscheidung?

Huch lässt die Schultern entspannt hängen.

- Wir werden sehen.

Sie gehen durch den Wald. Ein Holunderstrauch wiegt den buschigen Kopf. Die Blätter rascheln im Wind.

Ein Mann stolpert mit raumgreifenden Schritten über den Wurzelpfad.

- Hallo, ich bin Alan Rigg.

Er trägt eine Jacke aus Birkenfasern und bringt einen riesenhaften leeren Eimer.

- So einen Eimer kann man für alles Mögliche brauchen.

Kim trommelt mit den Fingern der linken Hand auf die Coladose.

- Hast du etwas vor?

Rigg blickt länger auf seinen Eimer.

- Nein, das nicht! Ich schätze ihn einfach sehr.

Sie streicht sich über das Kinn.

- Das freut mich. Komm mit uns! Plötzlich fällt uns etwas ein.

Er springt mit weit ausgestreckten Beinen wie ein Flugkörper durch die Luft.

- Danke! Wo fände ich ein so offenes Team, wenn ich euch nicht getroffen hätte!

Eine Frau begegnet ihnen im Wald.

- Hallo, ich bin Melody Magris.

Sie trägt Perlenschmuck am Arm und bringt einen viereckigen Gitterrost.

- Mein Rost ist etwas Besonderes.

Kim breitet die Arme aus und knickst.

- Bleibe in unserer Nähe!

Rigg gehen die Augen auf.

- Wer weiß, aufs Mal ist dein Rost genau das Teil, das fehlt.

Zwölftes Kapitel

Der Roboter

Ein Lächeln liegt auf Melodys Lippen.

- Ich komme gern in euer Team.

Kim legt die Finger zusammen.

- Das finde ich wohltuend, dass du dabei bist.

Rigg winkelt einen Arm in Taillenhöhe an.

- Die Gemeinschaft ist wichtig.

Melody hört ergriffen zu.

- Ihr habt es gut zusammen.

Ein Mann stolziert über die Wurzeln hinweg.

- Hallo, ich bin Danny Polo.

Er trägt eine currygelbe Krawatte und bringt einen Eimer mit enzianblauer Farbe.

- Ich mag Blau.

Kim dreht den Kopf.

- Es ist eine besondere Farbe.

Rigg schaut Melody an.

- Ich habe einen Wunsch. Legst du deinen Rost auf meinen Rieseneimer?

Sie schließt die Augen.

- Den Wunsch kann ich dir schlecht ausschlagen.

Polo buckelt zum Rundrücken.

- Ihr helft einander.

Kim macht ein fragendes Gesicht.

- Ich habe eine eingedrückte Coladose. Darf ich sie auf

den Rost stellen?

Rigg wiegt fast unmerklich den Kopf.

- Das versteht sich von selbst.

Melody reibt ihre Handfläche am Perlenschmuck.

- Du kannst sie sogar darauf stehen lassen.

Polo reckt und streckt sich.

- Könnt ihr euch vorstellen, dass ich die Dose mit meiner Farbe übergieße?

Kim platziert sie.

- Ja! Ich bin einverstanden.

Rigg dreht die Schultern hin und her.

- Aber der Rost könnte auch farbig werden.

Melody lässt jede Silbe genussreich von der Lippe.

- Mir ist es ganz gleich, wenn er ein bisschen Farbe abbekommt.

Polo kippt die Farbe über die Dose aus.

- Danke! Machen wir die Welt bunt und attraktiv!

Kim verschränkt die Arme hinter dem Kopf.

- Das ist die einzige enzianblaue Coladose. Ich bin sicher.

Rigg spürt den eigenen Puls hämmern.

- Von selber wäre ich kaum darauf gekommen.

Melody bebt vor Erregung.

- Auch mein Rost sieht toll aus, weil er mit Farbe übergossen wurde.

Polo hat ein sanftes Strahlen im Gesicht.

- Wo ist in der Nähe eine Kunstmesse?

Eine Frau streift durch den Wald.

- Hallo, ich bin Felicia Lanugo.

Sie trägt goldene Ohrringe.

- Darf ich euch den Weg zeigen?

Kim deutet mit einem Nicken aufs Team.

- Ja! Wir gehen mit dir.

Rigg atmet mit einem tiefen und kräftigen Zug den Brust-korb empor.

- Ich nehme meinen Eimer mit. Es hat jetzt Farbe drin.

Melody hebt das Gitter ab.

- Ich trage den Rost und die Dose.

Polo bückt sich nach seinem leeren Eimer.

- Das ist das Schönste an der Farbe, das sie ausfließen und anhaften kann.

Felicia stellt die Unterlippe vor.

- Es gibt nur einen Ort für eure enzianblaue Dose, nämlich die Kunstmesse.

Sie führt das Team aus dem Wald zum Stadtrand. Auffal-lend viele Häuser stehen zum Verkauf.

Kim zeigt die Hände offen nach oben.

- Sie sehen leer aus.

Rigg legt den Unterarm quer über die Brust.

- Ich gewinne auch den Eindruck.

Melody räkelt sich wie eine Katze.

- Unsere Dose könnte viele Menschen anziehen und glücklich machen.

Polo schaut Felicia in die Augen.

- Wie findest du ihren Anblick?

Sie streckt den Daumen nach oben.

- Auf mich wirkt das Enzianblau erfrischend.

Dann führt sie das Team vor einen unfertigen Kuppelbau mit goldenem Gewölbe. Die fehlenden Bauteile gleichen Holzgerüste aus.

- Die Kunstmesse ist vorläufig immer offen.

Ein Mann kommt wiegenden Schrittes aus dem Bau.

- Hallo, ich bin Ruben Tang.

Er trägt ein weit aufgeknöpftes Hemd.

- Die Dose interessiert mich.

Kim reibt sich an der Nase.

- Wo stellst du sie auf?

Rigg lässt die Arme von der Schulter hängen.

- Hast du schon einen Plan?

Eine Frau bringt einen Klapptisch.

- Hallo, ich bin Lilia Böhringer.

Sie trägt eine gestärkte Schürze.

- Würdet ihr den Platz im Eingangsbereich schätzen?

Melody hebt die Pupillen zu den Augenlidern.

- Unbedingt! Das ist ein guter Ort.

Polo runzelt die Stirn.

- Wo soll sie stehen? Links oder rechts?

Felicia spitzt kurz die Lippen.

- Welche Seite zieht ihr vor?

Tang reckt die Brust vor.

- Ich fühle mich von Dingen angezogen, die mitten im Eingang stehen.

Lilia stellt den Klapptisch auf.

- Dann wäre der Platz gewählt.

Kim atmet vernehmbar aus.

- Wir haben ihn schnell gefunden.

Rigg legt die Hände auf den Kopf und schließt die Augen.

- Hier wird unsere Dose bestimmt gesehen.

Melody schiebt den Rost mit der Dose auf den Tisch.

- Alle Kunstwerke brauchen viel Licht.

Polo wird leicht ums Herz.

186

- Wir hoffen, dass sie gut ankommt.

Felicia juckt der kleine Zeh.

- Ich würde gern etwas essen.

Tang fragt, ohne mit der Wimper zu zucken.

- Wollt ihr unseren Leoparden sehen?

Lilia stützt den Kopf mit der Hand.

- Er hält nämlich eine Brezel im Mund.

Kim schaut lächelnd Huch an.

- Hältst du das für eine gute Idee?

Er atmet tief ein.

- Vielleicht warten wir lieber, bis ein Kellner die Brezel bringt.

Rigg schiebt die Daumen in die Gürtelschnalle.

- Wieso denn?

Melodys Blick wandert langsam suchend herum.

- Er ist wahrscheinlich ein freundlicher Leopard.

Polo lächelt Huch verschmitzt an.

- Felicia scheint dich zu lieben.

Huch legt die Hand auf die Brust.

- Wen? Mich?

Felicia fängt an zu kichern.

- Ja! Du wirst dem Leoparden die Brezel aus dem Mund nehmen.

Tang macht einen langen Hals.

- Das tust du doch, oder?

Lilia überkreuzt die Beine.

- Wir versprechen uns viel von dir.

Mit einer Brezel im Maul trippelt der Leopard aus dem Bau.

Kim wirbelt mit den Armen durch die Luft.

- Das ist eine feine Brezel!

Rigg blickt sie mit aufgerissenen Augen an.

- Sie macht Appetit.

Melody zupft Huch am Ärmel.

- Nimm die Brezel!

Ein Mann nähert sich mit schlürfendem Gang.

- Hallo, ich bin Maurice Moroni.

Er trägt eine postgelbe Uniform.

- Was macht ihr mit dem Leoparden?

Polo zieht die Schultern ein.

- Wir wollen ihm die Brezel aus dem Mund nehmen.

Felicia legt die Hand auf Huchs Schulter.

- Das ist sicher schwierig.

Tang unterdrückt ein Gähnen.

- Der Leopard ist pflegeleicht.

Lilia wirft mit einer leichten Kopfbewegung eine Haarsträhne zurecht.

- Er verliert selten Haare.

Moroni verzieht keine Miene.

- Wer hatte denn die Idee, ihm die Brezel aus dem Mund zu nehmen?

Kims Oberkörper versteift sich.

- Wir erinnern uns nicht genau.

Rigg ringt die Hände.

- Wir leben eben in der Gegenwart.

Melody legt die Arme auf den Rücken.

- Wir gucken lieber nach vorn.

Polo sucht nach Worten.

- Daneben bewundern wir auch den Leoparden.

Felicia wischt sich mit der Handkante die Lippe ab.

- Er wechselt nie seine Flecken.

Tang blickt verwirrt auf.

- Wie ihr aber vielleicht noch wisst, habt ihr etwas zu essen bestellt.

Lilia kichert unvermittelt.

- Und das war eben das Gebäck.

Moroni stellt die Hüfte schräg aus.

- Dann ist es einfach.

Er nimmt dem Leoparden die Brezel ab.

- Du magst sie im Maul haben, aber sie gehört nicht dir.

Kim reckt die Hände.

- Ich werde das Gefühl nicht los, dass ich gern ein Stück probieren würde.

Moroni gibt ihr das Gebäck.

- Das war die perfekte Bestellung.

Rigg schleicht um sie herum.

- Ich hätte auch gern einen Bissen.

Sie bricht sich ein Stück aus, verteilt den Rest.

- Zusammen schmeckt es besser.

Melody rempelt Huch an.

- Ich glaube, du liebst die Brezel besonders.

Eine Frau macht einen Streifzug.

- Hallo, ich bin Adriana Hirschhausen.

Sie trägt ein eidechsengrünes Kleid und bringt eine Rolle.

- Braucht ihr Papier?

Polo traut den Augen kaum.

- Ja! Kannst du es einmal ausbreiten?

Adriana rollt es aus.

- Gern! Auf diese Einladung habe ich mich gefreut.

Der Leopard trollt sich.

Felicia weicht Meter für Meter zurück.

- Das sieht nach einer riesigen Fläche aus.

Tang hebt seinen Arm.

- Wie geht es euch? Ist das Papier zu breit?

Lilia fängt die Fläche kurz mit einem Blick ein.

- Nein, ich fühle mich wohl.

Moroni greift in die Brusttasche.

- Es ist berückend.

Er reicht Huch einen Bleistift.

- Du scheinst gern zu zeichnen.

Huch fährt mit dem Finger über die Mine.

- Ich bewundere die Spitze.

Moroni schiebt den Daumen auf Hüfthöhe hinter den Gürtel.

- Ich habe einen speziellen Bleistiftspitzer. Wenn du willst, führe ich ihn dir vor.

Adriana fragt höflich.

- Oder hättest du lieber einen Farbstift?

Ein Mann bummelt um den Bau.

- Hallo, ich Mikail Kuck.

Er trägt einen Wollschal und bringt einen Eimer mit melonenoranger Farbe.

- Was soll ich damit anfangen? Was schlagt ihr vor?

Kim lenkt den Blick an ihm vorbei zu Huch.

- Wir übernehmen die Farbe.

Rigg streicht sich über den Hinterkopf.

- Warum sollten wir darauf verzichten!

Melody verschließt etwas länger als gewöhnlich beim Blinzeln die Augen.

- Stell den Eimer neben die Papierfläche!

Polo knetet seine Finger.

- Möchtest du unserem Team beitreten?

Kuck platziert den Eimer.

- Ja gern, wenn ihr neue Mitglieder aufnehmt!

Felicia pirscht sich an ihn heran.

- Du hast uns Farbe gebracht.

Tang schiebt die linke Hand in die rechte.

- Wir sind stolz auf dich.

Lilia erforscht ihn mit neugierigen Blicken.

- Du bist unser Freund.

Moronis Augen wandern im Kreis, bleiben an Huch haften.

- Möglicherweise möchtest du malen.

Er riecht an der Farbe.

- Wir bräuchten einen Pinsel.

Eine Frau kommt zum Bau.

- Hallo, ich bin Tara Birnbaum.

Sie trägt ein mohnrotes Schleifenkleid und bringt einen Besen.

- Wer würde es genießen, damit zu malen?

Adriana blinzelt in der Sonne.

- Ich könnte ihn nicht ruhig führen.

Kuck zuckt nur mit den Achseln.

- Warum denn nicht?

Ein belustigter Unterton schwingt bei ihr mit.

- Ich müsste immerzu lachen.

Tara wiegt den Kopf.

- Ich bin mir fast sicher, dass du es nach ein paar Strichen trotzdem schaffst.

Kim nimmt Tara den Besen ab.

- Es ist letztendlich alles eine Frage des Schwungs.

Sie übergibt ihn Huch.

- Dir trauen wir es zu.

Er tunkt den Besen in den Eimer.

- Ich bin etwas langsam.

Tara schaut ihm zwanglos über die Schulter.

- Ich mag dich.

Rigg hat die Hände immer in Bewegung.

- Es macht Spaß, dabei zu sein.

Melody steckt ihr Haar hoch.

- Es bedarf schon sehr viel Mut.

Polo reibt den linken Fuß am rechten Schienbein.

- Ich liebe Bilder.

Felicia flüstert und kichert.

- Man benötigt nur Farbe und Papier.

Tang streckt ein Bein in die Höhe.

- Ich bin aufgeregt.

Lilia presst Huch an sich.

- Mir treten Tränen in die Augen.

Er schenkt ihr einen prüfenden Blick.

- Bist du traurig?

Sie winkt ab.

- Nein, ich weine vor Freude.

Adriana windet sich geschmeidig um Huchs Körper.

- Du bist definitiv in Stimmung.

Kuck schlägt sich auf die Schenkel.

- Gleich sehen wir, was entsteht.

Huch malt ein riesiges Strichmännchen.

Tara macht Kniebeugen.

- Die einfachste Form ist immer die schönste.

Kim atmet den Duft der Farbe ein.

- Das Bild entsteht gedankenschnell.

Rigg nimmt Huch den Besen aus der Hand.

- Hör jetzt auf zu malen und stell dich neben Felicia!

Felicia lässt sich von der Sonne bescheinen.

- Warum in aller Welt neben mich?

Polos Finger bewegen sich leicht.

- Ihr seid ein schönes Paar.

Melody streckt sich genüsslich.

- Ich würde gern bei einer Hochzeit dabei sein.

Tang stellt einen Fuß aufs Bild.

- Ihr passt zusammen.

Lilia legt sich aufs Papier, wälzt sich vom Rücken auf den Bauch.

- Ich wollte schon immer die Hochzeitshalle besuchen.

Moroni eilt im tänzelnden Laufschritt um Felicia und Huch herum.

- Ihr kennt euch seit der Kindheit, oder?

Felicia streift Huchs Nacken.

- Es kommt mir so vor, obwohl wir uns erst auf dem Weg zur Kunstmesse kennenlernten.

Adriana schnellt aus dem Schatten ans Licht.

- Also doch schon länger als eine Minute.

Kucks Hand hebt sich in den Himmel.

- Manchmal geht es Hals über Kopf.

Tara wechselt langsam vom Standbein aus Spielbein.

- Man zählt von 1 bis 10 und ist im Brautkleid.

Ein Mann geht schlendernd und wachen Blicks auf Felicia zu.

- Hallo, ich bin Nino Coppi.

Er trägt einen pflaumenvioletten Anzug.

- Ich habe mich in dich verliebt.

Felicia dreht sich in selbstvergessenem Tanz.

- Ist gut! Wir heiraten. Möchtest du mich noch etwas fragen?

Coppi verdreht und verbiegt sich.

- Ja, ich bin schüchtern. Was kann ich dagegen tun?

Kim schiebt ihn auf die Landstraße.

- Wir begleiten dich und gehen alle zusammen in die Hochzeitshalle.

Rigg stellt den Besen in den Eimer.

- Wir sind deine Freunde und unterstützen dich.

Melody klatscht mit kindlicher Begeisterung in die Hände.

- Wir haben auf dich gewartet.

Polo rückt seine Krawatte zurecht.

- Vertraust du uns?

Coppi wirkt ganz entspannt.

- Ja, ihr helft mir.

Felicia grapscht nach seinem Arm.

- Die Hochzeit wirkt auf den ersten Blick kompliziert, ist aber ganz einfach.

Tang stellt sich auf ein Bein.

- Du sagst Ja.

Lilia wippt mit den Füßen.

- Und Melody sagt Ja.

Moroni klemmt die Mundwinkel zu einem Lächeln ein.

- Dann seid ihr ein Paar.

Adriana sieht Coppi in die Augen.

- Das schaffst du bestimmt.

Kuck winkt ihm zu.

- Du brauchst dir keine Sorgen zu machen.

Tara legt die linke Hand auf ihre Brust.

- Du wirst dich in der Hochzeitshalle wie zu Hause fühlen.

Coppi guckt neugierig zu Huch.

- Kommst du nicht mit uns?

Huch legt das Kinn auf 2 Finger.

- Mich fasziniert das Leuchten der melonenorangen Farbe.

Eine Frau stürmt zum Bau.

- Hallo, ich bin Fatima Benesch.

Sie trägt ein Elfenkostüm mit Gaze-Rock.

- Wer hat das Bild gemalt?

Huch weicht zurück.

- Spielt das eine Rolle?

Fatimas Wimpern beginnen fast unwillkürlich zu zwinkern.

- Unbedingt! Ich glaube fast, du bist der Künstler.

Er saugt die Luft ein, die nach Farbe riecht.

- Wieso? Alle können ein Strichmännchen malen.

Sie wirft ihm einen Blick zu.

- Sag mir, wo wir das Bild aufhängen!

Ein Mann stolpert ihr ins Blickfeld.

- Hallo, ich bin Hanno Turan.

Er trägt eine weite Hose und bringt Klebeband.

- Es wird von großem Nutzen sein.

Fatima leckt die Lippen.

- Bist du verlobt?

Er ringt um Fassung.

- Nein! Wie kommst du darauf?

Sie sagt mit gesenkten Lidern.

- Ich würde mich gern verloben.

Sein Herz schlägt schneller.

- Das möchte ich auch.

Fatima deutet auf das Holz hinter ihr.

- Hast du Gerüste gern?

Turan winkelt einen Arm in Taillenhöhe an.

- Ja sicher. Wir hängen das Bild daran auf.

Sie wirft ihm einen Ring zu.

- Dann feiern wir unsere Verlobung.

Er steckt ihn an den Finger.

- Danke! Ich ziehe ihn gleich an, bevor ich ihn verliere.

Eine Frau kommt. Ihr Auftreten ist bestimmt.

- Hallo, ich bin Delia Elida.

Sie trägt ein üppiges Rüschenkleid.

- Ich klettere aufs Gerüst.

Fatima neigt den Kopf zurück.

- Welche Seite gefällt dir?

Delia schmiegt die Hand um die Hüfte.

- Ich bevorzuge die linke.

Fatima legt die Unterarme aufs Gerüst.

- Sie gehört dir. Dann steige auch auf der rechten Seite hinauf.

Turan hebt die Augenbraue.

- Ich beglückwünsche euch zur guten Wahl.

Fatima hangelt sich in die Höhe.

- Ich habe ein gutes Gefühl dabei.

Turan klopft auf den Schenkel.

- Ich bin stolz auf dich.

Delia klimmt sich aufs Gerüst.

- Ihr versteht euch prima. Wie habt ihr euch kennengelernt?

Fatima zieht sich an einer Stange hoch.

- Ich sah Hanno und sagte, dass ich mich gern verloben würde.

Turan bückt sich, hebt den riesigen Papierbogen auf.

- Das war Musik in meinen Ohren.

Delia kniet auf einem Brett.

- Ich mag euch. Ihr seid ein aufgestelltes Paar.

Fatima hält den Bogen an der rechten oberen Ecke fest.

- Melonenorange ist eine beliebte Farbe.

Turan schiebt Delia die linke Ecke zu.

- Daher möchten wir die Verlobung vor diesem Bild feiern.

Ihr Blick verweilt auf seiner Hand.

- Was hat dir deine Freundin geschenkt?

Er spreizt den Finger ab.

- Diesen Ring. Er ist schön und passt erst noch.

Fatima betrachtet Huch.

- Nimmst du an unserem Verlobungsfest auch teil?

Er schirmt seine Augen mit der Hand ab.

 - Warum fragst du nicht Delia?

Turan stellt sich auf die Zehenspitzen, klebt das Bild ans Gerüst.

- Ich denke, wir laden das ganze Team ein.

Delia glättet das Klebeband mit den Fingerspitzen.

- Das Wichtigste ist für mich, einem Team anzugehören. Aber dass ihr mich außerdem noch mitfeiern lässt, freut mich über alle Maßen.

Fatima sitzt auf dem Rand des Gerüstbretts.

- Ich hätte gern Musik.

Ein Roboter findet sich ein.

- Hallo, ich bin James Gliss.

Er trägt ein helles Hemd.

197

- Ich spiele Klavier. Seid ihr einverstanden?

Turan fixiert den Papierbogen auf beiden Seiten.

- Natürlich! Wir brauchen Musik.

Delia klettert vom Gerüst.

- Bist du ein Roboter oder ein Mensch?

Gliss hält sich die Hand vor den Mund.

- Ich bin ein Roboter. Aber ich träume davon, ein Mensch zu sein.

Fatima schiebt das rechte angewinkelte Bein über das linke.

- Ich liebe Roboter.

Dreizehntes Kapitel

Die Reißnägel

Turan schenkt Gliss einen Blick aus den Augenwinkeln.

- Du bist intelligent.

Delia wiegt den Kopf.

- Mit dir wird es uns gut gehen.

Gliss breitet die Arme aus.

- Ganz bestimmt!

Fatima hält sich an einer Gerüststange fest.

- Wo ist dein Klavier?

Sein Blick hebt sich, verliert sich im Türkis des Himmels.

- Stracks kommt es an.

Ein Steinwayflügel hängt an einem fallschirmweißen Seidenballon. Langsam schwebt er auf den Platz vor dem Messebau herab.

Turan fuchtelt mit den Händen.

- Fast muss man von einem Glücksfall reden.

Gliss klopft mit dem Fuß auf den Boden.

- Etwas muss ich noch gestehen. Ich kann nur eine Tonleiter spielen. Langweilt euch das?

Delia winkelt den Arm ab.

- Überhaupt nicht! Du bist ein perfekter Pianist.

Gliss massiert sich die Schläfe.

- Danke! Ich höre gern Komplimente.

Er fasst Huch bei der Hand.

- Öffnest du mir bitte den Deckel des Flügels?

Eine Frau lungert auf dem Gelände herum.

- Hallo, ich bin Naila Krings.

Sie trägt einen knöchellangen Rock.

- Das übernehme ich, wenn ihr einverstanden seid.

Fatima rutscht vom Gerüst.

- Natürlich sind wir das.

Turan formt Daumen und Zeigefinger zu einem „O".

- Du siehst beschwingt aus.

Delia streckt den Nacken.

- Ist es schwierig, den Deckel zu heben?

Gliss senkt den Blick.

- Nein, es ist einfach.

Naila klappt den Deckel auf.

- Manche Dinge lernt man im Schlaf.

Fatima wickelt die Klavierbank aus dem Netz.

- Du hast viel Energie.

Turan lächelt zufrieden.

- Eine Verlobungsfeier mit Musik beeindruckt vom ersten Moment an.

Delia haucht Gliss ins Ohr.

- Du kannst beginnen.

Er setzt sich an den Steinway.

- Ich gebe alles.

Naila macht mit den Armen Bewegungen, als wolle sie die Glocken läuten.

- Wir freuen uns.

Fatima drückt in der Luft Klaviertasten.

- Das ist ein erstrangiger Flügel.

Turan wirft ein Auge auf Huch.

- Was sagst du dazu?

Huch versteckt die Hände in den Hosentaschen.

- Ich finde ihn cool und bin auf den Klang gespannt.

Delia blickt Gliss über die Schultern.

- Bist du nervös vor dem Spiel?

Er wirft den Kopf in den Nacken.

- Das ist das erste Mal, dass ich diese Frage höre. Die Antwort ist: Nein.

Naila legt den Unterarm über die Stirn.

- Wir gratulieren dir zu deiner Gelassenheit.

Gliss schnippt mit dem Finger.

- Danke! Ich suche den eigenen Stil.

Fatima mustert ihn mit Aufmerksamkeit.

- Können wir dich irgendwie unterstützen?

Er richtet die Knöchel auf dem Handrücken wie Kamelhöcker auf.

- Ja sicher! Hört gut zu und versucht, zur Musik zu tanzen.

Turan klemmt die Haare hinters Ohr.

- Wir sind in Hörweite.

Delia streckt die Arme auf Schulterhöhe aus.

- Das ist ideal für eine Verlobung.

Gliss spielt die Tonleiter.

- Ich bin schon fertig. Ihr dürft weiterreden.

Nailas Stimme rutscht eine Oktave höher.

- Wir müssen dir danken.

Fatima atmet die Luft durch den Mund aus.

- Ich bin ganz in deine Musik eingetaucht.

Turan lehnt sich mit angewinkeltem Bein gegen den Flügel.

- Bei dir wird jeder Ton zu Gold.

Delia stützt den rechten Arm auf.

- Es bleibt uns nichts anderes übrig, als dich um eine kleine Zugabe zu bitten.

Gliss drückt eine Taste.

- Wenn die Zugabe nur nicht zum Ohrwurm wird!

Er lässt den Ton verklingen.

- Ja, das wäre sie nun gewesen.

Nailas Augen blicken träumend.

- Du hast virtuos gespielt.

Fatima rafft den Rock.

- Der musikalische Teil der Feier ist nun vorbei.

Turan greift ins Haar.

- Wir haben den Höhepunkt komplett vergessen!

Delia hält die Hand weit offen.

- Das ist nicht weiter schlimm. Wir finden einen.

Gliss lächelt Huch aufmunternd zu.

- Kannst du dein Strichmännchen auf den Seidenballon malen?

Huch reibt sich verwundert die Augen.

- Was? Auf diese Riesenfläche?

Ein Mann trudelt ein. Über ihm schwebt ein Kugelfisch.

- Hallo, ich bin Leif Lung.

Er trägt einen Jogginganzug.

- Wo ist die Farbe?

Huch weist auf den Eimer.

- Ich möchte euch danken, dass ihr gekommen seid.

Lung verbeugt sich.

- Gern geschehen! Das Besprühen großer Flächen macht uns Spaß.

Der Kugelfisch fliegt zum Eimer, saugt sich mit der melonenorangen Farbe voll. Dabei verwandelt er sich selber in eine riesige Melone, steigt aber luftig leicht wie eine Seifenblase zum Ballon auf und sprayt das Strichmännchen auf die fallschirmweiße Seide.

Unweigerlich schweift Fatimas Blick nach oben.

- Der Kugelfisch fliegt elegant.

Turan sagt mit leiser Stimme.

- Das Sprayen ist einfacher, als ich dachte.

Delia beißt sich auf die Unterlippe.

- Ich bin überwältigt.

Gliss streckt die Hände aus.

- Mir fehlen die Worte.

Naila zeichnet einen Kreis mit der Hand.

- So etwas kann nur ein Kugelfisch machen.

Lung hört sich das in aller Ruhe an.

- Er sucht überall nach Strichmännchen. Und wenn er eines findet, kopiert er es ins Große.

Fatima schaut Turan fest in die Augen.

- Ich würde gern mit dir schlafen.

Turan umfasst sie zärtlich.

- Ist gut! Dann suchen wir eine Schlafgelegenheit.

Delia richtet den Blick auf Huch.

- Wohin sollen wir uns wenden?

Eine Frau und ein Mann bringen ein Bett.

Sie trägt ein langes Kleid.

- Hallo, ich bin Asya Mille.

Er trägt ein Kapuzenshirt.

- Hallo, ich bin Alfred Pino.

Fatima schlägt die Decke zurück.

- Endlich können wir uns hinlegen.

Turan nimmt ein Kissen zwischen die Finger.

- Ich schaue dir zu.

Delia hält kurz den Atem an.

- Du verstehst nicht ganz, was sie möchte.

Gliss rückt zur Seite.

- Ihr seid jetzt ein Paar.

Naila gibt Turan einen Schubs.

- Und was machst du?

Er legt sich neben Fatima.

- Ich steige ins Bett. Ist deine Frage damit beantwortet?

Sie wirft ihren Kopf herum.

- Voll und ganz! Das habe ich erwartet.

Lung verdreht die Hüfte.

- Wir lassen euch jetzt allein.

Asya lässt den Blick schweifen.

- Und was machen wir?

Pino schlenkert mit den Armen.

- Wir nehmen ein Fußbad.

Er führt das Team in einen Park.

Eine Amsel pfeift. Blüten duften.

- Was für ein Becken wünscht ihr?

Delia atmet tief durch.

- Ich hätte gern glasklares Wasser.

Gliss läuft weg.

- Ich bringe Frottiertücher und bin gleich zurück.

Naila winkelt ein Bein an.

- Ich freue mich darauf, die Socken und die Schuhe abzu-
streifen.

Lung krümmt die Finger.

- Der Kugelfisch und ich bevorzugen Springbrunnen.

In der Mitte des Parks schießt eine Fontäne hoch, plätschert in ein riesiges Becken.

Asya schlüpft aus den Schuhen.

- Ich bin bereit. Und du?

Pino zieht die Socken aus.

- Ich auch.

Er setzt sich an den Beckenrand.

Die Tropfen glitzern. Von Rot über Gelb bis Violett leuchtet ein Regenbogen.

- Das Farbenspiel ist sehr beruhigend.

Delia streckt die Füße ins Wasser.

- Es entspannt.

Nailas Gesicht hellt sich auf.

- Ich gönne mir ein Fußbad.

Der Kugelfisch liegt zuoberst auf der Fontäne wie auf einem Schaumkissen.

Lung hebt seine rechte Hand.

- Er ist glücklich, wenn er relaxen kann.

Asyas Blick schweift zu Huch.

- Malst du oft Strichmännchen?

Er neigt den Kopf.

- Ich würde sagen: Nicht verrückt oft.

Pino sitzt Schulter an Schulter mit Asya am Beckenrand.

- Setz dich zu uns! Du hast ein Fußbad verdient.

Eine Frau kommt mit stolz geducktem Gang.

- Hallo, ich bin Kimberly Ringel.

Sie trägt ein Matrosenkleid und bringt eine watteweiße Jeansjacke.

- Ich bin mir sicher, dass dir diese Jacke stehen wird.

Huch wischt sich die Stirn.

- Das könnte sein.

Kimberly führt ihn auf eine ungeteerte Straße.

- Mir gefällt deine alte Jacke.

Ihre Silhouetten zeichnen sich scharf ab.

Ein Mann gesellt sich zu ihnen.

- Hallo, ich bin Mattes Sing.

Er trägt ein ährengelbes Shirt und bringt einen Garderobenständer.

- Ich sehe gerade einen guten Ort.

Kimberly löst das Haar aus der engen Frisur.

- Du hast eine ungewöhnliche Stimme.

Sing stellt den Kleiderständer ab.

- Danke! Auf seine Art hat jeder Mensch besondere Obertöne.

Sie legt Huch die Hand auf die Schulter.

- Willst du uns deine alte Jacke geben?

Huch senkt die Augen.

- So alt ist sie nun auch wieder nicht.

Sing turnt am Garderobenständer.

- Das stimmt. Sie ist wertvoll.

Eine Frau tigert über die Straße.

- Hallo, ich bin Viola Kadris.

Sie trägt Netzstrümpfe.

- Was macht ihr?

Kimberly holt Luft.

- Wir haben einen Kleiderständer aufgestellt.

Sing kräuselt die Lippen.

- Er scheint gewöhnlich zu sein, eignet sich jedoch speziell für Jacken.

Violas Blick streift Huch.

- Es ist warm. Findest du nicht auch?

206

Huch nimmt die Jacke über die Schulter.

- Durchaus! Aber ich habe es gern, wenn die Sonne scheint.

Sie streckt die Hände aus.

- Mich dünkt, der Garderobenständer sei eigens für deine Jacke geschaffen.

Er reicht ihr die Jacke.

- Stimmt das?

Kimberly zeigt einen Anflug von Lächeln.

- Das frage ich mich auch.

Bei Sings Hand geht der Daumen hoch.

- Man müsste es direkt einmal versuchen.

Viola hängt die Jacke an einen Haken.

- Was sagt ihr?

Kimberly spielt mit ihren Haaren.

- Es schadet nie, wenn man etwas ausprobiert.

Sing deutet mit erhobenem Zeigefinger auf den Kleiderständer.

- Ich wüsste nicht, wo sie besser aufgehoben wäre.

Viola wirft einen Blick auf Huch.

- Da wir gerade vom Ausprobieren sprechen, möchtest du nicht kurz in die weiße Jacke schlüpfen?

Kimberly schenkt ihm ein einladendes Lächeln.

- Ich finde, du würdest darin glücklich aussehen.

Sing lässt die Hand auf Huchs Schulter liegen.

- Wie können wir dich am besten überzeugen?

Ein Mann hopst über die Straße.

- Hallo, ich bin Armin Lorz.

Er trägt eine Badehose und bringt einen Ankleidespiegel.

- Moment! Ich putze ihn gleich blitzblank.

Viola dreht ihm das Gesicht zu.

- Warum kommst du mit einem Spiegel?

Lorz stellt ihn auf die Straße.

- Das hat einen bestimmten Grund.

Er weist mit dem Kopf auf Huch.

- Ich möchte dich in der weißen Jacke sehen.

Kimberly hält sie in die Höhe.

- Ich bin sicher, du wirst dich wohlfühlen.

Sing fährt mit den Händen an seinem Leib entlang.

- Du wirst uns beeindrucken.

Viola schwingt die Arme.

- Nach 5 Minuten kannst du sie ja wieder ausziehen.

Lorz poliert den Spiegel.

- Er glänzt.

Kimberly hilft Huch in die Jacke.

- Sie hat genau deine Größe.

Sing streicht durchs Haar.

- Wir sind uns einig. Sie steht dir.

Viola senkt ihre Stimme.

- Wenn du sie nicht willst, kannst du sie mir geben.

Lorz neigt das Becken leicht nach vorne.

- Tritt vor den Spiegel!

Huch betrachtet sich.

- Mit einer weißen Jacke kann man sich kaum verstecken.

Eine Frau trippelt daher.

- Hallo, ich bin Ellen Coda.

Sie trägt einen gepunkteten Rock. An ihren Händen haftet
Kohlestaub.

- Weiß ist magisch!

Kimberly blinzelt.

- Was ist deine Lieblingsfarbe?

Ellen reckt den rechten Arm empor.

- Purpurrot.

Sing kräuselt die Stirn.

- Denkst du, er sollte eine purpurrote Jacke tragen?

Sie legt die Hand auf Huchs Schulter.

- Nein, du bist bemerkenswert in der weißen Jacke.

Er dreht sich herum.

- Danke! Man hört fast nicht auf, bemerkt zu werden.

Kimberlys Blick schweift über Huch, bleibt verstört an der Schulter haften.

- Woher kommt der schwarze Fleck?

Sing verdreht den Hals.

- Er sieht wie ein Handabdruck aus.

Viola stellt sich auf die Zehenspitzen.

- Stammt der Fleck von Ellen?

Lorz hebt leicht die Nase.

- Meine Intuition sagt ja.

Ellen reibt sich die Hände, fragt Huch.

- Magst du Kohlestifte?

Ein Lächeln erhellt sein Gesicht.

- Damit kann man zeichnen.

In Kimberlys Augen blitzt es.

- In dem Falle würden sie uns allen gefallen.

Ein Mann trottet daher.

- Hallo, ich bin Emanuel Rosendo.

Er trägt schilfgrüne Socken und bringt Kohlestifte.

- Ich bin zufrieden, dass ihr sie mögt.

Sing lächelt ihn an und schaut wieder weg.

- Um glücklich zu sein, bräuchten wir Papier.

Viola legt den Kopf in den Nacken.

- Wir dachten schon, du hättest es dabei.

Eine Frau klettert die Böschung hoch.

- Hallo, ich bin Marit Zach.

Sie trägt ein helloranges Kleid und bringt einen Bogen.

- Wollt ihr Papier?

Lorz reckt den Arm.

- Ja gern! Wir nehmen es.

Ellen wendet Huch das Gesicht zu.

- Zeichnest du als Erster?

Er reibt sich den Hals.

- Ich würde lieber zuschauen.

Rosendo gibt ihm einen Kohlestift.

- Zier dich bitte nicht so!

Marit legt den Papierbogen vor ihn auf die Straße.

- Du trägst doch bereits einen schönen Kohlefleck auf der Jacke!

Kimberly versucht ihn zu überzeugen.

- Es gibt eine Menge Leute, die nicht einmal Kohlestaub an den Händen haben.

Sing verschränkt die Arme hinter dem Kopf.

- Lass den Stift tanzen!

Viola ringt die Hände.

- Mal einfach einen Strich!

Lorz knabbert an seinen Fingernägeln.

- Eine Linie genügt.

Huch kratzt mit dem Kohlestift über das Papier.

Ellen hebt die Brauen.

- Das Geräusch höre ich gern.

Rosendo staunt nicht schlecht.

- Der Strich ist außergewöhnlich.

Marit fährt sich durch die Haare.

- Bringen wir die Zeichnung ins Museum für Gegenwartskunst?

Kimberly öffnet die Lider.

- Das werden wir sofort tun.

Sing bekommt leuchtende Augen.

- Natürlich! Es steht außer Frage!

Viola wirft einen Blick auf den Bogen.

- Die Zeichnung gefällt mir sehr.

Lorz hebt das Blatt auf.

- Das Museum liegt an der Straße.

Ellen macht sich mit schlenkernden Schritten auf den Weg.

- Vielleicht kann man dort auch heiraten.

Rosendo reißt den Arm hoch.

- Bist du dafür bereit?

Sie dreht sich abrupt um.

- Willst du damit sagen, dass du mich liebst?

Er streckt die Hände aus.

- Kein Zögern, kein Zaudern! Das einzige Wort, das mir dazu einfällt, ist Ja.

Kimberly bewegt rasch den Kopf.

- Heiratet ihr im Kreis eurer Freunde?

Ellen geht beschwingt.

- Ganz bestimmt! Wir zählen auf euch.

Sing holt sie ein.

- Wir sind dabei.

Viola fragt Huch.

- Kommst du nicht mit?

Er lässt seinen Blick schweifen.

- Doch! Ich sehe mich nur nach dem Museum um.

Lorz tänzelt.

- Wir kommen ihm mit jedem Schritt näher.

Ellen treibt die Neugier an.

- Ich frage mich, wie es aussieht.

Rosendos Körper fängt an zu wippen.

- Wie auch immer, ich bin glücklich mit dir.

Marit hält die Hand ans Ohr.

- Könnt ihr hören, was ich höre?

Eine Glocke klingt aus einem großen, einsam in der Gegend stehenden Haus. Die Tür öffnet sich.

Ein Mann tritt über die Schwelle.

- Hallo, ich bin Tino Banu.

Er trägt blassrote Jeans.

- Willkommen! Ihr seid wirklich cool.

Kimberly streckt eine Hand in die Höhe.

- Danke! Es liegt am Licht.

Sing spreizt die Beine.

- Die Sonne scheint hell.

Viola zeigt aufs Blatt.

- Und außerdem sind wir alle stolz auf dieses Bild.

Lorz hält es hoch.

- Es hat einen eigenen Stil.

Ellen umfasst mit der rechten Hand den Nacken.

- Wir wollen dir 2 Fragen stellen.

Rosendo lockert seinen Kiefer, schiebt ganz langsam die unteren Zähne an den oberen vorbei und schaut Banu an.

- Stellst du es aus?

Marit erkundigt sich.

- Hast du genügend Platz?

Banu wirft ihr einen aufmunternden Blick zu.

- Ja sicher. Ich habe noch nie so eine Zeichnung gesehen.

Kimberly ruft.

- Wir finden dich sympathisch!

Sing lässt die Hände mit bewegten Fingern sprechen.

- Du bist unser neuer Freund.

Viola fasst sich an den Kopf.

- Weißt du, wo du das Blatt aufhängst?

Banu weist mit dem Daumen auf die Tür.

- Sie ist groß und breit. Da gehört es hin.

Eine Frau schlendert zum Museum.

- Hallo, ich bin Adelina Rühl.

Sie trägt Röhrenjeans und bringt 4 Reißnägel.

- Darf ich die Gelegenheit nutzen?

Lorz dreht sich um.

- Was hast du vor?

Adelina leckt sich die Lippen.

- Ich möchte euch meine Nägel empfehlen.

Banus Blick funkelt.

- Danke! Du bist die einzige Person, die Reißnägel hat.

Ellen verzieht den Mund zum feinen Lächeln.

- Wir mögen dich.

Rosendo streicht mit der Hand über die Brust.

- Was fehlt jetzt noch?

Banu lässt sich einen Reißnagel geben.

- Ich brauche ein Paar Hände, die das Blatt an die Tür halten.

Vierzehntes Kapitel

Am Brunnen vor dem Tore

Marit wendet sich an Lorz.

- Darf ich das übernehmen?

Er reicht ihr das Blatt.

- Gern! Jedes Wort, das du sagst, klingt wie Musik für mich.

Adelina hebt langsam die Lider.

- Du hast unvergleichliche Hände.

Marit hält das Blatt an die Tür.

- Was bevorzugt ihr? Soll es höher oder tiefer hängen?

Kimberly kreist um sich selbst.

- Da die Höhe stimmt, würde ich nichts mehr verändern.

Sing bückt sich, legt die Hände auf die Knie.

- Du hast auf Anhieb die ideale Position gefunden.

Viola streicht sich die Haare aus dem Gesicht.

- Wir sollten uns jetzt bemühen, das Blatt zu fixieren.

Lorz beißt sich auf die Lippen.

- Damit es nie runterfällt.

Banu drückt die Reißnägel fest an.

- Ich weiß nicht, ob ich das kann oder nicht, aber ich versuche es.

Ellen stupst ihn an.

- Ich sehe auf den ersten Blick, dass du geübt bist.

Rosendos Hände scheinen auf einer unsichtbaren Leiter nach oben zu greifen.

- Ich habe immer davon geträumt, im Museum für Gegen-

215

wartskunst zu heiraten.

Marit tritt auf der Stelle.

- Ist das möglich?

Banu lässt die Hand über sein Bein gleiten.

- Aber sicher! Kommt rein! Wir fangen gleich an.

Adelina huscht durch die Tür, sagt im Vorübergehen.

- Du siehst beschwingt aus.

Er öffnet die Arme wie ein Gefäß gegen den Himmel.

- Ich habe allen Grund. Das Museum erhielt ein Bild. Und jetzt findet sogar noch eine Hochzeit statt. Was will man mehr?

Kimberly tritt über die Schwelle.

- Welche Feier magst du?

Banu wirft den Kopf nach hinten.

- Ich richte mich ganz nach den Wünschen des Brautpaars.

Sing zeigt mit dem Finger auf ihn.

- Ich werde allen erzählen, wie freundlich du bist.

Banu beschäftigt beide Hände mit den Haaren.

- Ich bitte dich! Alle Menschen, die ein Museum haben, tun das Beste für ihre Gäste.

Viola fegt durch den Eingang.

- Nun bist du nicht mehr allein.

Banu lehnt zurück und blickt nach oben.

- Zum Glück! Ihr bringt Leben ins Haus.

Lorz beugt den Oberkörper zu Ellen.

- Gibt es etwas, bei dem ich euch helfen kann?

Sie bleibt stehen.

- Durchaus! Du darfst unser Trauzeuge sein.

Rosendo zieht die Mundwinkel beim Lächeln nach oben.

- Wir brauchen noch eine Trauzeugin.

Marit fasst sich an die Nase.

- Ich will mich nicht vordrängen. Aber wenn ihr mich nehmt, könnte ich mich vor Glück kaum fassen.

Ellen dreht sich.

- Danke! Jetzt spüre ich, wie wertvoll es ist, einem Team anzugehören.

Adelina lässt den Blick schweifen.

- Man ist von Freunden umgeben, die allesamt nur darauf warten, einander zu helfen.

Banu folgt ihr.

- Stell dir vor, manchmal kommt richtig Leben ins Museum!

Eine Goldkugel rollt die Straße hinunter, kommt vor Huchs Füßen zu stehen.

Eine Frau huscht hinterher.

- Hallo, ich bin Lena Forlani.

Sie trägt ein Prinzessinnenkostüm.

- Gehst du nicht ins Museum?

Huch streicht sich über die Augenbrauen.

- Im Moment betrachte ich die Kugel.

Lena winkt ihn mit nach unten gedrehten Handflächen heran.

- Danke für deine Hilfe! Sie wäre wer weiß wie weit gerollt.

Er bleibt stehen.

- Ich habe sie gar nicht berührt.

Sie deutet auf das Blatt an der Tür.

- Wer hat das gezeichnet?

Huch legt die Hände ineinander.

- Das war ich.

Lena berührt ihn an der Taille.

- Um dich herum geschieht viel. Du rettest meine Kugel und kannst zeichnen.

Er schüttelt einen Stein aus der Sandale.

- Wenn alle mitmachen, entsteht immer etwas.

Sie beugt den Oberkörper nach vorn.

- Deine Jacke hat einen Fleck, aber sie gefällt mir trotzdem.

Huch lehnt sich zurück.

- Das ist nicht meine Jacke.

Lena gibt sich einen Ruck.

- Sie könnte mir perfekt passen.

Er zieht die Jacke aus.

- Du kannst sie haben.

Sie legt sie an.

- Dankeschön! Ich gebe dir dafür meine Goldkugel.

Huch stellt ein Bein vor.

- Was könnte ich damit machen?

Ein Mann kundschaftet die Gegend aus.

- Hallo, ich bin Pius Tupi.

Er trägt einen magentafarbenen Frack.

- Wäre es euch recht, wenn ich die Goldkugel nähme?

Lena legt das Kinn auf den Handrücken.

- Durchaus!

Tupi fasst die Kugel mit spitzen Fingern an.

- Danke vielmals!

Sie lässt die Hand sinken.

- Möchtest du sie rollen oder tragen?

Er geht in die Hocke.

- Ich würde sie gern drehen.

Lena streift ihn mit kurzen Blicken.

- Das braucht Fingerspitzengefühl.

Tupi richtet die Augen auf Huch.

- Du kannst das machen.

Eine Frau kommt daher.

- Hallo, ich bin Patricia Yoshida.

Sie trägt einen aquamarinblauen Reifrock.

- Ich will einfach nur kurz die Kugel drehen. Darf ich?

Lena öffnet die Lippen.

- Aber ja! Du bist so unternehmungslustig, wie ich es mag.

Tupi springt auf.

- Sicher bist du nicht gern allein und möchtest unserem Team beitreten.

Patricia versetzt der Kugel mit den Fingern Schwung.

- Wenn ihr mich aufnehmt, zögere ich keine Sekunde.

Lena zieht die Mundwinkel hoch.

- Du bist dabei.

Tupi senkt den Blick.

- Du hast es verdient.

Patricia sucht den Schatten unter einem Baum.

- Danke! Jetzt brauche ich eine Pause.

Ein amazonasgrüner Wal schwebt vom Himmel, gleitet über das Museum, landet auf der Straße, öffnet das riesige Maul.

Ein Mann steigt aus.

- Hallo, ich bin Marlon Stork.

Er trägt birnengelbe Socken.

- Kann ich euch helfen?

Lena wippt herum.

- Wir hätten gern ein Sofa.

Stork sagt mit weit ausladenden Gesten.

- Ich gratuliere euch. Das ist ein leicht erfüllbarer Wunsch.

Eine Frau und ein Mann bringen ein backpulverweißes Wolkensofa aus dem Bauch des Wals.

Die Frau geht voran.

- Hallo, ich bin Rahel Zamani vom Möbelteam.

Sie trägt ein apfelgrünes Schleifenkleid.

- Ich möchte eure Meinung hören. Sagt mir, was ihr vom Sofa haltet.

Tupi atmet tief durch.

- Ich liebe es!

Patricia ringt nach Worten.

- Noch nie habe ich ein bequemeres gesehen.

Stork berührt mit dem Daumen den Zeigefinger.

- Beachtet, was besonders ist! Wir alle haben darauf Platz.

Rahel beschäftigt beide Hände mit den Haaren.

- Ich glaube, es kommt an.

Der Mann vom Möbelteam setzt das Sofa behutsam ab.

- Hallo, ich bin Danilo Ball.

Er trägt eine Turnhose.

- Meiner Meinung nach sollten wir es ausprobieren.

Lena nimmt Anlauf.

- Danke, das tun wir gern.

Tupi springt aufs Sofa.

- Darauf könnte sich ein ganzes Fußballteam kuscheln.

Patricia setzt sich.

- Mitsamt dem Schiedsrichter.

Stork legt den Arm aufs angezogene Bein.

- Ich zeige euch gern, wie ihr euch am besten entspannt.

Rahel umkreist Huch summend und tänzelnd.

- Und du? Bleibst du stehen?

Er senkt den Blick.

- Zuerst soll sich Danilo setzen.

Ball lässt sich aufs Sofa plumpsen.

- Wir richten uns nach deinen Wünschen.

Eine Frau schreitet auf der Straße.

- Hallo, ich bin Naomi Kaleika.

Sie trägt ein schlangengrünes Seidenkleid.

- Die Goldkugel gefällt mir.

Lena reibt sich die Hände mit den langgliedrigen Fingern.

- Du kannst sie haben, wenn du sie willst.

Tupi versichert.

- Sie macht Spaß.

Patricia öffnet den Mund zum Gähnen.

- Wir erholen uns gerade.

Stork redet langsam und gedehnt.

- Es hat noch Platz auf dem Sofa, wenn du dich ausruhen möchtest.

Naomi zuckt nur mit den Schultern.

- Danke! Ich möchte lieber mit der Goldkugel spielen.

Rahel hebt das Kinn.

- Keiner von uns mag im Moment aufstehen.

Ball schlägt die Beine übereinander.

- Hoffentlich macht es dir nichts aus.

Naomi schaut Huch an.

- Willst du wissen, wohin die Kugel rollt?

Er klappt die Augen auf.

- Ja, das finde ich spannend.

Sie schiebt die Goldkugel mit dem Fuß an.

- Was würdest du tun, wenn sie immer weiter rollt und nie mehr stoppt?

Huchs Arme gehen so weit auseinander, als müssten sie

die ganze Welt umfassen.

- Dann hätte ich 2 Möglichkeiten. Ich könnte ihr nachlaufen oder sie aus den Augen verlieren.

Die Kugel rollt die Straße hinunter, hüpft über einen Riss im Belag.

Naomi ruckt den Kopf nach links.

- Was haben wir eigentlich vor?

Huch dreht sich einmal um die eigene Achse.

- Wir verfolgen nur die Kugel und machen sonst nichts.

Sie fährt sich mit der Zunge über beide Lippen.

- Ich würde gern heiraten.

Ein Mann kommt ihnen entgegen.

- Hallo, ich bin Cedric Lang.

Er trägt hellorange Badeschlappen.

- Eure Goldkugel rollt aufwärts.

Naomis rechte Augenbraue schnellt in die Höhe.

- Das musst du uns zeigen.

Lang führt sie zu einer kreideweißen, von vielen Schuhabdrücken beschmutzten Wand.

- Da würde ich auch gern hochgehen.

Naomis Blick wandert zu einer Art Rampe hinauf.

- Alleine oder zusammen?

Lang neigt den Kopf nach vorn.

- Wir sind ein wunderbares Team. Wenn wir zusammen unterwegs sind, gibt es kein Hindernis.

 Sie geht mit ihm die Wand hoch.

- Du bist noch nie senkrecht gelaufen, oder?

Er gibt sich gelassen.

- Nein, meine Badeschlappen eignen sich nicht dafür.

Naomi erreicht die Rampe.

- Ah, das ist die Kugel! Danke für den Tipp!

Lang schaut ihr in die Augen.

- Das werde ich nie vergessen, wie wir Seite an Seite hochgegangen sind.

Am Fuß der Wand trifft eine Frau ein.

- Hallo, ich bin Malena Bongo.

Sie trägt einen Morgenmantel.

- Wo ist dein Team?

Huchs Hände gleiten durch die Luft.

- Naomi und Cedric sind soeben die Wand hochgestiegen.

Malena streicht sich das Haar aus der Stirn.

- Es gibt da ein Schild in der Nähe. Darf ich es dir zeigen?

Er senkt leicht die Augenlider.

- Manchmal weisen Schilder den Weg.

Ihr Lächeln nimmt das ganze Gesicht ein.

- Das sehe ich auch so. Man kann sich auf sie verlassen.

Huch geht gemessenen Schrittes neben Malena.

- Welche Farbe hat das Schild?

Sie zeigt es ihm.

- Es ist signalrot und beschriftet.

Er liest.

- Besuche den öffentlichen Garten!

Malena zuckt mit dem Bein.

- Das könnten wir doch tun. Oder spricht etwas dagegen?

Huch senkt den Blick.

- Nein, sonst würden wir zögern.

Der Eingang in den Garten führt durch ein Tor auf einen mit hellem Kies belegten Weg. Er schlängelt sich um Blumenbeete, Sitzbänke und Hecken.

Malenas Morgenmantel rutscht ein wenig hoch.

- Wir sind ganz alleine.

Ein Mann schweift durch den Park.

- Hallo, ich bin Raik Dosch.

Er trägt einen Matrosenhut, fragt Huch.

- Gibst du mir bitte dein Shirt?

Huch zieht es aus und reicht es ihm.

- Ich frage mich, ob es dich erfreut oder enttäuscht.

Malena reißt die Arme hoch.

- Wieso? Es sieht gut aus.

Dosch legt es an.

- Das wird bestimmt mein Lieblingsshirt.

Eine Frau tritt leise auf.

- Hallo, ich bin Natalia Conradi.

Sie trägt ein Charleston-Trägerkleid und bringt ein Shirt.

- Darf ich dir ein neues schenken?

Huch schlüpft hinein.

- Danke! Ich kann es brauchen.

Malena nimmt alles mit weichen Augen in sich auf.

- Freunde helfen einander und teilen.

Dosch drückt die Knie durch.

- Ohne Shirt würde mir etwas fehlen.

Natalia berührt Huchs Arm.

- Ich bin froh, dass wir Freunde sind.

Malenas Zeigefinger gleitet über die Fingerkuppen der linken Hand.

- Seid ihr müde? Möchtet ihr schlafen?

Dosch stellt das Becken schräg aus.

- Ja! Ich hoffe, dass wir bald ein Bett finden.

Natalia geht federnden Schrittes voran.

- Sehen wir uns doch im Park um!

Malena schließt sich ihr an.

- Ich bin gespannt, was uns erwartet.

Ein Schild lenkt sie auf einen Fußweg. Im Rasen türmt sich ein Berg auf. Er besteht aus Teilen von Metallbetten.

Dosch streckt den Arm.

- Was fangen wir damit an?

Natalia geht um den Berg herum.

- Wir könnten die Teile einmal betrachten.

Malena schaut Huch an.

- Vielleicht hast du eine Idee.

Er blickt gespannt auf den Haufen.

- Mir gefallen die verbogenen Metalllatten der Bettroste.

Dosch nimmt eine Latte in die Hand.

- Sie beeindrucken mich auch.

Natalias Augen glimmen.

- Sie sehen komisch aus.

Malena streckt die Arme in die Luft.

- Das sind die unglaublichsten Latten, die ich je gefunden habe!

Dosch schickt Huch aufmunternde Blicke zu.

- Ich bin dir dankbar, dass du sie entdeckt hast.

Natalia schnappt nach Luft.

- Sie sind geschwungen.

Malena schnipst mit dem Finger.

- Wirklich wie Wellen!

Dosch sieht Huch an.

- Lege sie aus!

Ein Mann streicht im öffentlichen Garten umher.

- Hallo, ich bin Bo Flinz.

Er trägt ein Totenkopf-T-Shirt.

- Ich liebe Metalllatten.

Natalia gleitet mit der Fingerspitze über seinen Unterarm.

- Dann nimm sie in die Hand!

Malena lächelt Flinz über die Schulter hinweg zu.

- Ich nehme an, du weißt, was wir vorhaben.

Er reiht 3 Metalllatten aneinander.

- Was für ein Glück! Eine Welle entsteht! Und ich durfte sie machen.

Dosch biegt den Kopf etwas nach hinten.

- Wo könnten wir sie ausstellen?

Eine Frau kommt.

- Hallo, ich bin Hedda Giuliani.

Sie trägt einen hautengen Overall.

- Bringt die Metalllatten ins Kulturzentrum.

Natalia beugt das Knie.

- Da gehen wir hin!

Flinz hebt die Latten auf.

- Ich trage sie.

Hedda schleudert die Arme nach vorn.

- Ihr seid ein Künstlerteam. Ich finde es wichtig, dass man euer Werk zeigt.

Malena legt die Hand auf Huchs Schulter.

- Begleitest du uns?

Er senkt den Blick.

- Ja! Danke für die Einladung!

Der Weg führt aus dem öffentlichen Garten zu einer leeren Straße.

Dosch läuft Zickzack.

- Wir dürfen keine Latte verlieren.

Natalias Schritte klappern über den Asphalt.

- Auf keinen Fall! Die Welle setzt sich aus 3 Teilen zusammen.

Flinz hält kurz inne.

- Verlasst euch auf mich! Ich bringe sie sicher ins Kulturzentrum.

Hedda rückt auf.

- Gib mir eine Latte! Ich helfe dir tragen.

Verloren zwischen Staub und hohem Steppengras steht ein blassblaues zweistöckiges Gebäude mit 2 Fenstern in jeder Etage. Große Bäume wachsen aus dem Dach, am Giebel, an den Wänden.

Ein Mann hangelt sich den fußballtorähnlichen Türrahmen hoch.

- Hallo, ich bin Juri Kinzel.

Er trägt einen dunklen Anzug.

- Wie viele Kunstwerke bringt ihr?

Malena zeigt auf die Metalllatten, die Flinz und Hedda bringen.

- Eines! Aber es besteht aus 3 Teilen.

Dosch blickt sich um.

- Wir suchen einen Platz.

Kinzel streicht das Haar zurück.

- Ich habe eine Idee. Legt es in Richtung Sonne aus!

Natalia drückt dem staubigen Boden Fußabdrücke ein.

- Du bist sehr freundlich zu uns.

Flinz legt die Latten aus.

- Die Gäste werden die Welle mögen.

Hedda fügt die dritte an.

- Gefällt sie dir?

Kinzel lehnt sich mit ausgestreckten Armen an die Fassade.

- Ja! Danke vielmals! Der Vorplatz ist gerettet. Jetzt bräuchten wir noch etwas Musik, um die Ausstellung zu eröffnen.

Malena berührt leicht Huchs Hand.

- Spielst du Klavier?

Er hält die Lippen geschlossen.

- Ich könnte ein kleines Stück anfangen.

Dosch streckt sich der Sonne entgegen.

- Bestens! Der Anfang hat meist einen unbeschreiblichen Reiz.

Natalia geht um Huch herum.

- Es darf nur nicht zu lang dauern.

Flinz rollt die Zunge.

- Ich würde gern einen neuen Song hören.

Hedda fragt Kinzel.

- Hast du ein Klavier?

Er nickt zur Bekräftigung.

- Was immer ihr wünscht, ich schaffe es herbei.

Ein Elefant schiebt einen Konzertflügel aus dem Kulturzentrum.

Malenas Zähne blitzen beim Lächeln hervor.

- Elefanten sind kluge Tiere.

Dosch hält gespannt den Atem an.

- Man kann sich auf sie verlassen.

Natalia macht Bewegungen wie eine Opernsängerin.

- Wir sind begeistert und das nicht ohne Grund.

Flinz blinzelt.

- Der Flügel reflektiert das Licht wie ein Spiegel.

Hedda schlingt die Arme um den Körper.

228

- Ich dachte, es würde noch einen Klavierstuhl brauchen.

Kinzel dreht sich um.

- Ich befasse mich sofort damit.

Eine Frau bringt eine Klavierbank.

- Hallo, ich bin Olivia Robertson.

Sie trägt einen Strohhut.

- Will sich jemand setzen?

Malena tritt an Huch heran.

- Du kannst Platz nehmen.

Dosch lehnt selbstvergessen an den Konzertflügel.

- Wie viele Tasten hat eigentlich so ein Klavier?

Natalia öffnet den Tastendeckel.

- Es sind 88.

Flinz reißt die Augen auf.

- Hast du sie gezählt?

Sie kichert leise.

- Nein, ich schaue einfach hin und sehe die Menge.

Hedda hält die Hände auf dem Bauch übereinander.

- Wie heißt dieser Flügel?

Kinzels Augen leuchten.

- Es ist ein Steinway.

Olivia berührt Huch leicht an der Taille.

- Welche Tasten hast du lieber? Die weißen oder die schwarzen?

Er stellt die Klavierbank ein.

- Ich finde alle schön.

Malenas Hände imitieren ein aufgeschlagenes Buch.

- Brauchst du Noten?

Huch nimmt Platz.

- Nicht unbedingt! Ich habe ein paar Songs im Gedächtnis.

Dosch fuchtelt mit den langen Armen in der Luft herum.

- Du hast auch die Möglichkeit, einen neuen zu erfinden.

Natalia streift Huch mit der Zehenspitze am Fuß.

- Du bist ganz frei.

Er sitzt kerzengerade auf der Bank.

- Wollt ihr einen bestimmten Song hören?

Flinz kneift kurz die Augen zusammen.

- Ich habe keine Ahnung, was man zur Eröffnung einer Ausstellung spielen könnte.

Hedda lehnt sich zu Kinzel.

- Kannst du uns einen Tipp geben?

Er winkt energisch ab.

- Ich bin der Letzte, der das weiß.

Olivia krabbelt auf allen Vieren wie ein Käfer über den Steinway.

- Also ich wünsche mir den Song „Am Brunnen vor dem Tore" von Schubert. Da hat es so eine lustige Stelle: „Der Hut flog mir vom Kopfe. Ich wendete mich nicht."

Fünfzehntes Kapitel

Der Koffer

Malena legt den Kopf seitlich auf die Schulter.

- Man kann den Hut nicht bei jedem Wind tragen.

Dosch kramt in seiner Hosentasche.

- Oder man braucht ein Hutband.

Natalia streichelt Huch über den Rücken.

- Ist dir jemals der Hut vom Kopf geweht?

Seine Stimme hallt im Resonanzraum des Flügels.

- Ja, das ist mir passiert.

Flinz lässt die Schultern hängen.

- Und dann hast du ihn wiedergefunden?

Huch legt beide Hände hinter den Kopf mit den Ellbogen nach außen.

- Ja, er flog nicht so weit.

Hedda bildet mit den Händen ein Spitzdach.

- So langsam sollten wir mal anfangen, die Ausstellung zu eröffnen.

Kinzel zieht die Mundwinkel hoch.

- Es ist Zeit für den Schubertsong.

Olivia gibt Huch ein Zeichen.

- Wir sind ganz Ohr.

Huch spielt die ersten Takte.

Malena verschränkt die Arme hinter dem Nacken.

- Ich habe „Am Brunnen vor dem Tore" noch nie gehört.

Dosch hopst um den Flügel.

- Ich bin wirklich beeindruckt.

Natalia hält sich die Hände wie Hasenohren an die Schläfe.

- Wenn du wählen könntest, ob in einem Songtext der Hut wegfliegt oder auf dem Kopf bleibt, würdest du?

Flinz lässt den Körper hochschnellen und zusammensacken.

- Nein, der Hut kann überall sein.

Hedda berührt Huch mit dem Finger am Handrücken.

- Ich hätte gern einen roten Pullover.

Ein Mann geht durchs hohe Steppengras.

- Hallo, ich bin Miguel Pozzi.

Er trägt ein Flanellhemd und bringt einen beerenroten Pullover.

- Störe ich?

Kinzel lässt die Arme schlenkern.

- Nein, wir eröffnen gerade die Ausstellung und haben eine gute Zeit.

Hedda reicht Pozzi die Hand.

- Danke, dass du mir einen Pullover gebracht hast. Ich werde ihn gleich anziehen.

Olivia schenkt ihm einen vielsagenden Blick.

- Bist du verheiratet?

Pozzi öffnet die Lippen.

- Leider nicht! Wenn ich jedoch eine Braut fände, würde ich keine Sekunde zögern.

Hedda legt den Arm um seine Hüfte.

- Ich mag deine Augen.

Malena hält den Zeigefinger an die Nase.

- Das ist ein gutes Zeichen.

Dosch dreht den Kopf zur Seite.

- Liebe auf den ersten Blick kommt vor.

Natalia läuft um Hedda herum.

- Sie ist nichts Ungewöhnliches.

Flinz sagt mit vorwitzigem Blick.

- Du solltest Miguel fragen, ob er dein Mann werden möchte.

Hedda schlüpft in den Pullover.

- Er passt!

Sie strahlt Pozzi an.

- Heiratest du mich?

Er wirft ihr eine Kusshand zu.

- Gern! Ich liebe dich. Du machst mein Leben glücklich.

Kinzel sucht mit den Augen den Himmel ab.

- Für gewöhnlich feiert man auf der Hochzeitinsel.

Olivia streckt den Arm hoch.

- Da kommt ein dunkelvioletter Wal!

Pozzi versetzt den ganzen Körper in Bewegung.

- Er ist ziemlich groß.

Malena stellt sich breitbeinig ins Steppengras.

- Das ganze Team könnte darin Platz finden.

Der Wal fliegt eine Schleife, landet, öffnet das Maul.

Eine Frau steht auf der Zunge.

- Hallo, ich bin Inga Hamm.

Sie trägt einen arktisblauen Kittel.

- Alle dürfen einsteigen.

Malena klettert ins Maul des Wals.

- Danke! Du bist unsere Freundin.

Dosch springt hinein.

- Der Wal hat sicher viele Fans.

Inga betont mit kräftiger Stimme.

- Richtig! Unsere Fluggäste sind begeistert.

Natalia fährt sich mit der Hand über das Gesäß.

- Sind die Plätze reserviert?

Inga hilft ihr beim Einstieg.

- Nein, ihr könnt die Sitze frei wählen.

Flinz hüpft auf die Zunge.

- Du hast den besten Wal auf der ganzen Welt.

Inga klappt die Lider hoch.

- Wir sind stolz auf ihn.

Hedda streicht sich eine Haarsträhne aus dem Gesicht.

- Du trägst einen eleganten Kittel.

Inga reicht ihr die Hand.

- Es freut mich, dass er dir gefällt.

Kinzel fragt beim Einsteigen.

- Wie hoch fliegt der Wal?

Inga lehnt sich ein wenig vor.

- Er stößt kurz über die Wolken hinaus, bevor er auf der Hochzeitsinsel landet.

Olivia atmet tief aus.

- Dort treffen wir bestimmt viele interessante Leute.

Pozzi wippt mit dem rechten Fuß.

- Bei der Zeremonie werde ich die Braut küssen.

Inga legt die Hand auf seinen Oberarm.

- Das macht dich bestimmt glücklich.

Sie heftet die Augen auf Huch.

- Fliegst du lieber mit einem Drachen oder mit einem Wal? Was ist dein Lieblingstier?

Ein Mann streunt durchs Steppengras.

- Hallo, ich bin Francesco Wolkow.

Er trägt eine grelllila Krawatte.

- Obwohl ich alle Tiere liebe, steige ich am liebsten in den Wal.

Inga klappert mit den Augendeckeln.

- Warum zögerst du? Wir nehmen dich gern mit.

Er setzt seinen Fuß auf die Zunge des Wals.

- Danke! Hoffentlich schließt er das Maul nicht, bevor ich im Bauch bin.

Ihre Augen strahlen.

- Das fällt ihm nicht im Traum ein.

Eine Frau tippelt zum Kulturzentrum.

- Hallo, ich bin Shirin Samadi

Sie trägt ein goldenes Paillettenkleid.

- Wem gehört der Elefant?

Huch antwortet.

- Ich würde sagen, er gehört sich selber.

Inga beugt das Handgelenk.

- Kommt ihr mit dem Elefanten zur Hochzeitsinsel?

Shirins Blick verliert sich in der Ferne.

- Das kann ich auf die Schnelle nicht sagen.

Inga macht eine Handbewegung wie eine Polizistin, die einen Passanten vorbeiwinkt.

- Ist gut, dann starten wir mal.

Sie zieht sich in den Bauch des Wals zurück.

- Wir schauen auf dem Rückflug wieder vorbei.

Der Wal macht das Maul zu, hebt ab, geht auf Kurs in den offenen Himmel.

Shirin lehnt lässig gegen einen Stamm.

- Die Bäume beleben die Fassade des Kulturzentrums.

Huch verschränkt die Arme.

- Ohne Bäume könnte sie nicht atmen.

Sie neigt den Kopf leicht zur Seite.

- Trotzdem gibt es große leere Stellen.

Er denkt darüber nach und sagt.

- Ohne Leere könnte sie nicht belebt werden.

Shirin hebt den Finger.

- Genau! Darum brauchen wir ein Bild.

Ein Mann stromert durchs Steppengras.

- Hallo, ich bin Johnny Tilo.

Er trägt ein augenblaues Shirt und bringt eine Staffelei.

- Wo malt ihr lieber? Am Boden oder erhöht?

Shirin schließt die Knie.

- Wir nehmen die Staffelei.

Tilo stellt sie auf.

- Unnötig zu sagen, ihr trefft eine gute Wahl.

Ihre Hände tasten über die Haare.

- Du führst jede Bewegung so ruhig und friedlich aus.

Er hält die Luft an.

- Ich fühle mich eben wohl bei euch.

Shirin senkt die Augen.

- Du bist genial.

Tilo strafft den Körper.

- Ich bin froh, dass euch die Staffelei gefällt.

Sie spreizt die Beine.

- Sie gefällt uns. Aber wir schätzen vor allem dich.

Er blickt an sich herunter.

- Ich bemühe mich, mein Bestes zu tun.

Shirin sagt mit erhobenem Kopf.

- Wir sind gern mit dir zusammen.

Tilo spreizt die Finger.

- Habt ihr einen Plan?

Sie kauert wie eine sprungbereite Raubkatze.

- Wir brauchen einen Karton.

Eine Frau kommt auf sie zu.

- Hallo, ich bin Zehra Ping.

Sie trägt ein aprikosengelbes Unterkleid und bringt einen Karton.

- Es macht Spaß, euch zu treffen.

Shirin berührt mit der Fingerspitze ihren Ellbogen.

- Von allen Kartons, die ich je gesehen habe, ist deiner der vorzüglichste.

Zehra stellt ihn auf die Staffelei.

- Danke, dass du das sagst!

Tilos Herz klopft bis zum Hals.

- Schön wäre es, wenn du unsere Freundin würdest.

Zehra streichelt den Karton.

- Warum nicht? Wir könnten ein Team bilden.

Shirin fährt sich mit den Fingerspitzen über die Lippen.

- Ich bin dabei.

Tilo lässt die Arme baumeln.

- Ich freue mich schon aufs Bild.

Zehra dreht sich nach Huch um.

- Hast du einen Buntstift?

Ein Mann jagt durchs Steppengras.

- Hallo, ich bin Romeo Wing.

Er trägt eine Trainingshose und bringt einen großen Buntstift.

- Ich habe den besten Stift der Welt.

Shirin klatscht.

- Das verdient einen Applaus.

Tilo legt die Finger der rechten Hand zwischen die gespreizten der linken.

- Dann bist du unser bester Freund.

Zehra umkreist mit dem Finger die Wange.

- Malst du jeden Tag?

Wing stützt den leicht geneigten Kopf in die Hand.

- Nein, ich suche einen Menschen, der den Stift braucht.

Shirin knotet das Haar, löst es wieder auf.

- Früher oder später findest du ihn.

Tilo pflichtet ihr bei.

- Das sollte nicht einmal eine Frage sein.

Zehras Blick schweift.

- Die Freude am Malen ist weit verbreitet.

Wing gibt Huch den Buntstift.

- Sicher ist es dein Traum, etwas zu malen.

Eine Frau zuckelt gemächlich durchs Steppengras.

- Hallo, ich bin Alisha Cherry.

Sie trägt goldene Handschuhe.

- Ich würde den Stift gern dem Elefanten geben.

Shirin beginnt zu kichern.

- Er könnte ihn mit dem Rüssel halten.

Tilos Haut prickelt vor Erregung.

- Wenn er will.

Zehra lächelt verschmitzt.

- Ein Elefant hat außergewöhnliche Fähigkeiten.

Wing kreuzt die Arme vor der Brust.

- Daran besteht kein Zweifel.

Alisha nimmt Huch den Stift ab.

- Der Elefant bewegt sich.

Er greift mit dem Rüssel nach dem Buntstift, tritt vor die

Staffelei und zieht einen Strich.

Shirin verfolgt die Bewegung mit aufgerissenen Augen.

- Das ist ein Meisterwerk!

Tilos Augen werden feucht.

- Ich fühle mich glücklich.

Zehra tritt neben den Elefanten.

- Du kannst noch einen Strich zeichnen oder aufhören, ganz, wie du willst.

Wing fragt Alisha.

- Könntest du auch so schnell malen wie er?

Sie streckt den Arm.

- Vielleicht, vielleicht auch nicht. In der Kunst darf man nichts erzwingen.

Der Elefant gibt ihr den Buntstift zurück.

Shirin legt die Arme eng an den Körper.

- Es ist ein unverwechselbares Bild.

Tilo stopft die Hände in die Hosentaschen.

- Wir sollten es aufhängen.

Zehra berührt mit dem Fingernagel Huchs Oberarm.

- Hast du eine Leiter?

Ein Mann trabt zum Kulturzentrum.

- Hallo, ich bin Amar Jabs.

Er trägt einen algengrünen Anzug und bringt eine Leiter.

- Sagt mir, was ich machen soll!

Romeo spricht leise und überlegt.

- Stellst du sie bitte an?

Jabs lehnt die Leiter an die Wand.

- Mit Vergnügen! Darf ich euer Freund sein?

Alisha pellt den Handschuh von den Fingern.

- Ja, du bist cool. Das gefällt uns.

Shirin blinzelt mit den Augen.

- Vielen Dank für deine Hilfe!

Tilos Blick schweift zu Huch.

- Hast du Nägel?

Eine Frau setzt Fuß vor Fuß.

- Hallo, ich bin Bianca Unterwald.

Sie trägt einen gelborangen Kimono und bringt Nägel.

- Mag die Wand auch noch so hart sein, meine Nägel dringen ein.

Zehra springt auf der Stelle.

- Das hören wir gern.

Wing zwinkert.

- Gutes Material hilft.

Bianca biegt sich zur Seite.

- Ich muss euch warnen. Die Nägel sind spitz.

Alisha zieht den Kopf ein.

- Wir passen auf.

Jabs bohrt den Finger in die Schulter.

- Wir sind ununterbrochen auf der Hut.

Bianca schaut Huch an.

- Hast du einen Hammer?

Ein Mann kommt schrittweise daher.

- Hallo, ich bin Mario Konak.

Er trägt das Kostüm eines feuerroten Vogels und bringt einen Hammer.

- Ich wäre hocherfreut, wenn ihr meinen Hammer braucht.

Shirin berührt ihn mit der Fingerspitze.

- Der Stiel sieht griffig aus.

Tilos Lippen bewegen sich kaum, während er fragt.

- Was ist dein Lieblingsholz?

Konak lächelt kurz.

- Ich bevorzuge Eschenholz.

Zehra legt den Ellbogen auf seine Schulter.

- Wie klingt dein Hammer, wenn du Nägel einschlägst?

Er klopft an die Wand.

- Frei herausgesagt, es geht nicht ganz ohne Geräusch.

Wing hält die Arme nach oben.

- Wir könnten nun beschließen, wer das Aufhängen des Bildes übernimmt.

Alisha folgt seinem Blick.

- Darüber sollten wir nachdenken.

Jabs schaut den Schmetterlingen nach.

- Das klingt nach Spaß.

Bianca nimmt die Fassade im Streifblick wahr.

- Ja, aber die Nägel müssen schon gerade eingeschlagen werden.

Konak blickt Huch an.

- Trifft es zu, dass du gern den Hammer schwingst?

Eine Frau taucht barfuß auf.

- Hallo, ich bin Charlotte Lore.

Sie trägt ein Plusterkleid mit einer Tasche.

- Es gibt Sachen in der Welt, die ich einfach gern anpacke.

Shirin reckt den Kopf ein wenig.

- Lass dich nicht aufhalten.

Tilo zuckt die Achsel.

- Wir sehen dir gern zu.

Zehra nimmt den Karton von der Staffelei.

- Hängst du das Bild auf?

Wing umklammert die Leiter.

- Das wäre das schönste Geschenk, das wir im Leben bekommen.

Alisha schließt die Augen.

- Ich würde dir gern helfen.

Jabs beginnt zu zappeln.

- Schau dir meine Leiter an!

Bianca schenkt ihr die Nägel.

- Sie warten auf dich.

Charlotte steckt sie in die Tasche ihres Plusterkleids.

- Danke! Ich nehme sie schon mal in Griffnähe.

Konak reicht ihr den Hammer.

- Damit kannst du praktisch nichts falsch machen.

Charlotte hält vor der Leiter inne.

- Ich liebe die Herausforderung.

Shirin berührt ihren Fuß mit dem Schuh.

- Du hast schöne Beine.

Charlotte drückt Tilo den Hammer in die Hand.

- Vielen Dank für das Kompliment! Ich hätte gern Schuhe.

Sie fragt Huch.

- Kannst du sie besorgen?

Ein Mann flaniert durchs Steppengras.

- Hallo, ich bin Jesse Mani.

Er trägt ein knallbuntes Hemd und bringt Schuhe.

- Ich treffe euch mit Vergnügen.

Zehras Gesichtszüge entspannen sich.

- Noch ein Schritt, und du bist bei uns.

Wing schnappt nach Luft.

- Wir unterhalten uns gern mit dir.

Alishas Unterlippe zittert.

- Würdest du barfuß auf eine Leiter steigen?

Mani schaut Charlotte unverwandt an.

- Nur, wenn es unausweichlich ist.

Jabs lacht scheppernd.

- Aber es gibt ja so viele vorzügliche Schuhe auf der Welt.

Bianca faltet die Hände.

- Man muss sie nur anziehen.

Konak reißt die Augen auf.

- Allerdings müssen sie passen.

Charlotte wirft Mani einen Blick zu.

- Darf ich sie haben?

Mani geht in die Knie.

- Selbstverständlich! Ich suche schon lange eine Frau, die sie tragen möchte.

Er stellt die Schuhe vor sie hin.

- Sind es die richtigen? Bist du sicher?

Sie schlüpft hinein.

- Ja! Du bist mein Freund.

Shirin dehnt den Hals.

- Das sind gewiss nützliche Schuhe.

Tilo spielt mit dem Hammer.

- Gibt es Druckstellen?

Charlotte geht ein paar Schritte.

- Keine einzige! Sie sitzen perfekt.

Zehra reicht ihr den Karton.

- Wenn du sie Tag für Tag trägst, gehst du wie auf Wolken.

Wing breitet die Arme aus.

- Wir bewundern dich. Du kletterst wie ein Eichhörnchen.

Alisha weist mit der Hand und dem abgewinkelten Zeigefinger die Richtung.

- Links von dir sehe ich den angemessenen Platz für das Bild!

Jabs dreht den Kopf.

- Passt es hin?

Charlotte prüft.

- Ihr unterstützt mich gut.

Bianca zieht die Nase kraus.

- Ich finde, alle Plätze können angemessen sein.

Konak pustet eine Mücke weg.

- Folglich ist er angemessen.

Charlotte schaut Tilo an.

- Sei so gut! Komm auf die Leiter!

Er klettert ihr nach.

- Ich bin unterwegs.

Sie hält das Bild mit der rechten Hand, streckt die linke aus.

- Darf ich dich um den Hammer bitten?

Tilo reicht ihn.

- Ich wüsste nicht, was ich lieber täte.

Charlotte lehnt an die Sprossen.

- Würdest du dafür besorgt sein, dass sich der Karton nicht verschiebt?

Er drückt ihn gegen die Wand.

- Du kannst dich auf mich verlassen.

Sie klaubt die Nägel aus der Tasche.

- Ich zähle auf dich.

Tilo zieht die Augenbrauen hoch.

- Wir sind ein fantastisches Team.

Charlotte schlägt die Nägel ein.

- Wenn du willst, darfst du das Bild jetzt loslassen.

Shirin stützt das Gesicht auf die Hand ab.

- Wäre ich an deiner Stelle, würde ich das Gleiche tun.

Er steigt hinunter.

- Ich stand noch nie auf einer Leiter.

Zehra hält seine linke Hand.

- Für alles gibt es ein erstes Mal.

Wing winkelt die Arme an.

- Wir sind deine Fans.

Alisha geht unruhig hin und her.

- Ich würde gern heiraten.

Jabs legt den Daumen ans Kinn.

- Welche Augenfarbe sollte dein Partner haben?

Sie zieht die Handschuhe aus und wieder an.

- Die gleiche wie du.

Er stößt sich kräftig mit den Beinen vom Boden ab und springt in die Luft.

- Du bist wirklich mutig!

Alisha beginnt zu lächeln.

- Würdest du mir einen großen Gefallen tun und Ja sagen, wenn ich dich etwas frage?

Jabs presst den Zeigefinger auf die Lippen.

- Ich wüsste nicht, was ich sonst sagen sollte.

Sie stupft ihn.

- Willst du mein Mann werden?

Er entspannt seine Schultern.

- Ja! Ich besorge mir noch einen anderen Anzug.

Alisha küsst ihn auf den Mund.

- Probiere ihn aber an, bevor wir heiraten.

Jabs richtet seine Haare.

- Das versteht sich und geschieht sofort.

Eine Frau kommt daher.

- Hallo, ich bin Nada Olinda.

Sie trägt ein kurzes Kleid und bringt einen Koffer.

- Möchtet ihr wissen, ob er voll oder leer ist?

Bianca schenkt ihr mehrmals hintereinander einen Blick.

- Danke, dass du uns den Koffer zeigst!

Konak wippt mit dem Fuß.

- Du bist unsere Freundin.

Charlotte steigt die Leiter hinunter.

- Vielleicht will ihn jemand öffnen.

Mani streicht mit dem Zeigefinger über die Oberlippe.

- Dann sehen wir, ob etwas drin ist.

Nada legt den Koffer ins Steppengras.

- Euer Interesse freut mich.

Sechzehntes Kapitel

Der Aufkleber

Shirin klappt den Deckel auf.

- Ich mache ihn gern auf.

Tilo reckt den Hals.

- Ein Anzug liegt darin.

Zehra wirft einen Blick in den Koffer.

- Er kann sehr nützlich sein.

Wing wirft ein Bein hoch.

- Wir sehen ihn erst in voller Größe, wenn wir ihn herausnehmen.

Alisha sagt zu Jabs.

- Ich habe den Eindruck, dass er dir passen könnte.

Er zieht seinen algengrünen Anzug aus.

- Das wird sich zeigen.

Bianca fragt Huch.

- Möchtest du einmal in seinen Anzug schlüpfen?

Ein Mann geht in Schleifen durchs Steppengras.

- Hallo, ich bin Brian Hamamatsu.

Er trägt Badeschlappen.

- Habt ihr schon jemals so einen algengrünen Anzug getragen?

Konak lächelt scheu.

- Ich noch nie, muss ich ehrlich sagen.

Charlotte ermuntert Hamamatsu.

- Vielleicht ziehst du ihn an.

247

Mani blinzelt mit fröhlichem Blick.

- Ich bin sicher, dass er dir steht.

Nada spreizt Zeigefinger und Daumen ab.

- Ihr macht das toll! Kleider tauschen, ist meine Lieblingsbeschäftigung.

Hamamatsu zieht Jabs' Anzug an.

- Ich werde es versuchen.

Shirin bewegt den Arm.

- Er ist wie für dich geschneidert.

Tilos Hände fliegen.

- Wir sind entzückt!

Zehra lässt den Daumen über den Zeigefinger gleiten.

- Wie fühlst du dich?

Hamamatsu wirft einen Badeschlappen in die Höhe und fängt ihn wieder.

- Wie in einer zweiten Haut!

Wing bestaunt ihn.

- Du siehst anziehend aus.

Alisha richtet die Augen auf Jabs.

- Möchtest du nun den Hochzeitsanzug aus dem Koffer nehmen?

Er ergreift zuerst die Hose.

- Selbstverständlich! Ich habe ihn nicht vergessen.

Biancas Stimme klingt fabelhaft heiter und beruhigend.

- Lass dir Zeit!

Konak öffnet halb die Lippen.

- Bald bist du so weit.

Charlotte senkt den Kopf.

- Wie können wir dich unterstützen?

Jabs zupft sich den Gürtel zurecht.

- Danke, im Moment läuft es wie von selber. Ich habe schon die Hose an.

Mani tastet ihn mit Blicken ab.

- Es ist einfach für dich.

Nada fragt.

- Welche Stoffe bevorzugst du?

Jabs schlüpft in den Sakko.

- Ich finde Pyjama-Stoffe angenehm.

Hamamatsu kreuzt die Beine.

- Was ist daran besonders?

Jabs fasst den Jackenumschlag.

- Man fühlt sich sofort relaxt.

Shirin zuckt mit den Blicken.

- Verschiedene Stoffe haben unterschiedliche Wirkungen.

Tilo wölbt den Bauch nach vorn.

- Jede Faser ist sich selber treu.

Zehra kehrt ihr Gesicht Jabs zu.

- Du bist müde.

Wing klatscht sich auf die Schenkel.

- Dann sollten wir uns vor der Hochzeit ausruhen.

Alisha hält die Hände verlegen auf dem Rücken.

- Wie entspannen wir uns am besten? Wir brauchen einen Tipp.

Jabs malt versonnen Sternzeichen in die Luft.

- Ich liebe die Astrologie.

Bianca sieht Huch aus großen Augen an.

- Hast du ein Horoskop?

Eine Frau hält im Gehen ein.

- Hallo, ich bin Elaine Poco.

Sie trägt eine Perücke und bringt ein Horoskop.

- Welches Sternzeichen hast du?

Jabs stellt sich breitbeinig auf.

- Mein Sternzeichen ist der Stier.

Konak nickt mit dem Kopf.

- Das müssen wir berücksichtigen.

Charlotte wirft die Haare zurück.

- Ich schaue gern ins Horoskop.

Mani dehnt seine Arme.

- Ich halte mich an die Tipps.

Nada legt die rechte Hand auf die linke Schulter.

- Sie schirmen uns gegen negativen Stress ab.

Hamamatsu tritt einen Schritt zurück.

- Was steht im Horoskop?

Elaine liest.

- Wenn man sich schwer fühlt, sollte man auf dem fliegenden Teppich relaxen.

Shirin fragt Huch.

- Siehst du einen?

Ein Flugschatten streift über das Steppengras und den staubigen Boden.

Tilo richtet sich in Schrittstellung auf.

- Es ist ein fliegender Teppich!

Zehra ergreift seinen Arm.

- Er scheint im Anflug zu sein und ist sehr groß.

Wing klatscht in die Hände.

- Ich sage es mit einem Wort: Beeindruckend!

Alisha breitet die gestreckten Arme aus.

- Nun, dann machen wir, was das Horoskop empfiehlt.

Jabs ist begeistert.

- Dein Vorschlag gefällt mir.

Ein Mann lenkt den fliegenden Teppich.

- Hallo, ich bin Nathanael Dido.

Er trägt Flipflops und bringt ein Brautkleid.

- Der Teppich bietet allen Platz und für die Braut sogar ein Kleid.

Bianca beobachtet aufmerksam die Landung.

- Du weißt, was wir brauchen.

Konak setzt sich neben ihn.

- Nimmst du uns für einen Flug mit?

Didos Lippen kräuseln sich an den Rändern.

- Ja, ich will, dass ihr mitkommt.

Charlotte steigt auf den Teppich.

- Zeig einmal das Brautkleid!

Er hält es hoch.

- Es gibt nur eine Frau, die es tragen kann.

Alisha springt zu ihm.

- Und das bin ich?

Mani folgt ihr.

- Liebst du Amar wirklich?

Sie schlüpft ins Brautkleid.

- Ja, wir verstehen uns blendend.

Nada tritt neben sie.

- Er ist die Liebe deines Lebens.

Hamamatsu legt sich auf den Teppich, guckt in den Himmel.

- Die Hochzeit wird ein Ereignis.

Elaine berührt Dido am Handgelenk.

- Ist es schwer, einen Teppich zu lenken?

Er dreht den Hals.

- Nein, ich habe es alleine herausgefunden.

251

Shirin nimmt Platz.

- Danke vielmals, dass du uns alle einlädst.

Dido streckt die Arme aus.

- Das versteht sich von selber. Wir sind ein Hochzeitsteam.

Tilo platziert sich in der Mitte.

- Ich bin froh, dass ich dazugehöre.

Zehra kniet.

- Das ist ein bequemer Teppich.

Wing gesellt sich mit Jabs zum Team.

- Weißt du, was als nächstes passiert?

Jabs stellt sich neben Alisha.

- Sicher! Wir heben gleich ab.

Eine Frau schwebt auf einer Wolke zu Huch herab.

- Hallo, ich bin Lydia Molo.

Sie trägt ein Seidentuch.

- Bist du schon einmal in einer Badewanne geflogen?

Er hält die Hände still.

- Nein! Ich weiß nicht, wie das funktioniert.

Lydia steigt aus der Wolke.

- Ich zeige es dir gern.

Dido rutscht auf dem Teppich herum.

- Wir fliegen voraus. Ihr folgt uns in der Badewanne. Stimmt das für euch?

Sie streicht sich eine Locke aus der Stirn.

- Ja! Dein Vorschlag begeistert uns.

Der Teppich hebt mit dem Hochzeitsteam ab, gleitet in den tiefblauen, wolkenlosen Himmel.

Lydia sieht ihm verträumt nach.

- Es ist viel los hier.

Huch beugt den Daumen.

- Diesen Eindruck habe ich auch gewonnen. Es ist wie an einem Flughafen.

Eine Badewanne fliegt an, landet auf ihren Entenfüßen.

Der Mann, der darin liegt, richtet sich auf.

- Hallo, ich bin Cem Klatt.

Er trägt Tweedhosen.

- Ihr fragt euch sicher, ob es Fleiß erfordert, die Badewanne zu lenken.

Lydia schüttelt die Locken.

- Wie ist deine Antwort?

Klatt lehnt sich zurück.

- Ich bin überaus faul. Und es funktioniert trotzdem.

Sie nestelt an ihrem Seidentuch.

- Wir suchen eine Wand voller Kritzeleien und Graffiti. Fliegst du uns hin?

Er setzt ein Fernglas vors Auge.

- Ja sicher! Sie ist nicht weit von hier.

Lydia steigt in die Badewanne.

- Wir lieben solche Wände. Sie gelten als hübsch.

Klatt hängt den Ellbogen aus der Wanne.

- Jeder hat seinen eigenen Geschmack.

Sie wirft die Hände über die Knie.

- Ich glaube, du bist ein trainierter Pilot.

Er fragt Huch mit leicht besorgtem Lächeln im Gesicht.

- Was ist mit dir? Gehst du zu Fuß?

Huch zögert einen Atemzug lang.

- Ja, wenn es euch nicht stört.

Lydia kneift die Augen zu.

- Hey, wir sind deine Freunde!

Klatt beugt den Hals.

\- Von uns bekommst du jede Menge Hilfe.

Huch klettert in die Badewanne.

\- Danke! Was ihr gerade sagt, ist überaus freundlich.

Sie stößt ihn sanft.

\- Wir sehen uns als Team.

Klatt gleitet mit den Fingernägeln über den Rand.

\- Wir fliegen vorsichtig.

Die Entenfüße wippen. Lautlos steigt die Badewanne auf, gleitet in geringer Höhe über das Steppengras.

Lydia lehnt an Huch.

\- In unserem Team sind wir zu dritt.

Klatt sitzt kerzengerade.

\- Du hast dir gute Mitglieder ausgesucht.

Huch wickelt den Schal enger.

\- Ich weiß nicht genau, wer ihr seid.

Lydia fasst sich an die Waden.

\- Mit dir zusammen sind wir in Hochform.

Klatt richtet den Blick nach unten.

\- Was soll ich jetzt machen?

Sie deutet auf eine über 4 Meter hohe Altbauwand.

\- Ich möchte hier landen.

Er lässt die Badewanne nach einer weiten Schleife sanft aufsetzen.

\- Ich denke, das ist gut für uns.

Die Entenfüße federn die Landung ab.

Lydia steigt aus.

\- Ich bin sicher, dass uns die Kritzeleien und Graffiti gefallen.

Klatt folgt ihr.

\- Wir haben ein Auge dafür.

Sie dreht sich nach Huch um.

- Deine Haare sehen in dem Licht wunderbar aus.

Er verlässt die Badewanne mit hängenden Schultern.

- Das Licht könnte die Erklärung sein.

Klatt schaut auf die Wand.

- Die Graffiti sind neu.

Lydia hebt den Blick.

- Ich wünschte, wir würden eine freie Stelle finden.

Klatt tippt auf ein handtellergroßes Stück nackter Wand.

- Hier ist es!

Er wendet den Kopf zu Huch.

- Bist du interessiert?

Huch verschränkt die Arme.

- Worum geht es?

Lydia fährt mit dem Finger über seine Hand.

- Darüber musst du dir keine Gedanken machen.

Klatt atmet tief.

- Die Wand wartet auf dich.

Lydia sagt mit einem Augenaufschlag.

- Du solltest versuchen, dich einzubringen.

Eine Frau kommt zur Altbauwand.

- Hallo, ich bin Tina Nakamura.

Sie trägt ein Tüllkleid und bringt eine Kreide.

- Wenn ihr Lust habt zu kritzeln, würde ich sie euch gern schenken.

Lydia leckt sich die Lippen.

- Danke vielmals! Die Farbe ist weder zu hell noch zu dunkel.

Klatt weist auf Huch.

- Er liebt Kreiden.

Tinas Blick schweift zu Huch.

- Schließe deine Augen! Ich möchte dir etwas in die Hand legen.

Er senkt die Lider.

- Von Natur aus bin ich nicht so sehr besitzergreifend.

Sie drückt ihm die Kreide in die Hand.

- Das mag sein. Aber sie ist unwiderstehlich.

Lydia wirft den Kopf zurück und lacht.

- Du kannst die Augen wieder öffnen.

Klatt hüpft auf und ab.

- Ich schlage vor, du gehst zur Wand.

Huch betrachtet die Kreide.

- Was soll ich zeichnen?

Tina richtet sich auf, zeigt mit dem Zeigefinger in die Luft.

- Male ein Strichmännchen!

Er kritzelt ein paar Kreise und Striche.

- Wenn ihr das wünscht.

Lydia schaut ihm zwanglos über die Schulter.

- Sind Strichmännchen wichtig in deinem Leben?

Huch wendet ihr das Gesicht zu.

- Ja! Ich studiere sie.

Klatt schaut das Strichmännchen an.

- Das ist ein Grund.

Tina dreht den Kopf weg.

- Ich brauche ein anderes Kleid.

Ein Mann läuft herbei.

- Hallo, ich bin Domenico Nitschke.

Er trägt eine hellviolette Krawatte und bringt ein pastell-farbenes Kleid.

- Möchtest du es anziehen?

Tina schlüpft aus ihrem Tüllkleid.

- Unbedingt! Ich will sehen, ob es mir passt.

Lydia lehnt sich an die Altbauwand.

- Ich mag Pastellfarben.

Klatt reibt erfrischt und verwundert die Augen.

- Sie sind fantastisch.

Tina legt das neue Kleid an.

- Es steht mir gut.

Nitschke räkelt sich.

- Macht es dir Spaß?

Ihre Augen blitzen.

- Es kann nur eine Antwort geben: Ja!

Lydia klatscht sich auf den Bauch.

- Du hast dich verwandelt. Es ist ein Wunder!

Klatt trippelt nur noch tänzelnd um sie herum.

- Wir sind sehr stolz auf dich.

Tina bückt sich.

- Danke! Soll ich mein Tüllkleid verschenken?

Nitschke räuspert sich.

- Das halte ich für eine gute Idee. Wer könnte es tragen?

Lydia zieht es an.

- Macht euch darüber keine Gedanken!

Klatt fragt.

- Magst du Tüll?

Sie schürzt das Kleid hoch.

- Schauen wir mal! Es wird sich zeigen.

Tina reibt ihre Schulter.

- Ich würde gern heiraten.

Nitschke nestelt an seiner Krawatte.

- Hast du schon einen Bräutigam?

Die Knöchel ihrer Finger streifen Huch sanft.

- Ich würde gern mit dir über die Hochzeit reden.

Eine Frau schlendert vorbei.

- Hallo, ich bin Henrike Oregano.

Sie trägt eine Tunika.

- Ist es in Ordnung, wenn ich dir einen Bräutigam vorstelle?

Tina streckt die Arme aus.

- Ja! Willst du das wirklich für mich tun?

Henrike flattert kurz mit den Fingern unter den Achseln, als ahmte sie einen Vogel nach.

- Es ist mir ein Vergnügen.

Sie ruft in die Steppe.

- Komm und zeig dich!

Ein Mann nähert sich mit schlenkernden Bewegungen und hängenden Schultern.

- Hallo, ich bin Jerome Ciro.

Er trägt eine Baskenmütze.

- Es ist anregend hier, oder?

Lydia fährt mit dem Zeigefinger über die Mauer.

- Gewiss! Bei der Altbauwand ist immer etwas los.

Klatt tapst umher.

- Geht es dir gut?

Ciro steht da und betrachtet seine Fingernägel.

- Ja, danke! Könnt ihr mir helfen?

Tinas zeichnet einen Bogen in die Luft.

- Bestimmt! Suchst du eine Frau?

Er kichert in die Hand.

- Wie steht es mit dir?

Sie lacht wie befreit.

- Ich freue mich, dich zu treffen. Was hast du vor?

Ciro schnappt nach Luft.

- Alles, was ich will, ist dich glücklich machen.

Tina senkt ihren Kopf.

- Ich möchte heiraten.

Ciros rechte Augenbraue geht hoch.

- Das würde ich auch am liebsten tun.

Sie tollt über die Wiese.

- Ich höre dein Herz klopfen.

Er rennt hinterher.

- Es schlägt für dich.

Lydia blickt auf.

- He! Wohin läuft ihr?

Tina schnappt nach Luft.

- Wir gehen zum Hochzeitshaus.

Klatt reckt seinen Arm nach oben.

- Kennt ihr den Weg?

Sie lässt ihre Füße tanzen, wie sie wollen.

- Ja sicher!

Ciro setzt den gestreckten Fuß mit der Spitze auf.

- Kommt doch mit, wenn ihr Lust habt!

Nitschke schüttelt seine Glieder.

- Ich kann sehr schnell spurten, wenn es eilt.

Tina winkt ab.

- Du kannst es auch ruhig nehmen.

Ciro atmet durch.

- Wir hetzen nicht.

Henrike setzt sich in Bewegung.

- Bei eurer Hochzeit dabei zu sein, bedeutet uns viel.

Ciro winkt Huch zu sich heran.

- Du bist auch eingeladen!

Huch weist auf die Kreide.

- Wer nimmt sie?

Tina dreht sich um.

- Du darfst sie behalten.

Eine Frau schweift um die Altbauwand herum.

- Hallo, ich bin Cassandra Marinelli.

Sie trägt einen Jumpsuit.

- Male eine Nachricht auf den Boden!

Huch senkt die Hand.

- Ich sehe vor allem Steppengras. Wo soll ich schreiben?

Cassandra flaniert durchs unwegsame Gelände.

- Ich zeige dir eine Landstraße.

Vor einem schmalen Asphaltband hält sie inne.

- Hier hast du viel Platz.

Huch blickt zu Boden.

- Weißt du, wie die Nachricht lautet?

Ein Mann rennt herbei.

- Hallo, ich bin Justin Bodo.

Er trägt kurze Hosen.

- Ich habe eine Idee!

Cassandra streicht mit dem Finger über die Wange.

- Wir sind gespannt.

Bodo hebt den Ellbogen.

- Schreibe einfach: Ich habe eine schöne Handschrift.

Huch senkt den Kopf.

- Ich bin nicht sicher, ob euch meine Buchstaben gefallen.

Eine Frau prescht über das Asphaltband.

- Hallo, ich bin Janna Palau.

Sie trägt ein Taftkleid mit gekräuseltem Halsausschnitt.

- Ich kann gut schreiben.

Cassandra streckt die Arme hoch.

- Das ist eine angenehme Überraschung!

Bodo fasst sich an den Hals.

- Unser Team wird immer größer.

Janna nimmt Huch die Kreide ab.

- Ich bin gleich fertig.

Sie schreibt auf die Landstraße.

- Was sagt ihr dazu?

Cassandras Mund bleibt weit offen stehen.

- Du hast unsere Erwartungen übertroffen.

Bodo richtet den Blick in die Ferne.

- Ich sehe eine Kirschenallee.

Janna streicht sich das Haar aus dem Gesicht.

- Da gehen wir hin.

Cassandra führt mit beiden Händen parallele Schlängel-
bewegungen durch.

- Ich denke, das ist eine gute Idee.

Nach einer markanten Kurve taucht die Landstraße in die
Allee ein. Die Kirschbäume bilden einen lichtgrün flirren-
den Tunnel.

Bodos Augen werden glasig.

- Ich bin müde.

Janna sich blickt um.

- Wir alle möchten, dass du dich ausruhen kannst.

Cassandra bummelt wie in Zeitlupe durch die Allee.

- Ich habe auch den Wunsch zu relaxen.

Bodo hält bei einem Pfosten inne.

- Da ist ein Schild.

Janna deutet auf einen Aufkleber.

- Leider ist es überklebt.

Cassandra wirft Huch einen Blick zu.

- Kannst du ihn entfernen?

Siebzehntes Kapitel

Der singende Busch

Ein Mann lugt hinter einem Baum hervor.

- Hallo, ich bin Koray Hip.

Er trägt Flügel am Rücken.

- Ich kümmere mich darum.

Bodo beugt sich vor.

- Wir drücken dir die Daumen.

Hip reißt den Aufkleber weg.

- Es ging leichter, als ich gedacht hatte.

Eine Frau setzt einen Fuß vor den anderen.

- Hallo, ich bin Leni Nowotny.

Sie trägt eine Krone.

- Ich sammle Aufkleber.

Cassandra erlaubt sich ein Augenzwinkern.

- Wir suchen jemanden, der ihn nimmt.

Bodo lächelt verlegen.

- Vielleicht sollten wir dich fragen.

Janna senkt die Stimme.

- Er ist ziemlich alt.

Hip bewegt beim Sprechen kaum die Lippen.

- Ich denke, er wird nirgends mehr kleben.

Leni greift nach dem Aufkleber.

- Gerade deshalb will ich ihn unbedingt.

Cassandra atmet auf.

- Danke! Du erleichterst uns.

263

Leni steckt den Aufkleber ein.

- Gern geschehen! Ich bin Tag und Nacht am Sammeln.

Bodo richtet den Blick auf sie.

- Wir bewundern deine Energie.

Janna kämmt ihr Haar.

- Wir planen gerade eine Pause.

Hip schlägt mit den Flügeln.

- Der Aufkleber ist weg.

Leni weist auf das Schild.

- Jetzt könnt ihr sehen, was darauf steht.

Cassandra richtet den Blick auf die Schrift.

- Es ist eine Frage.

Sie liest sie gleich selber vor.

- Was würdest du tun, wenn Hängematten über die Straße gespannt sind?

Bodo grinst über das ganze Gesicht.

- Da wissen wir sofort die Antwort.

Janna lächelt vergnügt.

- Wir legen uns nämlich hinein.

Hip schiebt die Brauen zusammen.

- Das Schild ist gelesen, die Antwort gefunden. Aber wo sind die Hängematten?

Leni blinzelt.

- Gehen wir doch unverzagt ein paar Schritte weiter!

Cassandras Augen funkeln schelmisch.

- In der Ferne sehe ich sie.

Bodo spreizt die Finger ab.

- Sie sind in einer Reihe über die Straße gespannt.

Janna wandert los.

- Ich will dorthin.

Hip flattert mit den Flügeln.

- Wenn man ein Ziel vor Augen hat, läuft man wie auf Wolken.

Leni durchschreitet die Allee.

- Wir sind gut in Form.

Cassandras Stimme tönt hell und seidig.

- Wir fühlen uns im Team sicher.

Bodo setzt einen Fuß vor den anderen.

- Mögt ihr Bäume?

Jannas Hände zeichnen Bahnen durch die Luft.

- Und wie! Ohne Bäume sind wir niemand.

Hip legt die Flügel an.

- Ich werde nie vergessen, wie ich das erste Mal in einer Hängematte schlief.

Leni schiebt die Krone mit einer trägen Bewegung in den Nacken.

- Ich denke, es ist Zeit für uns zu relaxen.

Die Hängematten versperren die Straße.

Cassandra streicht mit dem Finger über das Seil.

- Wie ist der Knoten?

Bodo wirft einen prüfenden Blick darauf.

- Er ist einwandfrei.

Janna zerrt am Seil.

- Ich bin mir ziemlich sicher, dass er hält.

Hip klettert in die erste Hängematte.

- Dann kann ich mich ja hineinlegen.

Leni macht sich klein.

- Welche Hängematte soll ich wählen?

Cassandra streicht einen Haarschopf aus der Stirn.

- Nimm die nächste!

Bodo steht staunend in der Allee.

- Besichtigen kann man viele, ausprobieren alle.

Janna lehnt lässig an einen Baum.

- Sie haben genau unsere Größe.

Hip schaukelt mit angelegten Flügeln.

- Und sie hängen nicht zu hoch.

Leni lässt sich in die zweite Hängematte plumpsen.

- Man muss immer versuchen, sich vor Stress zu bewahren.

Cassandra lässt sich nieder.

- Mich erwartet eine gute Handvoll Schlaf.

Bodo hüpft in die vierte Hängematte.

- Meine Landung war erfolgreich.

Janna steigt sorgfältig ein.

- Wir prüfen jede Hängematte einzeln.

Hip kreuzt die Arme über der Brust.

- Das ist das Paradies.

Leni schaut Huch lange an, ohne zu blinzeln.

- Wenn ich du wäre, würde ich mich hinlegen.

Ein Mann schwebt im Trippelschritt durch die Allee.

- Hallo, ich bin Miron Klapp.

Er kommt im Anzug mit Schlips.

- Ihr seht glücklich aus.

Cassandra lacht vergnügt.

- Wirf dich in eine Hängematte!

Bodo schaut erstaunt auf.

- Warum zögerst du?

Klapp wirkt ein wenig unschlüssig.

- Ich bin von Natur aus eher langsam.

Janna legt die Innenhände mit gespreizten Fingern aufeinander.

- Lass dich nicht hetzen!

Hip zieht das Kinn an.

- Eile kann stressen.

Leni legt die Krone ab.

- Perlen wachsen auch bedächtig.

Klapp schiebt sich sorgfältig in eine Hängematte.

- Danke für eure wertvollen Tipps.

Eine Frau prescht durch die Allee.

- Hallo, ich bin Nina Quirin.

Sie trägt einen Minirock, erspäht Huch.

- Du siehst neugierig aus.

Er weicht aus.

- Das könnte sein.

Nina fuchtelt mit den Armen.

- Ich kenne einen staubigen Pfad.

Sein Blick schweift über die Abzweigung.

- Wohin führt er?

Sie tippt kurz an den Kopf.

- Er endet in einem Tal.

Huch dehnt die Beine.

- Ein Weg, der einfach aufhört, das klingt spannend.

Nina trippelt ein paar Schritte zum Pfad.

- Dann kommst du also mit?

Er schreitet gemächlich.

- Ja! Ich erkunde gern die Landschaft.

Der Weg windet sich langsam hinab. Ein steiniger Berghang umrahmt das Tal.

Nina riecht an einer Blume.

- Da halten wir an, machen eine Pause.

Am Bergfuß landet ein surfbrettartiges Raumschiff.

Ein Mann steigt aus.

- Hallo, ich bin Keno Wong.

Er trägt maisgelbe Jeans.

- Ich spiele gern Boccia mit Steinen.

Nina streckt die Fußspitzen vor.

- Wir auch! Nehmen wir besondere Steine?

Wong hebt den Arm.

- Selbstverständlich! Ich mag runde Steine, die gut in der Hand liegen.

Eine Frau läuft durch den Hang.

- Hallo, ich bin Betty Bobbet.

Sie trägt ein schwingendes Kleid und bringt einen Stein.

- Seid ihr Freunde?

Nina dreht das Handgelenk.

- Ja! Wenn du Lust hast, darfst du unserem Team beitreten.

Wong atmet flach.

- Nicht alle Steine eignen sich zum Spielen. Doch deiner sieht gut aus.

Betty streift mit dem Finger darüber.

- Ich denke auch, dass er nicht zu klein ist.

Nina beugt den Rücken.

- Würde es dir etwas ausmachen, ihn zu werfen?

Betty umfasst den Stein unten mit dem Handteller.

- Im Gegenteil! Ich freue mich.

Nina sagt mit geschlossenen Augen.

- Aber lass dich nicht drängen! Wir haben reichlich Zeit.

Wong steckt eine Hand in die Tasche.

- Du kannst ihn setzen, wohin du willst.

Betty wirft den Stein.

- Ich treffe bestimmt den ersten besten Platz.

Nina dreht ihr das Gesicht zu.

- Vergiss nicht, den Arm zu lockern.

Wong streckt seine Beine.

- Du siehst müde aus.

Betty macht einen abgekämpften Eindruck.

- Allerdings! Ich habe mich konzentriert.

Nina guckt Huch an.

- Wo könnte sich Betty ausruhen?

Ein Mann taucht auf.

- Hallo, ich bin Sandro Camillo.

Er trägt Cargo-Shorts.

- Wollt ihr euch auf einer Hollywoodschaukel erholen?

Nina klebt an seinen Lippen.

- Ja gern! Ich bin dabei.

Wongs Blick funkelt.

- Ich kann es kaum erwarten.

Betty atmet tief durch.

- Ich wollte immer schon wissen, wie es ist.

Camillo streckt die Hand aus.

- Ihr schwebt leichter als ein Vogel in der Luft.

Der Weg ist schmal, führt in einen Garten, wo Tomaten so groß wachsen, als wären sie für Riesen gedacht.

Nina dreht die Schultern.

- In was für einer fruchtbaren Welt wir doch leben!

Wong sieht das Leuchten in ihren Augen, wenn sie zu reden anfängt.

- Du hast ein Gespür für Pflanzen.

Betty wirft die Haare über die Schulter.

- Wo steht die Hollywoodschaukel? Ich bin neugierig.

Camillo dringt tiefer in den Garten

- Wir sind nur einen Wimpernschlag entfernt.

Er geht an einem Springbrunnen vorbei.

Das herabfallende Wasser glitzert.

- Seht ihr den Regenbogen?

Nina trippelt über den Kiesweg.

- Dafür sind wir empfänglich.

Wong blinkert.

- Ich brauche dir nur ins Gesicht zu schauen, um zu wissen, dass du glücklich bist.

Betty steht breitbeinig unter einem Baum.

- Ich liebe diesen Springbrunnen!

Camillo klammert sich an einen herabhängenden Ast.

- Ihr seid mein Team! Ohne euch wäre ich allein.

Nina entdeckt die Hollywoodschaukel.

- Soll ich mich darauf setzen?

Wong wirft sich aufs grellbunte Polster.

- Natürlich! Die Schaukel sieht auf den ersten Blick breit und geräumig aus.

Betty gesellt sich zu ihm.

- Darauf finden wir alle Platz.

Camillo steigt langsam auf, dreht sich nach Huch um.

- Möchtest du der Letzte sein?

Huch hält inne.

- Ich lasse gern Nina den Vortritt.

Sie streicht ihm über die Schulter, fläzt sich in die Schaukel.

- Ich mag deine Haare.

Eine Frau läuft hektisch durch den Garten.

- Hallo, ich bin Adele Hopp.

Sie trägt ein beigefarbenes Kleid.

- Was machen deine Freunde?

Huch erwidert ihren Blick.

- Sie ruhen sich aus.

Adele drückt seine Hand.

- Ich denke, ich werde mit dir aus dem Garten gehen. Was sagst du dazu?

Er schaut nach vorne.

- Das ist ein Vorschlag.

Nina schießt aus dem Polster hervor.

- Hey! Wo geht ihr hin?

Wong lockt Adele und Huch auf die Hollywoodschaukel.

- Wir haben noch 2 Plätze frei.

Betty lässt langsam die Hand im Gelenk sinken.

- Ist das nicht ein Zufall?

Camillos Zeigefinger kreist für Sekunden.

- Nein, das ist Absicht! Wir sind immer daran, das Team zu vergrößern.

Adele pustet sich eine Haarsträhne aus dem Gesicht.

- Danke vielmals! Vielleicht treffen wir uns auf der Hoch-ebene.

Nina sitzt auf der Polsterkante.

- Ist gut! Ihr könnt überall Pause machen.

Adele schreitet aus dem Garten.

- Gewiss! Wir müssen der Energie Sorge tragen.

Huch dreht sich noch einmal nach der Hollywoodschaukel um.

- Ich finde es toll, dass ihr uns den Platz angeboten habt.

Wong versinkt im Polster.

- Wollt ihr nicht die Kleider wechseln?

Betty kämmt sich die Haare glatt.

- In den Sachen könnt ihr nicht auf die Hochebene.

Camillo wedelt mit dem Arm.

- Wir könnten euch beraten.

Ein Mann kommt daher.

- Hallo, ich bin Tarik Dimo.

Er trägt eine Matrosenjacke, bringt Hotpants und ein Top.

- Wie wäre es damit?

Adele zieht das beigefarbene Kleid aus.

- Das werden wir gleich überprüfen.

Eine Frau lässt die Schritte langsamer werden.

- Hallo, ich bin Jolene Bellini.

Sie trägt einen Seidenschal.

- Darf ich dein Kleid haben?

Adele reicht es ihr.

- Gefällt es dir?

Jolene schlüpft hinein.

- Ja! Es hat eine angenehm helle Farbe.

Adele zieht das Top und die Hotpants an.

- Ich wechsle gern die Kleider.

Dimos Blick wandert hin und her.

- Auch das Tauschen ist interessant.

Jolene umarmt Huch.

- Was meinst du?

Ein Mann schreitet heran.

- Hallo, ich bin Charly Glock.

Er trägt einen Sombrero und bringt einen Spiegel.

- Wie war der Kleiderwechsel?

Jolenes Augen werden ein wenig glasig.

- Es war eine kurze, aber magische Erfahrung.

- Willst du wissen, wie du aussiehst?

Sie wirft einen Blick in den Spiegel.

- Das übertrifft alles, was ich jemals erträumt habe!

Adeles Lippen bewegen sich.

- Blendend! Dann gehen wir auf die Hochebene.

Dimo legt das Kinn auf den Daumen.

- Darf ich mitkommen?

Sie malt ein Herz in die Luft.

- Sicher! Es macht Spaß, gemeinsam unterwegs zu sein.

Über Serpentinen geht es bergauf. Die Hochebene ist lichtgrün.

Jolene legt den Schal um den Hals.

- Ich würde gern schlafen.

Eine Frau fegt um einen bizarren Felsen.

- Hallo, ich bin Noelia Vitale.

Sie trägt einen sanddornfarbenen Tüllrock.

- Ihr habt bei mir 4 Wünsche frei.

Jolene streicht sich das Kleid zurecht.

- Ich will einen Liegestuhl.

Noelia führt sie um den Fels. In seinem Schatten stehen 4 Liegestühle.

- Welcher darf es denn sein?

Jolene legt sich in den knallroten.

- Ich liebe diese Farbe.

Glock stellt den Spiegel ab.

- Ich nehme den lila Liegestuhl.

Adele setzt sich.

- Ich ziehe den himmelblauen vor.

Dimo läuft lachend durch den Schatten.

- Ich wähle den sonnengelben. Diese Farbe sorgt für gute Laune.

273

Noelia lehnt lässig am Fels.

- 4 Wünsche sind erfüllt.

Jolene schaut Huch an.

- Ich habe, was ich brauche. Aber wie steht es mit dir?

Er verschränkt die Arme.

- Gut! Ich sehe, dass ihr glücklich seid.

Noelia klaubt aus einer Felsspalte einen kiwigrünen Liegestuhl.

- Den kann ich empfehlen. Der Stoff fühlt sich seidig an.

Das Gestell ist leicht.

Huch fährt mit der Hand darüber.

- Wenn ich müde wäre, würde ich mich darauflegen.

Sie nimmt den Liegestuhl unter den Arm.

- Vielleicht finden wir jemanden, der sich ausruhen möchte.

Er geht neben ihr her.

- Das sollten wir probieren.

Auf der Hochebene wuchern Blumen und Brombeerhecken voller Früchte.

Ein Mann läuft barfuß.

- Hallo, ich bin Alberto Calami.

Er trägt eine krapporange Kappe.

- Ich bin müde.

Noelia spreizt Daumen und kleinen Finger ab.

- Wo kannst du dich besser ausruhen, im Gras oder auf dem Liegestuhl?

Calami winkelt ein Bein an.

- Am meisten Spaß würde es mir wohl auf dem Liegestuhl machen.

Sie senkt die Augenlider.

- Das sehe ich auch so. Wann ist wohl der beste Zeitpunkt, um ihn aufzustellen?

Er richtet den Blick auf Huch.

- Was würdest du mir empfehlen?

Eine Frau schlendert über die Hochebene.

- Hallo, ich bin Julia Henderson.

Sie trägt ein goldenes Gewand.

- Benutze den Liegestuhl gerade jetzt!

Noelia klappt ihn auf.

- Ich hoffe, du liegst bequem.

Calami fläzt sich hinein.

- Und wie! Ich werde unverzüglich schlafen.

Julia hat einen fröhlichen Zug um die Lippen.

- Das ist gut gelaufen.

Noelia verdreht die Hand leicht nach außen.

- Spazierst du einfach vor dich hin?

Julia senkt den Kopf.

- Nein, ich suche einen singenden Busch.

Noelia schaut Huch direkt ins Gesicht.

- Wo finden wir ihn?

Ein Mann wetzt durchs Gras.

- Hallo, ich bin Maddox Meza.

Er trägt einen kragenlosen Anzug.

- Ich weiß, wo der Busch steht.

Noelia fragt in gut gelauntem Ton.

- Zeigst du uns den Weg?

Meza formt die Finger zu einem Dach.

- Das will ich gern tun.

Julia schenkt ihm einen offenen und freundlichen Blick.

- Bist du unser Freund?

Er holt tief Luft.

- Von dieser Frage habe ich immer geträumt.

Noelia hat Lachfältchen in den Augenwinkeln.

- Kennst du auch die Antwort?

Meza lässt die Hand über seinen Arm gleiten.

- Sicher! Sie lautet: Ja!

Er führt sie über einen Weg in eine Wildnis aus Dornen-ranken, verwilderten Sträuchern und gewaltigen Bäumen.

- Wir sind nahe daran. Ich bin sicher, ihr werdet ihn mögen.

Auf einem runden Berg steht der Busch und singt das Lied von Mozart.

- Wie herrlich leuchtet mir die Natur!

Noelia legt den Kopf in den Nacken.

- Die Blüten riechen nach Honig.

Julias Lächeln nimmt das ganze Gesicht ein.

- Er hat eine warme, helle Stimme.

Meza reibt sich den Hals.

- Niemand singt besser.

Noelia leckt über ihre Lippen.

- Es ist feenhaft!

Julia streichelt einen Zweig.

- Der Busch gefällt mir.

Meza liegt rücklings und mit geschlossenen Augen am Boden.

- Sein Gesang zielt direkt ins Herz.

Noelias Lachen quillt tief aus der Brust empor.

- Wir sollten einen Brief schreiben.

Julia legt Huch den Arm um die Schulter.

- Hast du Papier?

Eine Frau steigt auf den runden Berg.

276

- Hallo, ich bin Anita Caratti.

Sie trägt ein lemongrünes Kleid und bringt ein Blatt Papier.

- Recyclingpapier ist hip.

Meza hält den Atem an.

- Wer bekommt es?

Noelia winkelt ein Bein an.

- Das haben wir noch gar nicht bestimmt.

Er stützt die Arme auf.

- Alle, die gern schreiben, heben die Hand!

Huch streckt die Hand hoch, sieht sich um.

- Oh! Ich dachte, alle würden sich melden.

Julia schließt die Augen.

- Ich bitte dich.

Meza legt sich wieder hin.

- Es können doch nicht alle aufs Mal schreiben.

Anita reicht Huch das Blatt.

- Ich gebe es dir gern.

Noelia berührt seine Achsel.

- Hast du einen Stift?

Ein Mann trödelt auf dem Weg.

- Hallo, ich bin Ron Deng.

Er trägt ein Baseballcap und bringt einen Bleistift.

- Ich kann mir gut vorstellen, dass er euch gefällt.

Julia wiegt den Stift, gibt ihn weiter.

- Mit ihm zu schreiben, ist das reinste Vergnügen.

Meza drückt ihn Huch in die Hand.

- Du wirst dich beflügelt fühlen.

Huch legt das Blatt auf eine Steinplatte.

- Wie soll der Brief beginnen?

Anita streift Huch mit der Fingerkuppe.

- Es gibt vielerlei Arten.

Deng riecht am singenden Busch.

- „Hallo" ist ein anwendbares Wort. Da sind wir uns einig.

Achtzehntes Kapitel

Die Bassklarinette

Noelia hat einen warmen Klang in der Stimme.

- Es spricht für sich.

Julia setzt sich aufrecht auf die Felsplatte.

- Es hört sich ziemlich geschmeidig an.

Meza atmet tief.

- Für jeden ist es ein spannender Anfang.

Anita streicht durch das Haar.

- Dann darf man guten Gewissens ans Aufhören denken.

Deng zieht die Brauen hoch.

- Wer einmal einen Brief bekommen hat, weiß, was ein guter Schluss bedeutet.

Noelia lässt den Finger über den Handballen gleiten.

- Wir müssen uns eine Art Verabschiedung einfallen lassen.

Julia stützt sich mit dem Ellbogen gegen die Felsplatte.

- Wie wäre es mit „Liebe Grüße"?

Meza krümmt die Finger.

- Das ist unübertreffbar!

Anita fängt an zu kichern.

- Es könnte süchtig machen.

Deng sagt zu Huch.

- Schreib das bitte!

Noelia streckt die Hand aus.

- Gib mir den Brief!

279

Julia lauscht dem Rascheln des Papiers nach.

- Liest du ihn nochmals durch?

Noelia lacht mit weit aufgerissenem Mund.

- Ja! Ich versuche mir vorzustellen, wie es wäre, wenn ich den Brief bekäme.

Meza greift hinter sein Ohr.

- Und? Wie ist es?

Sie faltet das Blatt.

- Ich fühle mich angesprochen.

Anita hält die Luft an.

- Es fehlt allerdings ein Couvert.

Deng wirft einen Blick auf Huch.

- Hast du einen Umschlag?

Eine Frau flitzt den Berg hoch.

- Hallo, ich bin Line Malabo.

Sie trägt ein plissiertes Kleid und bringt ein Couvert.

- Es hat die richtige Größe.

Noelia begutachtet den Umschlag.

- Das erkenne ich auf den ersten Blick.

Julia klatscht in die Hände.

- Danke, dass du uns hilfst!

Line fährt sich durch die Haarsträhne.

- Manchmal komme ich ein bisschen ungestüm.

Meza hält den Atem an.

- Es ist anregend, füreinander da zu sein.

Anita vermutet.

- Sicher hast du alle Hände voll zu tun.

Line glättet das Couvert gedankenverloren.

- Keine Angst! Ich habe mein eigenes Tempo.

Sie hält es hoch.

- Wem darf ich es schenken?

Deng weist auf Huch.

- Wir staunen, was er mit Buchstaben alles anstellen kann.

Line gibt ihm den Umschlag.

- Wem sendest du den Brief?

Ein Mann tippelt den Berg hinauf.

- Hallo, ich bin Alexandros Nabi.

Er trägt Bermudashorts.

- Ich habe noch nie einen Brief erhalten.

Noelia federt in den Knien.

- Würdest du gern einen lesen?

Nabi schließt die Füße.

- Ja! Dann könnte ich erleben, wie es ist.

Julia hebt die Ferse.

- Wir verstehen dich.

Meza legt die Hand ans Ohr.

- Nun wissen wir, was wir aufs Couvert schreiben.

Anita biegt und streckt sich.

- Mit dem Vornamen machen wir den Anfang.

Huch schiebt den Umschlag auf die Steinplatte, setzt den Bleistift an.

- So wird der Brief sicher ankommen.

Deng lässt die Schultern hängen.

- Ich habe den Eindruck, dass Alexandros sympathisch klingt.

Line mahnt Huch.

- Vergiss nicht, den Nachnamen zu schreiben!

Nabi blickt ihm über die Schulter.

- Du sorgst wirklich dafür, dass ich mich angesprochen fühle.

Noelia wartet, bis Huch fertig geschrieben hat.

- Ich frage mich immer, was ich sehen kann, wenn ich hinschauen will.

Julia hebt das Couvert auf.

- Und was siehst du?

Noelia nimmt es ihr aus der Hand.

- Die Bewegungen in der Schrift: Es geht hinauf und hinunter, vor und zurück.

Meza sagt mit glockenreinem Lachen.

- So sind Buchstaben nun mal.

Sie schiebt den Brief in den Umschlag.

- Sicher schon, aber du musst auch herausfinden, was das Wesentliche ist.

Anita trippelt um sie herum.

- Kleben wir das Couvert zu?

Deng streckt den Hals.

- Oder schieben wir bloß die Lasche ein?

Line fragt Nabi.

- Was hast du lieber?

Er atmet durch.

- Ich möchte den Umschlag mit eingeschobener Lasche bekommen.

Noelia hält den Rücken aufrecht.

- Bewusst langsam vorzugehen, beruhigt uns und hebt die Stimmung.

Julia lässt die Hand über den Bauch gleiten.

- Dadurch stellen wir sicher, dass wir Fehler vermeiden.

Meza bohrt den Zeigefinger in die Luft.

- Wir kommen dabei auch gut miteinander ins Gespräch.

Anita stellt die Beine breit.

- Und genau deshalb gönnen wir uns viel Zeit.

Dengs Augen leuchten.

- Das ist ein Trick, der dazu dienen soll, den Brief zielsicher zu senden.

Line lockert die Finger.

- Da brauchen wir uns gar nicht aufzuregen.

Nabi reibt den Hals.

- Ich schaue euch zu und erhalte den besten Überblick, den ich mir wünschen kann.

Noelia übergibt ihm das Couvert.

- Und außerdem bekommst du erst noch einen Brief.

Er hüpft auf der Stelle.

- Danke vielmals! Wie soll ich mit dem großen Geschenk umgehen?

Julia empfiehlt.

- Öffne den Umschlag!

Nabi zieht den Brief heraus.

- Ihr verhaltet euch wie Freunde, ganz toll! Hut ab!

Meza fasst mit der Hand um den Hinterkopf.

- Du hast den Brief in der Hand, aber ein absoluter Höhepunkt ist das Lesen.

Anita atmet ruhig ein.

- Ich hoffe, die Wörter berühren dich.

Nabi liest mit weit offenen Augen.

- Hallo, liebe Grüße.

Deng glättet die Linien auf der Stirn.

- Also das ist unser Brief. Das steht drin.

Nabi verzieht sein Gesicht zu einem Lächeln.

- Berauschend schöner Text! Er geht ins Ohr.

Noelia verwuschelt sich die Haare.

- Möchtest du Anschluss finden?

Er steckt den Brief und das Couvert ein.

- Ja, ich wäre gern dabei.

Julia schiebt den Kopf vor.

- Wir nehmen dich auf.

Meza ruft mit heller Stimme.

- Du erweiterst unser Team!

Nabi kräuselt die Oberlippe nach oben.

- Was muss ich tun?

Anita streckt die Hand aus.

- Lass es dir einfach nur gut gehen.

Deng schaut in den Himmel.

- Wir hoffen, dass du dich bei uns wohlfühlst.

Line beugt den Arm.

- Wir bieten dir an, ein Stück gemeinsam zu gehen.

Nabis Körper entspannt sich.

- Das gefällt mir. Ich rieche gern grüne Blätter, Wiesen und Gräser.

Wilde Apfelbäume und Brombeeren wachsen links und rechts des Weges.

Noelia schnuppert.

- Die Gerüche sind aufregend intensiv.

Julias Blick wandert.

- Wir sind sozusagen auf einer Entdeckungstour.

Meza wendet die Augen zu Huch.

- Ich kann mir gut vorstellen, meinen Anzug gegen deine Kleider zu tauschen.

Eine Frau schlendert auf dem Weg.

- Hallo, ich bin Leonore Osorio.

Sie trägt einen Hosenanzug aus bunt bedrucktem Baumwollstoff.

- Ein Tausch kommt mir gerade recht.

Meza zieht Sakko und Hose ab.

- Ich finde den Wechsel spannend.

Leonore schlüpft aus ihrem Anzug.

- Du sagst es.

Anita legt eine Hand seitlich an den Kopf.

- Wie schätzt du die Größe ein?

Meza steigt in Leonores Hosen.

- Rein optisch! Doch das ist manchmal gar nicht so leicht.

Deng schwingt den Arm.

- Gibt es einen Trick, der dabei hilft?

Leonore legt Mezas Sakko an.

- Gewiss! Ich höre auf mein Bauchgefühl.

Line steckt sich eine Vogelfeder ins Haar.

- Suchst du manchmal auch einfach Basics?

Leonore probiert die Hose an.

- Ja, wenn sie sich gut kombinieren lassen.

Nabi beugt sich nach vorn.

- Geht das im Team einfacher?

Noelia beäugt Leonore und Meza.

- Sicher! Weil jeder dem anderen etwas schenkt.

Julia hebt anerkennend den Daumen nach oben.

- So kommen wir uns näher.

Meza spitzt die Lippen, als würde er eine Seifenblase blähen.

- Außerdem gewinnen wir neue Freunde.

Anita schleicht um ihn herum.

- Du klingst frisch wie ausgewechselt.

Deng geht in eine tiefe Hocke.

- Kleider sind eben nicht nur Gebrauchsgegenstände.

Line langt sich an den Kopf.

- Findet ihr es nicht komisch, dass wir herumstehen?

Nabi dreht sich halb.

- Wieso? Ob wir stehen oder liegen ist egal. Hauptsache, wir sind zusammen.

Leonore inszeniert mit einem Augenzwinkern ein Gähnen.

- Ich würde aber liebend gern etwas schlafen.

Noelia schiebt leicht die Hüfte vor.

- Es wäre eine nette Vorstellung, uns alle auf einer großen Matratze zu sehen.

Julia streichelt Huch über den Handrücken.

- Gibt es so große Matratzen?

Meza fragt mit breitem Lächeln.

- Oder kannst du sogar eine auftreiben?

Ein Mann läuft herbei.

- Hallo, ich bin Cornelius Palm.

Er trägt eine Safariuniform.

- Ich habe eine Matratze, die aus alten T-Shirts besteht.

Anita lächelt verschmitzt.

- Neu ist das freilich nicht, aber unbestritten anziehend.

Dengs Augen leuchten.

- Es klingt weich und gut durchdacht.

Line lässt die Finger flattern

- Wo ist die Matratze?

Palm macht kleine Schleifschritte.

- Folgt mir bitte! Wir sind gleich da.

Er zeigt ihnen einen Trampelpfad, auf dem es nach Jasmin duftet.

Nabi bewegt die Unterarme auf und ab.

- Warum sind alle Teammitglieder in bester Stimmung?

Leonore lässt das Fußgelenk kreisen.

- Sie freuen sich aufs Relaxen.

Am Rand eines Weizenfelds liegt die Riesenmatratze.

Ein Lächeln zeigt sich auf Palms Gesicht.

- Wie ihr seht, ist sie aus T-Shirts zusammengenäht.

Noelia bettet sich darauf.

- Woraus besteht die Füllung?

Er legt sich neben sie.

- Die Matratze ist auch mit Shirts gestopft.

Julia lässt sich nieder.

- Wie viele sind da drin?

Meza streckt sich aus.

- Kannst du eine genaue Zahl nennen?

Palm räkelt sich behaglich.

- Es tut mir leid. Da bin ich überfragt.

Anita testet die Matratze.

- Die Zahl spielt doch keine Rolle.

Deng setzt sich an den Rand und lässt sich sanft nach hinten fallen.

- Wir möchten uns bei dir bedanken.

Line kuschelt sich neben Palm.

- Du hast für uns alle gesorgt.

Nabi stürzt sich auf die Matratze.

- Ich lande weich.

Leonore hüpft.

- Die T-Shirts sorgen für eine bisher unerreichte Dämpfung.

Palm wirft Huch ein Lächeln zu.

- Warum legst du dich nicht zu uns?

Eine Frau lungert am Rand des Weizenfelds herum.

- Hallo, ich bin Minna Rimbach.

Sie trägt einen Badeanzug.

- Ich würde gern baden.

Noelia streckt und dehnt die Arme.

- Hörst du Wellen rauschen?

Julia hebt die Augenbraue.

- Ja! Das ist der Wind, der durchs Weizenfeld streicht.

Meza winkelt ein Knie hoch.

- Das Rascheln macht schläfrig.

Anita langt sich an den Hals.

- Können Geräusche manchmal Farben haben?

Deng schließt die Augen.

- Ja sicher! Ich sehe glutorange Noten.

Line fährt mit den Fingern über den Rand der Matratze.

- Aber ich kann mir vorstellen, dass Minna lieber einen See sehen würde.

Minna nimmt einen tiefen Atemzug.

- Ich möchte einfach ins Wasser.

Nabi gähnt mit singender Stimme.

- Das können wir verstehen.

Leonore legt die Hand an den Schenkel.

- Wer weiß, vielleicht reizt es uns nach der Pause auch.

Palm zieht Ober- und Unterlippe nach innen in den Mund.

- Das ist eigentlich viel positiver, wenn man entspannt baden geht.

Minna berührt Huch an der Hüfte.

- Und du? Was hast du vor?

Er bewegt die Schultern leicht nach vorn.

- Ich sehe mir die Landschaft an.

Sie erspäht am Ende des Weizenfelds einen Trampelpfad.

- Findest du es stressig, da hinunterzugehen?

Huch schreitet behutsam.

- Nein! Ich würde ihn als sicheren Weg bezeichnen.

Er führt durch Wacholder und mannshohen Farn.

Minna atmet den Duft.

- Worin liegen deine besonderen Stärken?

Ein Mann stapft durch den Hang.

- Hallo, ich bin Dejan Durango.

Er trägt einen Leinenanzug.

- Wisst ihr, was meine Stärke ist?

Minna beugt den Ellbogen.

- Du kannst einer fliegenden Badewanne rufen, richtig?

Durango zuckt bloß mit den Schultern.

- Ja! Das macht mir Spaß.

Seine Hände bilden einen Trichter.

- Badewanne, komm und lande hier!

Eine wilde Wolkenherde treibt über den blitzblauen Himmel.

Minna richtet den Blick hinauf.

- Die Wolken sind da. Aber wo ist die Wanne?

Durango feuchtet die Lippen mit der Zunge an.

- Gelegentlich neigt sie dazu, sich treiben zu lassen.

Sie platziert die Hand neben das Ohr.

- Weißt du warum?

Er steht unsicher lächelnd, leicht schief.

- Sie hat gelernt, Stress abzubauen.

Die Badewanne löst sich aus der Wolkenherde, landet im Hang.

Ein Tiger liegt wohlig auf dem Rücken darin, hebt den

Kopf.

Die Erregung drückt Minna fast die Luft ab.

- Offenbar ist ein blinder Passagier mitgeflogen.

Durango berührt mit dem Daumen die Kuppe des Zeige-
fingers.

- Eine Wanne beinhaltet eben nicht nur Wasser.

Der Tiger schnurrt wie eine Katze.

Minna lehnt sich nach vorne.

- Er scheint sich in seinem gestreiften Fell wohl zu fühlen.

Durango streicht sich über den Nacken.

- Wir können stolz sein, dass er uns mag.

Der Tiger streckt sich.

Minnas Atem wird ruhiger.

- Wir begegnen ihm behutsam und unvoreingenommen.

Durango wischt sich mit der Hand über die Wange.

- Vielleicht spielt er mit dem Gedanken, die Badewanne
zu verlassen.

Sie schiebt die Oberlippe über die Zähne und lächelt.

- Das käme mir gelegen.

Er beugt die Schultern nach vorn.

- Das verstehe ich. Du würdest gern baden.

Der Tiger räkelt sich.

Minna beugt den Daumen unter die Hand.

- Wenn er sich aufregt, versuchen wir ihn zu beruhigen.

Durango richtet den Oberkörper auf.

- Vielleicht hilft ein klärendes Gespräch.

Sie lässt die Finger durch die Haare bis zum Hals gleiten.

- Kannst du mit Tigern reden?

Er nimmt die Schultern nach hinten.

- Manchmal verstehen sie mich.

Minna schenkt ihm einen Augenaufschlag.

- Und was sagst du zu ihm?

Durango streckt beide Arme senkrecht nach oben.

- Dass du gern in die Badewanne möchtest.

Sie stellt die Füße eng zusammen.

- Aber es hat gar kein Wasser darin.

Er wartet eine Weile, bevor er sagt.

- Damit beschäftigen wir uns später.

Der Tiger springt aus der Wanne, zieht mit einem zufriedenen Nicken von dannen.

Minna schubst Durango nach vorn.

- Ich bewundere dich! Du hast es geschafft.

Er taumelt und schwankt.

- Das ist eher seltsam. Ich habe noch gar nicht mit ihm gesprochen.

In jedem ihrer Mundwinkel scheint ein Lächeln zu sitzen.

- Ein Tiger hat feine Ohren. Er hörte, dass ich in die Wanne will.

Durango streicht sich mit der Hand über die Wange.

- Das ist möglich.

Sie legt den Arm um seine Hüfte.

- Jetzt musst du nur noch Wasser bringen. Dann kann ich baden.

Er beugt den Oberkörper nach vorn.

- Ich finde alles großartig, was du sagst. Möchtest du auch meine Idee hören?

Minna neigt den Kopf zur Seite.

- Gern! Kannst du sie kurz skizzieren?

Durango stellt sich aufrecht hin.

- Anstatt Wasser heranzuschleppen, fliegen wir in der

Wanne zum See.

Sie fühlt sich begeistert.

- Ich gratuliere dir. Das ist eine grandiose Idee!

Sein Blick gleitet zu Huch.

- Fliegst du mit? Hast du Lust?

Eine Frau verlässt den Wiesenweg.

- Hallo, ich bin Frederike Esteban.

Sie trägt ein Ballerinenkleid.

- Ich suche eine Bassklarinette.

Minna steigt in die Badewanne.

- Ist sie eher groß oder klein?

Frederike breitet die Arme weit aus.

- Sie ist doppelt so groß wie eine gewöhnliche Klarinette.

Durango setzt sich hinter Minna.

- Hat sie eine auffällige Farbe?

Frederikes Schultern sacken entspannt nach unten.

- Ja, sie leuchtet papageienrot.

Minna legt die Hand auf den Rand der Wanne.

- Wir fliegen zum See und schauen uns um.

Durango tippt mit dem Zeigefinger in die Luft.

- Vielleicht liegt eine Klarinette am Ufer.

Minna rutscht nach vorn.

- Kommt ihr mit?

Er macht eine einladende Bewegung.

- In der Höhe sieht man viel.

Frederike zieht den Kopf ein.

- Danke für eure Hilfsbereitschaft! Ich bleibe lieber am Boden.

Sie wechselt einen Blick mit Huch.

- Was machst du?

Er gesteht.

- Ich gehe auch zu Fuß. Das vergnügt mich.

Minna fragt Durango.

- Ist es weit bis zum See?

Er betrachtet die Wolken.

- Nein, der Flug dauert nicht lange.

Ihr Blick wandert zu Huch.

- Dann sind wir bald zurück.

Durango stützt sich mit den Händen auf den Oberschenkeln ab.

- Ich freue mich, die Bassklarinette zu hören.

Die Badewanne hebt vom Boden ab und schwebt schaukelnd in die Höhe.

Frederike lässt die Schultern locker herabhängen.

- Ist gut! Wir bleiben in Kontakt.

Skulpturen aus Wolken stehen am Himmel, verschleiern die Badewanne.

Frederike kehrt zum Wiesenweg zurück.

- Beim Suchen dürfen wir nicht nur vors Knie gucken.

Sie lässt einen Arm fallen.

- Mitunter finden wir die Bassklarinette genau dort, wo sie niemand erwartet.

An einer Weggabelung steht ein Baum.

Ein Mann springt hinter dem Stamm hervor.

- Hallo, ich bin Cody Gasch.

Er trägt einen Gehrock und bringt eine papageienrote Bassklarinette.

- Lasst euch überraschen!

Frederike zieht eine Braue leicht hoch.

- Ich bin sprachlos.

Gasch schaukelt seine Knie hin und her.

- Seid ihr auf der Jagd nach einer Klarinette?

Sie verbirgt auf Bauchhöhe die rechte in der linken Hand.

- Ja! Möchtest du sie verschenken?

Er schiebt das Haar in den Nacken.

- Genau! Ich könnte mich vor Glück kaum fassen, wenn ihr sie annehmt.

Frederike ergreift die Bassklarinette.

- Ich finde sie interessant.

Gasch schaut sie herausfordernd an.

- Kannst du sie spielen?

Frederike hebt eine Hand.

- Nein, keinen Ton! Ich habe noch nie Bassklarinette gespielt.

Sein Blick zappelt zu Huch.

- Und du? Bist du ein Klarinettenspieler?

Neunzehntes Kapitel

Das Nilpferd

Eine Frau kreuzt auf.

- Hallo, ich bin Isa Hofbauer.

Sie trägt eine Bluse mit Schulterpolster.

- Ich feuchte das Blatt an.

Frederike bewegt sich seitwärts.

- Brauchst du Wasser?

Isa schnauft kurz durch.

- Sicherlich! Darauf bin ich angewiesen.

Gasch sieht Huch ins Gesicht.

- Manche führen eine Flasche mit, wenn sie spazieren gehen.

Ein Mann zockelt zur Weggabelung.

- Hallo, ich bin Jake Happ.

Er trägt ein Pudelkostüm und bringt ein kleines Glas Wasser.

- Das ist für euch.

Frederike nimmt das Mundstück ab, reicht es Huch.

- Schraube bitte die Klammer auf!

Er richtet den Blick darauf.

- Eine Klarinette besteht aus vielen Teilen.

Eine Frau klettert vom Baum.

- Hallo, ich bin Phoebe Jenkins.

Sie trägt einen Kopfschmuck mit Pfauenfedern.

- Darf ich euch zeigen, wie ein warmer, kräftiger Ton entsteht?

Huch gibt ihr das Mundstück.

- Gern! Sicher hast du besondere Fähigkeiten.

Phoebe macht die Klammer auf.

- Aber das haben wohl alle.

Frederike bückt sich, um ins Mundstück zu blicken.

- Wir sind für jede Hilfe dankbar.

Gasch legt die Hand auf den Oberschenkel.

- Ich sehe das Blatt.

Isa klemmt es zwischen Daumen und Zeigefinger.

- Ich nehme es heraus.

Sie legt es ins Wasser, sagt zu Happ.

- Dein Glas hat genau die richtige Größe.

Er dreht sich der Sonne zu.

- Ich weiß, Klarinettenspieler stehen auf kleine Gläser.

Phoebe dehnt den Rücken.

- Das Blatt scheint zerbrechlich.

Frederike schaut mit großen Augen und offenem Mund zu.

- Es saugt Wasser auf.

Gasch sagt mit heller Stimme.

- Bei der Klarinette gibt es ein paar ganz einfache Kniffe.

Isa klaubt das Blatt aus dem Wasser, legt es ins Mundstück zurück.

- Im Team lernen wir schnell dazu.

Happs Augen sprühen vor Begeisterung.

- Wir freuen uns auf die Musik.

Phoebe schraubt die Klammer an.

- Gleich setzen wir das Mundstück auf.

Sie fragt Huch.

- Kannst du mir vielleicht helfen?

Ein Mann kommt zur Weggabelung.

- Hallo, ich bin Pablo Montag.

Er trägt Sportkleider.

- Sucht ihr zufällig jemanden, der die Klarinette zusammensetzt?

Frederikes Augen wandern zu ihm.

- Kennst du dich aus?

Montag bewegt die Hände langsam auseinander.

- Ja. Wenn die Klarinetten Füße hätten, würden alle zu mir laufen.

Frederike streckt ihm das Instrument hin.

- Das klingt nach reicher Erfahrung.

Gasch knickt den Ellbogen leicht ein.

- Die vielen Teile laden zum Experimentieren ein.

Isa stellt ein Bein direkt vor das andere.

- Doch bei dir scheint das Zusammensetzen erfolgreich zu verlaufen.

Happ macht ein frohes Gesicht.

- Wir haben vollstes Vertrauen.

Phoebe reicht ihm das Mundstück.

- Wir verlassen uns auf dich.

Montag steckt es auf die Klarinette.

- Danke! Jetzt wisst ihr, wie es geht.

Frederike legt die Hände tatenlos übereinander.

- Jetzt muss sie nur noch gespielt werden.

Gasch lässt die Unterlippe hängen.

- Das dürfte in Kürze geschehen.

Isa lächelt einladend.

- Wer wird ein paar Töne hervorzaubern?

Happ lässt die Arme baumeln.

- Da reicht auch die Fantasie der besten Zukunftsforscher nicht aus.

Phoebes Herzschlag ist beschleunigt.

- Wir wollen uns nicht hetzen.

Montags Rückgrat versteift sich.

- Das ist zwar taktisch schlau, aber bringt uns kaum voran.

Frederike verzieht die Augenbrauen.

- Es gibt Zeiten, da sollten wir besser niemanden drängen.

Gasch kauert und hält seine Knie umfangen.

- Ja, wir befreien uns von solchen Zwängen!

Isa schubst Huch mit einem Finger an.

- Du stehst unmittelbar neben der Klarinette.

Happ lacht hell.

- Das ist ein Pluspunkt, der klar für dich spricht.

Phoebe legt den Kopf schief.

- Bislang war ziemlich unklar, wer denn die Musik machen soll.

Montag drückt Huch die Bassklarinette in die Hand.

- Und nun steht es fest.

Huch spielt ein paar Töne, mal kehlig röchelnd, mal brummend.

Frederikes Arme wedeln durch die Luft.

- Das war eine einmalige Chance, Musik hautnah zu erleben.

Gasch hebt die Stimme.

- Du hast ein richtiges kleines Stück aufgeführt.

Huch kratzt sich hinter dem Kopf.

- Das war doch nur eine Handvoll Töne, die ich zufällig getroffen habe.

Isa beugt den Ellbogen.

- Wirklich? Du spielst, als ob du noch nie etwas anderes getan hättest.

Happs Blick ist aufmunternd.

- Wir durften erfahren, dass Musik mit Glück zusammenhängt.

Phoebe öffnet und schließt die Hände.

- Wir möchten ein Leben damit zubringen.

Montag hebt ein Bein, schaukelt den Fuß.

- Solche Klänge sind berauschend.

Frederike lockert die Finger.

- Das Wunderbare ist, dass sie sofort wirken und jede Menge Vergnügen bereiten.

Gasch legt seinen Unterarm auf den Bauch.

- Wir sind beeindruckt.

Isa unterdrückt einen Seufzer.

- Wir haben geschwitzt und sollten schwimmen gehen.

Eine Wolke quellt am Himmel, senkt sich herab, landet neben dem Baum.

Eine Frau springt heraus.

- Hallo, ich bin Nelia Quadflieg.

Sie trägt ein Nachthemd.

- Möchtet ihr einsteigen?

Happ zuckt kurz zusammen.

- Ich bin noch nie in einer Wolke geflogen.

Phoebe guckt neugierig.

- Ist es angenehm?

Nelia lehnt den Oberkörper leicht nach vorn.

- Berückend! Ihr werdet euch federleicht fühlen.

Montag geht zur Wolke.

- Du bist unsere Freundin.

Nelia berührt seine Hand.

- Danke! Mach es dir gemütlich! Die weichen Sitzplätze laden zum Verweilen ein.

Frederike steigt ein.

- Das Angebot verführt uns.

Gasch fläzt sich in den Wolkensessel.

- Wir schonen die Waden.

Isa lässt sich nieder.

- Das Ziel sollte eine entscheidende Rolle spielen.

Happ macht es sich bequem.

- Fliegen wir zum See?

Phoebe lässt sich in die Wolke fallen.

- Oder landen wir am Fluss?

Montag setzt sich aufrecht hin.

- Wir müssen uns einig werden.

Nelia nimmt auf dem Steuersitz Platz.

- Wie lautet euer Vorschlag?

Frederike atmet auf.

- Danke, dass du so gezielt nachfragst!

Gasch lehnt sich im Sessel zurück.

- Für mich kommen beide Orte infrage.

Isa hebt die Finger.

- Ich empfehle, dass wir uns dem See zuwenden.

Happ klatscht.

- Du sagst es! Am Strand gibt es immer ein gemütliches Beisammensein.

Phoebe rundet den Rücken.

- Das ist doch ein Grund.

Montag kribbelt es im Magen.

- Und wir können Schwäne beobachten.

Nelia fragt Huch.

- Möchtest du auch die Wellen rauschen hören?

Ein Mann rennt zur Weggabelung.

- Hallo, ich bin Aurelio Ott.

Er trägt eine Hasenohrenmütze.

- Ich interessiere mich für deine Bassklarinette.

Nelia steigt in die Wolke.

- Lasst euch nicht stören. Wir fliegen schon mal los.

Zuerst schwebt die Wolke bodennah. Dann steigt sie hoch in den Himmel.

Ott schiebt den Finger in den Mund.

- Ich bin schon lange auf der Suche. Dein Instrument ist besonders.

Huch bietet ihm die Klarinette an.

- Das stimmt! Spiel ein paar Töne! Das kann ein beeindruckendes Erlebnis sein.

Ott ergreift sie.

- Für mich ist Musik eine sehr persönliche Sache. Darf ich sie mitnehmen?

Huch schiebt den Rücken langsam nach oben.

- Was hast du vor?

Ott schwenkt in den Wald ab.

- Ich möchte im Verborgenen, wo mich niemand hört, spielen.

Huch hebt den Arm.

- Ich weiß nicht, was Cody dazu sagt. Es ist seine Klarinette.

Ott ruft, bevor er zwischen den Bäumen verschwindet.

- Ich treffe ihn am See und frage ihn. Vielleicht darf ich sie behalten.

Huchs Stirn glättet sich.

- Ist gut! Darüber solltet ihr reden.

Eine Frau legt nach jedem Schritt eine winzige Pause ein.

- Hallo, ich bin Franka Bake.

Sie trägt einen Petticoat.

- Gehst du nach links oder nach rechts?

Huch hebt einen Stein auf.

- Beide Richtungen sind begehbar.

Sie tupft mit dem Finger auf den Ellbogen.

- Wir passen gut zusammen und könnten miteinander gehen.

Seine Stimme klingt vergnügt.

- Welchen Weg ziehst du vor?

Franka gibt ein ermunterndes Zeichen.

- Eher links. Dort finden wir ein Schild.

Huch legt den Stein zwischen Daumen und Zeigefinger.

- Nimmt es dich wunder, was darauf steht?

Sie nimmt den Stein von seiner Hand.

- Vielleicht später.

Ein Mann trudelt ein.

- Hallo, ich bin Santino Danz.

Er trägt ein Holzfällerhemd.

- Darf ich euch etwas sagen?

Franka spielt mit dem Stein.

- Klar! Unsere Ohren sind gespitzt.

Er strafft das Kinn.

- Schaut die Schilder an!

Sie stellt den Stein auf eine Wurzel.

- Bisher sah ich keines.

Danz eilt voraus.

- Gehen wir ein paar Schritte!

Er tritt zum ersten Schild und liest den Text gleich vor.

- Atme bewusst langsam und tief.

Franka lässt den Saum ihres Petticoats nach oben rutschen.

- Ich würde lieber relaxen.

Danz hört aufmerksam zu.

- Du möchtest ruhig, aber auch entspannt sein, nehme ich an.

Sie stupft Huch mit dem Finger.

- Eine Yogamatte muss her, und das so schnell wie möglich.

Eine Frau zockelt über den Weg.

- Hallo, ich bin Leonie Wahlberg.

Sie trägt einen engen Rock und bringt 4 Yogamatten.

- Probiert sie aus!

Franka setzt sich locker auf eine Matte.

- Sie ist ideal.

Danz sinkt auf die zweite Matte.

- Ich erlebe sofort innere Ruhe und Ausgeglichenheit.

Leonies Augen schweifen zu Huch.

- Möchtest du nicht auch eine kleine Pause genießen?

Ein Mann sputet sich.

- Hallo, ich bin Renzo Zeng.

Er trägt abgewetzte Hosen.

- Ich würde gern stressfrei sein.

Franka hebt die Hand.

- Dann ist es höchste Zeit, dass du dich auf die Matte legst.

Danz schlägt die Beine übereinander.

- Mich dünkt sie magisch.

Leonie setzt sich im Schneidersitz.

- Du wirst sofort Fan.

Zeng streckt sich auf der Matte aus.

- Warum bin ich nicht eher darauf gekommen?

Eine Frau trottet vergnügt den Weg entlang.

- Hallo, ich bin Kayla Valletta.

Sie trägt einen Tellerhut.

- Möchtet ihr einen Riesenfrosch sehen?

Franka guckt nach rechts und nach links.

- Was sagt ihr dazu?

Danz senkt den Kopf.

- Ich finde die Vorstellung seltsam, dass ich jetzt aufstehen soll.

Leonie legt die Hände auf die Knie.

- Es rächt sich, wenn man sich zu wenig Erholung gönnt.

Zeng entspannt sich.

- Bald sind wir wieder fit. Dann raffen wir uns auf.

Kayla zupft Huch am Ärmel.

- Ich bin zuversichtlich, dass du mitkommst.

Er hebt die Augenbrauen.

- Woran erkennst du das?

Ihre Lippen beginnen kurz zu zucken.

- Du stehst gut auf den Beinen.

Huch schenkt den Kopf.

- Wo ist der Frosch?

Kayla durchmisst die Wiese mit forschem Schritt.

- Wir bewegen uns in diese Richtung.

Weit geschwungene Berge dehnen sich zu beiden Seiten. Der Riesenfrosch kauert auf dem Weg, hat die Größe eines Elefanten.

Kayla steckt sich den Finger in den Mund.

- Wie hört sich sein Atem an?

Ein Mann stößt hinzu.

- Hallo, ich bin Ulrich Yong.

Er trägt ein Jackett.

- Wir haben unglaubliches Glück. Der Frosch bläst sich auf.

Kayla deutet mit den Händen einen Halbkreis an.

- Dann könnten wir über seinen Rücken einen Bogen bauen.

Yong guckt Huch an.

- Welches Material würdest du wählen?

Eine Frau schlendert über den Weg.

- Hallo, ich bin Tanja Oppermann.

Sie trägt ein T-Shirt und bringt 2 Bündel Altpapier.

- Wir schichten die Bündel von beiden Seiten auf, bis sich der Bogen schließt.

Kayla dreht den Kopf.

- Wir verstehen uns blendend.

Yong schaukelt den Arm.

- Die Frage ist nur, ob der Riesenfrosch mitspielt.

Tanja stellt die Bündel auf.

- Ja oder Nein muss die Antwort lauten.

Kayla wendet sich Huch zu.

- Wie schätzt du seine Reaktion ein?

Yong stützt sich am Frosch.

- Freut er sich?

Tanja verschränkt die Arme vor dem Bauch.

- Oder könnte es sein, dass er sich ärgert?

Ein Mann streunt zwischen den Bergen.

- Hallo, ich bin Paulo Hall.

Er trägt einen Jeansanzug und bringt 2 Bündel Altpapier.

- Ich weiß, wie Riesenfrösche ticken.

Kayla lüpft den Hut.

- Das würde uns echt interessieren.

Hall schichtet die Bündel auf.

- Wenn sie sich aufblähen, wollen sie spielen.

Yong hebt das Kinn.

- Gut! Dann haben wir den Frosch auf unserer Seite.

Tanja rollt die Schulter nach hinten.

- Der Bogen braucht eine Menge Bündel.

Hall dreht den Körper leicht zu Huch hin.

- Kannst du mehr herbeischaffen?

Eine Frau reitet auf einem Nilpferd. Papierbündel bedecken seinen Rücken.

- Hallo, ich bin Vanessa Cabrera.

Sie trägt glitzernde Turnschuhe.

- Mein Nilpferd hat ein zeitloses Anliegen. Es will helfen.

Kayla nimmt ein Bündel entgegen.

- Es dürfte zurzeit wohl das einzige Nilpferd sein, das solche Massen tragen kann.

Yong schichtet den Bogen weiter auf.

- Ist es leicht zu führen?

Vanessa reicht ihm ein Bündel.

- Ja, aber es verlangt hohe Aufmerksamkeit.

Tanja steigt zu ihr auf den Rücken.

- Es scheint auch sein Vergnügen daraus zu beziehen.

Vanessa schiebt ihr ein Bündel zu.

- Durchaus! Altpapier findet es lustig.

Hall stemmt sich hoch.

- Man stelle sich vor, statt einem Nilpferd würde hier ein Nashorn stehen.

Vanessa bewegt den Arm in einer großen Kreisbewegung.

- Für Transporte ist es möglicherweise nicht die erste Wahl.

Kayla biegt das rechte Knie weit nach außen.

- Das Nilpferd ist riesig.

Yong stellt sich auf die Zehenspitzen.

- Kann es auch um den Frosch herum gehen und sich auf der linken Seite aufstellen?

Vanessa streichelt das Nilpferd.

- Aber sicher! Es ist bereit und gewillt.

Sie schiebt die Hand über den Hals.

- Erst nach und nach habe ich entdeckt, dass es meine Hand auf dem Nacken spürt.

Das Nilpferd setzt sich in Bewegung.

Tanja schaut interessiert zu.

- Und das genügt schon, um es zu führen?

Vanessa lehnt den Kopf an.

- Ja! Es spürt meine Wünsche.

Hall beginnt die Bündel auf der linken Seite zu stapeln.

- So einfach kannst du es beeinflussen?

Vanessa hebt die Arme zur Seite hoch.

- Also, ich muss mir nur vorstellen, was seine Augen jetzt sehen. So geht es.

Kayla schnappt ein Bündel.

- So steht es, möchtest du wohl sagen.

Vanessa tätschelt das Nilpferd.

- Genau! Wir sind glücklich auf der linken Seite des Frosches angelangt.

Yong legt die Arme auf den Oberschenkeln ab.

- Dein Nilpferd ermöglicht uns, innerhalb kürzester Zeit den Bogen zu errichten.

Tanja trödelt.

- Ich möchte eher vorschlagen, wir bauen so langsam wir können.

Hall neigt mit dem Körper zur Seite.

- So verläuft das Leben friedlich.

Vanessa schiebt das Schlussbündel ein.

- Wie auch immer, wir haben es geschafft!

Kayla atmet ein, breitet die Arme aus, atmet aus.

- Unser Kunstwerk steht!

Yongs Augen schimmern.

- Wir haben den Bogen geschlagen.

Tanja rutscht vom Rücken des Nilpferds.

- Die Tiere durften beim Bau nicht fehlen.

Hall fährt mit seinen Fingern durch den Haarschopf.

- Sie machen Freude und helfen, Stress zu vermeiden.

Vanessa springt vom Nilpferd, berührt wie zufällig Huchs Arm.

- Bleibt der Bogen, wenn sich der Frosch bewegt?

Kayla zuckt für die Dauer eines Wimpernschlags.

- Du meinst, wenn er kleiner wird?

Vanessa lehnt mit der Stirn auf dem Handrücken ans Nilpferd.

- Ja! Er ist doch nur ein Riesenfrosch, solange er sich aufgebläht hält.

Yong lässt die Hände über die Bündel gleiten.

- Die linke Hälfte des Bogens wird die rechte stützen.

Tanjas Blick fixiert den Scheitelpunkt.

- Sie kann selber nicht einstürzen, weil sie von der rechten aufgehalten wird.

Halls Mund entweicht ein spontanes Oh.

- Wir haben ein Gleichgewicht aufgebaut.

Vanessa schaut neugierig, aber zurückhaltend.

- Der Frosch wird die Last der Bündel kaum je gespürt haben.

Kayla stützt sich mit beiden Händen zu den Seiten ab.

- Er hat uns mit dem Körper nur die Rundung vorgegeben.

Ein Ruck geht durch den Riesenfrosch.

Yong nimmt den rechten, dann den linken Arm hoch.

- Seht ihr! Er ist ein Lebewesen, das gut mit Energie umgehen kann.

Der Frosch atmet aus.

Tanja legt die Hände auf die Knie.

- Er schrumpft!

Hall lauscht auf den Atem.

- Wie sieht er eigentlich aus, wenn er zur ursprünglichen Größe zurückkehrt?

Vanessa beugt sich.

- Ich kenne mich nicht aus mit Riesenfröschen.

Kayla folgt ihrem Blick.

- Aber es ist schon erstaunlich, wie klein er auf einmal wirkt.

Yong kriecht auf allen Vieren neben dem Frosch.

- Für sein Schrumpfen braucht er keine Gründe.

Tanja zieht sich das T-Shirt über den Kopf.

- Es bereitet ihm Vergnügen.

Hall knickt in den Knien ein.

- Wir aber sollten ihn beschützen.

Vanessa klettert auf das Nilpferd.

- Wir begleiten ihn zum Teich.

Kayla ermuntert Huch mit einem Augenaufschlag.

- Kommst du? Wir bleiben zusammen!

Ein Mann sprintet vom Berg herab.

- Hallo, ich bin Eugen Zips.

Er trägt eine Kniebundhose.

- Ich glaube, ich bin euch allen schon einmal begegnet.

Yong weitet die Nasenflügel.

- Das ist möglich.

Tanja kehrt ihm das Gesicht zu.

- Wir sind ja auf der gleichen Wellenlänge.

Ein froher Zug spielt um Halls Lippen.

- Es ist das natürliche Bedürfnis, einem Frosch zu helfen.

Vanessa legt die Hand auf den Nacken des Nilpferds.

- Das schweißt uns zusammen.

Zips gesellt sich zu ihnen.

- So entdecken wir Teiche, die wir sonst nie finden würden.

Huch bleibt neben dem Bogen stehen.

Eine Frau steigt vom Berg herab.

- Hallo, ich bin Norina Goldhagen.

Sie trägt ein Abendkleid.

- Was hat das Team mit dem Nilpferd vor?

Zwanzigstes Kapitel

Die Glücksfee

Huch verlagert das Gewicht auf die Fersen.

- Es begleitet den Frosch.

Norina betrachtet den Bogen.

- Die Altpapierbündel fügen sich passgenau.

Sie vermutet.

- Wahrscheinlich geht es dir um die Balance.

Er wölbt einen Hohlraum zwischen den Händen.

- Ist das wirklich ein Ziel, das ich anstreben sollte?

Norina kneift die Augen zu.

- Nicht unbedingt. Denken wir nach!

Sie löst die Zunge vom Gaumen.

- Wie machen wir den Bogen attraktiver?

Ein Mann trifft ein.

- Hallo, ich bin Jim Fleck.

Er trägt einen paprikaroten Schlafanzug.

- Wir könnten eine zarte Linie darauf malen.

Norina spielt mit ihrem Haar.

- Spätestens zu diesem Zeitpunkt wird mir klar: Farbe muss her!

Jim guckt Huch an.

- Kannst du dich darum kümmern?

Eine Frau sprintet herbei.

- Hallo, ich bin Bibi Lona.

Sie trägt einen Ballettdress und bringt einen Pinsel.

311

- Damit könnt ihr das Malen genießen.

Norina belastet das linke Bein.

- Das würden wir gern.

Flock geht einen Schritt zur Seite.

- Wenn wir Farbe hätten.

Bibi dreht sich Huch zu.

- Ich bin fast sicher, dass du sie beschaffen kannst.

Ein Mann federt über den Weg.

- Hallo, ich bin Roberto Dusch.

Er trägt einen zerbeulten Hut und bringt einen Topf.

- Ich bringe etwas Waldrebenviolett.

Norinas Augen funkeln.

- Die Farbe wird den Bogen umgestalten.

Flock lehnt sich nach vorne.

- Du darfst nicht vergessen, den Deckel abzunehmen.

Bibi nimmt einen tiefen Atemzug.

- Dann sehen wir sie besser.

Dusch öffnet den Topf.

- Waldrebenviolett hat einen edlen Schimmer.

Norina berührt seinen Unterarm.

- Dadurch wirkt es elegant und lässig zugleich.

Flock zieht mit den Armen einen Kreis.

- Die Farbe wird den Bogen fundamental verändern.

Bibi gibt Huch den Pinsel.

- Dann male, was dir Freude bereitet.

Er hebt das linke Bein leicht gegen hinten an.

- Jim hat eine zarte Linie vorgeschlagen.

Dusch hält ihm den Topf hin.

- Mit meiner Farbe darfst du malen, wie es dir passt.

Norina lehnt sich an Huchs Schulter.

- Wir hoffen, dass du in Fahrt kommst.

Flock sagt mit gesenkten Wimpern.

- Vergiss meinen Vorschlag!

Bibis Stimme klingt frisch.

- Mach einfach etwas, das uns mitreißt.

Dusch schiebt die Hüfte vor.

- Wichtig ist, dass du dich öffnest.

Huch tunkt den Pinsel in die Farbe.

- Ganz unterschiedliche Linien entstehen problemlos.

Er zieht einen Strich.

- Das ist eine Art Markierung.

Norina schmiegt sich an Huch.

- Du kennst genau den Unterschied zwischen den Linien.

Flock sieht vergnügt aus.

- Der Strich ist winzig und strahlt Ruhe aus.

Bibi nimmt Huch den Pinsel ab.

- Aus meiner Sicht könnte er kaum angenehmer sein.

Dusch schließt den Topf.

- Wir können ihn beruhigend oder seltsam finden.

Norina zieht die Oberlippe auf einer Seite nach oben.

- Unerheblich ist er aber nicht.

Flock streckt den Fuß.

- Mit seiner Hilfe können wir uns entspannen.

Bibi streift sich über das Schlüsselbein.

- Oder Stress bewältigen.

Dusch tastet den Bogen konzentriert mit Blicken ab.

- Wir sollten einen Titel für die Ausstellung suchen.

Norina nimmt beide Hände in die Taille.

- Ein Bogen, ein Strich, ein Mann.

Bibi bittet Huch.

- Kannst du uns eine Sitzbank herbeischaffen?

Dusch kneift die Augen kurz zusammen.

- Wäre das möglich?

Eine Frau und ein Mann bringen eine Bank.

Die Frau geht voran.

- Hallo, ich bin Alexia Immendorf.

Sie trägt ein Blümchenkleid.

- Wir finden die Bank leicht.

Der Mann hält Schritt.

- Hallo, ich bin Sven Quint.

Er trägt einen Jogginganzug.

- Schon allein, weil wir daran gewohnt sind.

Norina biegt den Rücken.

- Das ist eine Bank zum Anfassen.

Flock reibt die Handinnenflächen gegeneinander.

- Wir können sie gewiss in die Ausstellung einbauen.

Bibi moduliert die Stimme anders.

- Sie passt zum Bogen.

Dusch schiebt die Hüfte leicht nach vorn.

- Neue Objekte sind ausdrücklich erwünscht.

Alexia reckt die Nase.

- Dürfen wir sie hier abstellen?

Quint winkelt das Bein nach hinten an.

- Wir wollen nichts Falsches machen.

Norina umfasst das Kinn mit der Hand.

- Im Gegenteil! Euch ist ein kleines Kunststück gelungen.

Flock legt den Zeigefinger an die Oberlippe.

- Ihr habt auf Anhieb den besten Platz gefunden.

Bibi wiegt den Körper hin und her.

- Die Frage ist nun: Könnt ihr loslassen?

Dusch macht einen Buckel.

- Oder seid ihr untrennbar mit der Bank verbunden?

Alexia stellt sie ab.

- Nein, durchaus nicht! Ich entlaste mich gern.

Quint führt die Beine der Bank achtsam zum Boden.

- Es vergnügt, die Arme zu lockern.

Norina wählt den Platz in der Mitte.

- Die Bank ist für alle, die nicht länger vom Sitzen träumen wollen.

Flock setzt sich am Rand.

- Sie sorgt für gute Stimmung.

Bibi platziert sich zwischen Norina und ihn.

- Wenn ich meinen Lebenslauf verfasse, schreibe ich: Da war eine Bank.

Dusch lehnt an.

- Du meinst: Sie hat eine Bedeutung?

Bibi streckt ihre Beine ganz aus.

- Ja! Eine herausragende.

Alexia lässt sich auf die Bank gleiten.

- Sie hat auch eine praktische Seite.

Quint hockt sich hin.

- Man kann sie nicht nur betrachten, sondern auch besetzen.

Eine Frau lässt sich durch die Wiese treiben.

- Hallo, ich bin Vera Urbach.

Sie trägt eine Caprihose, tritt zu Huch.

- Ich habe einen Pizzakarton gefunden.

Er hebt den Kopf hoch.

- Ich könnte mich mit der Frage beschäftigen, was damit geschehen soll.

Vera drückt sanft seinen Arm.

- Ich helfe dir dabei.

Er verschränkt die Hände ineinander.

- Karton kann man immer nutzen.

Ein kurvenreicher Weg führt auf den Berg.

Ihre Augen blitzen.

- Weißt du schon ganz konkret, was du machst?

Ein Mann marschiert mit großen Schritten heran.

- Hallo, ich bin Emil Manz.

Er trägt einen Trainingsanzug.

- Ich bin ein verlässliches Teammitglied.

Vera bewegt den Daumen im Kreis auf der Innenfläche der anderen Hand.

- Und wo ist dein Team?

Manz winkelt den Ellbogen nah am Körper an.

- Ihr seid es.

Sie schubst ihn.

- Glückwunsch! Du hast uns entdeckt.

Er hebt die gestreckten Arme auf Schulterhöhe.

- Danke! Ich merke es, die Sympathie ist da.

Der Weg wird schmaler. Äste hängen hinein.

Auf einer verlassenen Baustelle staubt ein Betonmischer vor sich hin.

Vera nimmt einen Pizzakarton aus der Trommel.

- Wir sind am Überlegen, was wir daraus fertigen wollen.

Manz dreht die Füße einwärts.

- Was machen wir eigentlich, wenn wir zu viele Ideen haben?

Sie schaukelt die Schachtel.

- Dann wählen wir mit Bedacht die geeignete aus.

316

Er zieht die Brauen hoch.

- Du meinst: Wir treffen eine Vorauswahl?

Vera zuckt mit den Mundwinkeln.

- Aber nur, wenn der Ansturm wirklich groß ist.

Manz hält eine Hand hinter dem Rücken.

- Wir müssten einige zurückweisen.

Sie streicht lächelnd über den Karton.

- Leider! Es sei denn, ein Geistesblitz trifft uns.

Er lenkt den Blick auf Huch.

- Hast du eine zündende Idee?

Eine Frau tanzt in Windeseile durch die verlassene Baustelle.

- Hallo, ich bin Paloma Conte.

Sie trägt ein Chiffonkleid und bringt einen Kleiderständer.

- Klappt die Schachtel auf!

Vera schiebt den Pizzakarton auf den Betonmischer.

- Wir wissen nicht genau, was du vorhast.

Manz öffnet den Deckel.

- Aber die Aktion könnte am Ende irgendwie glücken.

Paloma nimmt die ausgebreitete Schachtel, legt sie auf den Ständer.

- Fertig ist der Sonnenschirm! Was sagt ihr dazu?

Vera schwingt die Hände in die Luft.

- Er ist ein echter Hingucker!

Manz formt mit den Fingern ein Herz.

- Genau in der Balance zwischen Zweck und Lockerheit.

Paloma streicht das Haar zurück.

- Sonnenschirme üben seit jeher eine magische Anziehungskraft aus.

Vera setzt sich auf den Fuß des Kleiderständers.

- Wer Schatten will, der ist hier richtig.

Manz klatscht Beifall.

- Unser Schirm bietet optimalen Schutz.

Paloma zeigt mit den Fingerspitzen zum Pizzakarton.

- Optisch sticht er ins Auge.

Vera stützt das Gesicht auf die Hände.

- Man hat Zeit und kann ganz entspannt sitzen.

Manz saugt wollüstig den Geruch der Schachtel in seine Nasenlöcher.

- Ich kann noch nicht abschätzen, wie lange ich verweile.

Paloma fordert Huch durch eine Handbewegung auf heranzukommen.

- Möchtest du nicht mit uns eine kleine Atempause genießen?

Ein Mann schlendert den langgestreckten Platz hoch.

- Hallo, ich bin Waldo Tack.

Er trägt mondweiße Handschuhe.

- Besonders begehrt ist natürlich das Relaxen im Schatten.

Vera legt die linke Hand auf die rechte.

- Einen perfekten Schirm zu zaubern, gelingt eben nur mit viel Glück.

Manz winkt.

- Komm zu uns!

Paloma lässt die Arme gestreckt nach unten hängen.

- Der Platz ist begrenzt.

Tack wischt unter den Sonnenschirm.

- Da darf ich nicht zögern.

Eine Frau durchschleicht die verlassene Baustelle.

- Hallo, ich bin Zita Yumi.

Sie trägt einen Samtschlapphut, raschelt und trippelt um

Huch.

- Man könnte meinen, du bist lieber unterwegs als unter dem Schirm.

Huch hebt die Schultern an.

- Es kann alles gut sein.

Zita blinzelt in die Sonne.

- Du sagst es! Wir drehen eine kleine Runde, sehen uns die Landschaft an.

Seine Lippen sind leicht geschlossen.

- Aussichten gehören dazu.

Sie folgt einer gewundenen Straße.

- Wir schlagen den Weg ein, der uns am meisten entspricht.

Huch schwingt das Bein nach vorn.

- Vielleicht finden wir bald einen Wald.

Spitze Steine übersäen den Boden.

Zita entdeckt ein still gelegtes Bahngleis.

- Letztendlich sollte man sich über jede Spur freuen.

Er streckt beide Arme seitlich aus.

- Etwas rostig und unscheinbar kommen die Schienen daher.

Sie tappen durch einen Tunnel.

Zitas Stimme hallt.

- Hier drin ist es stockdunkel.

Wasser tropft von den Wänden.

Ein Lächeln erhellt ihr Gesicht am Ausgang.

- Ich sehe ein leerstehendes Gebäude.

Seine Augen schwenken nach links.

- Das könnte der Bahnhof sein.

Das schmale Haus steht auf einem Backsteinsockel, hat Erker.

Zita blinzelt mit fröhlichem Blick.

- Ein riesiges Loch klafft im Dach.

An den Rändern ragen morsche Bretter ins Leere.

Huch stützt seine Hände auf dem Becken ab.

- Immerhin steht noch ein Automat da.

Sie läuft beschwingt.

- Da könnte ich meinen Traum verfolgen.

Er guckt neugierig.

- Was für ein Ziel hast du denn ausgesucht?

Zita hält auf die Kabine zu.

- Ich hätte gern ein Foto von mir, das für jede Menge Gesprächsstoff sorgt.

Huch hebt die Augenbrauen.

- Ah! Du möchtest ein Bild, das die Menschen zum Reden und Lachen bringt.

Ihre Unterlippe bebt fast unmerklich.

- Genau! Alle Unterschiede fallen weg.

Er verlangsamt die Schritte.

- Welche Unterschiede meinst du denn?

Zitas Hand flattert.

- Zwischen guten und schlechten Fotos.

Ein Mann trifft ein.

- Hallo, ich bin Kasimir Ost.

Er trägt eine neonblaue Plastik-Werbesonnenbrille.

- Willst du ein Bild, das überhaupt nicht mehr alltäglich ist?

Der Ton ihrer Stimme deutet Staunen an.

- Was? Das schafft der Automat?

Ost streicht mit dem Daumen über den Zeigefinger.

- Wahrscheinlich kann er das sogar besser als jeder Fotograf.

Zita schaut erst zu Ost, dann zum Automaten, dann wieder zurück zu Ost.

- Ich hatte bislang angenommen, er entwickle nur nüchterne Bilder.

Seine Pupillen weiten sich.

- Im Gegenteil, er ist ein Wunder der Technik.

Sie zieht den Vorhang zurück.

- Welche Formate gibt es?

Ost zeigt ihr 3 Knöpfe.

- Du kannst ein Passfoto, Porträt oder Plakat wählen.

Zita neigt den Kopf.

- Ich habe Lampenfieber.

Er fährt sich über Kinn.

- Wie groß ist es?

Sie atmet wie unter der Last eines unergründlichen Gewichts aus.

- Stark! Kennst du ein Mittel dagegen?

Ost rät.

- Schau erst mal zu! Das hilft.

Er gibt Huch ein Handzeichen.

- Setz dich doch bitte! Ich vermute, der Stuhl ist genau auf deine Größe eingestellt.

Huch geht in den Fotoautomaten.

- Das ist sonst wo wohl kaum anzutreffen.

Zitas Stimme klingt vergnügt.

- Fast könnte man meinen, du brauchst ein Passfoto.

Huch nimmt Platz.

- Nein, das Bild sollte eher wie eine Spielerei wirken.

Ost drückt einen Knopf.

- Dann empfehle ich dir das Plakat.

Zita schließt den Vorhang.

- Lächle glücklich!

Blitzlichter zucken.

Ost schwingt mit den Knien wie ein Schmetterling mit den Flügeln.

- Der Automat blitzt schneller, als man zuschauen kann.

Sie reißt den Vorhang auf.

- Und? Wie hast du es erlebt?

Huch steht auf.

- Es ist ein großartiger Sitz, zwar eng, aber doch komfortabel.

Zita berührt die Kabine mit der Hand.

- Mich begeistert, dass man keinen Stress empfindet.

Ost lehnt lässig an der Wand.

- Das hilft bestimmt gegen das Lampenfieber.

Sie senkt den Kopf.

- Zuerst möchte ich das Plakat sehen.

Er verschränkt die Arme vor der Brust.

- Dann wissen wir, worauf wir uns eingelassen haben.

Ein Motor surrt.

Huch tritt aus dem Automaten.

- Es ist zu hören, dass er arbeitet.

Zita zieht den Fuß an.

- Was sollen wir mit dem Plakat machen?

Ost spreizt das Bein seitlich ab.

- Wir suchen eine Wand und hängen es auf.

Huch hält Ausschau.

- Das ist eine bestechend einfache Idee.

Zita wirft das Haar mit beiden Händen hinter ihre Schultern.

- Sie lässt sich unglaublich leicht realisieren.

Ost trottet im Kreis herum.

- Man braucht bloß eine Wand.

Das Plakat fällt in den breiten Schacht.

Zita fährt kurz und unauffällig mit der Zunge über die Lippen.

- Es ist so weit!

Ost nimmt es heraus.

- Jetzt kannst du von einer besseren und schönen Zukunft träumen.

Huch zieht den Arm zur Schulter hoch

- Sicher? Was steht denn auf dem Plakat?

Zita legt es auf dem Boden aus.

- Lies doch den Text!

Ost beschwert die Ecken mit Steinen.

- Ich finde, er passt zu dir.

Huch beugt sich über das Plakat.

- Komm deinem Traum näher!

Zita erklärt mit strahlendem Gesichtsausdruck.

- Dieses Plakat verändert dein Leben.

Ost verharrt in der Betrachtung.

- Du wirst sehen, deine Welt wird seltsam und magisch.

Sie tauscht einen Blick mit Huch aus.

- Hast du Kleister?

Eine Frau bewegt sich ruhigen Schrittes.

- Hallo, ich bin Halina Damico.

Sie trägt ein ärmelloses Kleid und bringt einen Eimer.

- Ich kann es kaum erwarten, das Plakat zu kleben.

Ost stemmt den Kopf gegen die Hand.

- Nun geht es daran, einen Pinsel aufzutreiben.

Halina streift Huch am Unterarm.

- Suchst du einen passenden aus?

Ein Mann lugt um die Ecke.

- Hallo, ich bin Calvin Nicolo.

Er trägt eine Strickweste und bringt einen Leimpinsel.

- Damit können wir auch große Flächen bestreichen.

Zita fährt mit dem Finger über die Haare.

- Das glaube ich gern.

Ost richtet den Rücken auf.

- Er sticht aus allen Pinseln heraus.

Ein Lächeln legt sich über Halinas Gesicht.

- Er ist höchstwahrscheinlich einmalig.

Nicolo führt die Zunge zur Oberlippe.

- Es bleibt zu hoffen, dass ich ihn irgendwann einsetzen darf.

Zita entdeckt neben dem leerstehenden Gebäude eine rostige Tafel.

- Kein Bahnhof ohne Plakatwand!

Ost hebt das Plakat auf.

- Es ist die perfekte Werbefläche.

Halina trägt den Eimer zur Tafel.

- Und was würde dazu besser passen als mein Kleister?

Nicolo taucht den Pinsel ein.

- Du bringst es auf den Punkt. Alles stimmt zusammen.

Zita klemmt den Daumen zwischen Zeige- und Mittelfinger.

- Das Plakat ist ein guter Aufhänger, mit Menschen ins Gespräch zu kommen.

Ost hält es hoch.

- Es macht Spaß beim Anschauen.

Halina wendet den Kopf grazil zur Seite.

- Gleich wird es hier von Fans nur so wimmeln.

Nicolo streicht den Kleister an die Tafel.

- Vor einem Plakat lässt es sich herrlich plaudern.

Zita schwingt das Bein nach hinten.

- Ich warte aufgeregt, bis es endlich hängt.

Ost drückt das Plakat an.

- Jetzt heißt es aufpassen, sonst gibt es Falten.

Halina streicht es von außen nach innen glatt.

- Ich zeige dir, wie man plättet.

Nicolo streift den Pinsel am Eimer ab.

- Wir lassen uns gern von dir beraten.

Zitas Gesicht spiegelt Freude wider.

- Jetzt, wo das Plakat hängt, beginnt der Text zu wirken.

Ost streicht das Schläfenhaar hinter die Ohrmuschel zurück

- Er fährt ein, willst du wohl sagen.

Halina berührt Huch an der Hand.

- Komm deinem Traum näher, enthält eine Aufforderung!

Nicolo wirft die Stirn in Falten.

- Sie wendet sich an Unverheiratete.

Eine Frau durchstreift die eingewachsenen Gleise.

- Hallo, ich bin Wanda Gildenstern.

Sie trägt ein Glitzerkostüm.

- Mein Traum wäre, den Richtigen zu treffen.

Ein Mann trifft ein.

- Hallo, ich bin Louis Janz.

Er trägt Clownschuhe.

- Wer könnte das sein?

Zita faltet die Hände im Schoss.

- Wer weiß, vielleicht bist du der Richtige.

Ost zieht die Werbesonnenbrille von der Nase und lächelt.

- Was meinst du dazu, Wanda?

Sie wendet sich direkt an Janz.

- Bist du geheimnisvoll, lustig und cool?

Er senkt den Kopf.

- Ja, ich habe Clownschuhe.

Halina legt den Zeigefinger auf die Mitte der Augenbraue.

- Warum du sie trägst, wird möglicherweise ein ewiges Geheimnis bleiben.

Nicolo reibt sich das Kinn.

- Somit umgibt dich auch etwas Rätselhaftes.

Wandas Unterlippe zittert unmerklich.

- Und genau das finde ich cool!

Janz strahlt bubenhaft.

- Heißt das, ich könnte, wenn nichts dagegenspricht, der Richtige sein?

Sie schwingt die Arme vor dem Oberkörper.

- Ja! Ich frage mich nur, ob es den Zauber des Schenkens noch gibt.

Er legt die Hand unterhalb der Brust aufs Shirt.

- Auf jeden Fall! Was darf es denn sein?

Wanda greift sich in die Haare.

- Ich möchte eine Nelke.

Janz macht eine großzügige Geste in Richtung Huch.

- Dir geht sicher alles leicht von der Hand.

Eine Frau balanciert elegant locker über eine Schiene.

- Hallo, ich bin Brigitte Isenberg.

Sie trägt ein safrangelbes Paillettenkleid und bringt eine

Nelke.

- Mit dieser Blume werdet ihr euch immer gut fühlen.

Zita schnuppert.

- Sie riecht süß.

Ost reckt die Nase.

- Ihr Duft lässt keine Wünsche offen.

Halina weist auf Janz.

- Ganz gewiss hast du vor allem an Louis gedacht.

Nicolo hebt den Fuß etwas vom Boden ab.

- Er braucht sie.

Wanda kreist die Schulter rückwärts.

- Zum ersten Mal ist die Nelke zum Greifen nah.

Janz blickt auf die Uhr.

- Sogar die Zeiger zeigen ein Lächeln.

Brigitte überreicht ihm die Nelke.

- Behalte einen klaren Kopf!

Sein Blick flattert zu Wanda.

- Vor einer halben Sekunde stand ich noch ohne Blume da.

Sie betrachtet seinen Mund und die Bewegung der Lippen.

- Denk nicht mehr daran!

Janz windet sich.

- Du hast recht. Und worauf könnte ich jetzt achten?

Sie tupft seine Schulter an.

- Auf mich! Die Nelke passt doch ideal zu mir.

Er gibt sie mit einem Lächeln aus der Hand.

- Dann würde ich sie dir gern schenken.

Wanda gerät ins Stocken.

- Danke! Das geht unter die Haut!

Zita horcht.

- Ich höre mächtige Schritte.

Ein riesiger Elefant nähert sich, hält vor der Plakatwand inne.

Ost setzt sich die Sonnenbrille auf.

- Er bringt Glück.

Halina greift hinter dem Rücken ums Handgelenk.

- Wir könnten ihm nachlaufen.

Nicolo schwenkt die Hand nach links.

- Vielleicht geht er zum Hochzeitsberg.

Wanda wedelt mit der Nelke.

- Wer könnte heiraten?

Janz schnappt nach Luft.

- Vielleicht wir, wenn ich der Richtige wäre.

Brigitte schiebt die Mundwinkel vergnügt nach oben.

- Wer denn sonst! Ihr seid ein Wunschpaar!

Zita haucht Wanda einen Kuss zu.

- Findest du Louis fantastisch?

Sie greift mit den Händen in die Luft.

- Ja! Es ist das erste Mal überhaupt, dass ich mich verliebe.

Der Elefant setzt sich in Bewegung.

Ost folgt ihm.

- Das verstehen wir.

Halina läuft hinterher.

- Man darf solchen Momenten vertrauen.

Nicolo winkt Wanda und Janz.

- Kommt! Ihr werdet reichlich Spaß haben.

Wanda schließt sich an.

- Die Nelke fasziniert mich.

Janz holt sie ein.

- Alle suchen Liebe und Zärtlichkeit.

Brigitte begibt sich in ihre Mitte, legt ihnen die Arme über die Schulter.

- Aber ihr habt sie gefunden.

Zita verschränkt die Hände hinter dem Rücken.

- Was liegt näher als der Hochzeitsberg?

Ost feuert das Team an.

- Da müssen wir hin!

Halinas Augen fliegen zu Huch

- Und du solltest unbedingt dabei sein.

Ein Mann kreuzt auf.

- Hallo, ich bin Udo Vos.

Er trägt eine Nietenhose.

- Hey! Lädt ihr mich auch ein?

Nicolos Kopf schnellt hoch.

- Selbstredend! Du hast eine gute Ausstrahlung.

Vos lässt den Ellbogen leicht nach außen gehen.

- Danke! Ich fühle mich geehrt und überglücklich.

Huch guckt dem Team nach.

Eine Frau bleibt vor der Plakatwand stehen.

- Hallo, ich bin Paola Tati.

Sie trägt einen Glitzerrock.

- Was sollte man über dich wissen?

Huch greift sich an den Kopf.

- Ich verstehe die Frage nicht ganz.

Paola runzelt die Stirn.

- Du bist doch der Mann auf dem Plakat.

Er lässt die Schulter fallen.

- Alle können ein Plakat machen.

Sie winkelt den Ellbogen an.

- Du hast sicher verrückt viele Fans.

Huch steht mit geschlossenen Füßen.

- Das wäre ziemlich waghalsig, eine Menge anzulocken.

Ein Mann findet sich ein.

- Hallo, ich bin Roman Straub.

Er trägt eine Wollmütze, fragt Huch.

- Gibst du mir ein Autogramm?

Paola berührt Huch leicht an der Hüfte.

- Siehst du! Wo du auftauchst, wirst du erkannt.

Huch vergewissert sich.

- Von wem genau möchtest du ein Autogramm?

Straubs Hand fällt steil nach unten.

- Was für eine Frage! Von dir natürlich!

Huch strafft den Hals.

- Aber Paola könnte dir doch auch eins schreiben.

Sie krümmt die Finger.

- Nein! Leider nicht! Ich habe keinen Stift.

Straub kneift die Augen zusammen.

- Da hörst du es selber!

Er sieht Huch noch fester an.

- Darum will ich das Autogramm von dir.

Eine Frau überquert den Bahnhofplatz.

- Hallo, ich bin Elena Mignone.

Sie trägt einen Rüschenrock.

- Einige, und sicher auch ihr, brauchen ein Stehpult.

Paola fährt sich mit der Hand über den Hals.

- Wie kommst du darauf?

Elena hebt die Ferse des hinteren Beins.

- Wer am Pult schreibt, ist eindeutig im Vorteil.

Straub senkt den Kopf.

- Kannst du mir kurz sagen, warum?

Sie beugt den Unterarm.

- Weil Bleistifte daran hängen.

Paola kreist die Schulter nach vorn.

- Das überzeugt uns.

Straub legt beide Handflächen an den Hinterkopf.

- Ein besseres Pult könnten wir uns nicht wünschen.

Elena führt die Arme vor der Brust zusammen.

- Seht ihr? So entsteht ein Gefühl der Zusammengehörigkeit.

Paola klopft leicht mit dem Fuß auf den Boden.

- Wo finden wir das Pult?

Elena geht voran.

- Es ist überraschend nah.

Ein Pfad führt zum Wald hinunter.

Paola steigt über die Wurzeln.

- Das ist eine Riesenchance für uns.

Straub brummt zufrieden.

- Wir zeigen eindrucksvoll, was durch Teamgeist möglich ist.

Auf den mit Moos gepolsterten Steinen befindet sich ein Stehpult aus Treibholz.

Elena kippt das Becken nach vorn.

- Da sind wir.

Dicke, gespitzte Bleistifte hängen an den Ästen.

Paola wendet den Kopf zu Huch.

- Hast du Papier?

Ein Mann stapft durch den Wald.

- Hallo, ich bin Andy Fitz.

Er trägt einen Fleecepulli und bringt eine leere Schreibkarte.

- Wer hat eine originelle Handschrift?

Eine Frau spaziert unter den Bäumen.

- Hallo, ich bin Beatrix Nachtigall.

Sie trägt einen Bikini.

- Meine Handschrift regt zum Träumen an.

Straub lässt die Schultern locker hängen.

- Das tönt vielversprechend.

Elena presst die Hände gegeneinander.

- Das größte Wunder wäre für uns ein Autogramm von dir.

Fitz legt die Karte aufs Stehpult.

- Deine Schrift gibt es sicher weltweit kein zweites Mal.

Beatrix nimmt einen Bleistift, zieht einen Strich.

- Wieso? Das kriegen doch alle hin.

Paola balanciert auf den Fußballen.

- Sehe ich das richtig? Deine Unterschrift ist ein Strich und fertig?

Beatrix legt die Arme auf das Stehpult.

- Genau! Ein großer Vorteil dieser Einfachheit ist Schnelligkeit.

Straub nimmt die Karte.

- Für mich ist klar. Ich will das Autogramm.

Elena lehnt sich an die Schulter von Beatrix.

- Wir bewundern dich. Du bewegst den Bleistift einwandfrei sicher.

Fitz zieht den Saum seines Fleecepullis glatt.

- Dir ist ein Meisterstück gelungen.

Beatrix verbiegt den Finger.

- Übertreibt nicht! Es braucht nur einen Stift, der zeichnen kann.

Ein Wolf trabt durch den Wald.

- Hallo, ich bin der Wolf.

Er streckt die Krallen.

- Ich hätte gern ein großes Stück Kreide.

Paola betrachtet ihn neugierig.

- Was fängst du damit an?

Der Wolf hebt den Kopf und schnuppert.

- Ich möchte meine Stimme fein machen.

Straubs Blick gleitet zu Huch.

- Hast du ein Stück?

Eine Frau kommt dazu.

- Hallo, ich bin Yael Ogawa.

Sie trägt ein Cocktailkleid und bringt eine Schachtel mit Kreiden.

- Du brauchst mehr als eine feine Stimme.

Der Wolf krümmt sich.

- Was könnte das sein?

Yael öffnet die Schachtel.

- Wenn du ehrlich interessiert bist, verrate ich es dir gern.

Er schaut ihr in die Augen.

- Dann bin ich dein Wolf. Mein Interesse ist nämlich riesig.

Sie klaubt eine Kreide heraus.

- In dem Fall, greif herzhaft zu!

Der Wolf sperrt das Maul auf.

- Wirf es ein! Ich bin bereit.

Yael legt die Kreide auf seine Zunge.

- Sie ist klein. Aber ihre Wirkung ist enorm.

Der Wolf verschluckt das Stück.

- So fühlt sich das Glück an.

Ohne dass er aufspringt, heben seine Pfoten vom Boden

ab.

- Das Schweben fasziniert mich.

Elena lässt die Arme seitlich nach unten hängen.

- Etwas verspielt geht es zu, wenn man Kreide schluckt.

Fitz hält sich die Hand vor den Mund.

- Das ist ja kaum zu fassen.

Beatrix stellt die Beine aus.

- Vielleicht sollte die Dosierung dem Körpergewicht angepasst werden.

Der Wolf fliegt durch die Wipfel.

- Wieso denn? Ich steige sorgfältig und fein balanciert auf.

Yael spannt die Oberschenkel.

- Wie fühlst du dich?

Er gleitet durch den Regenbogen, der minutenlang am meerblauen Himmel steht.

- Unbeschwert.

Paola steht das Herz einen Wimpernschlag lang still.

- Wir haben keine Aussicht, ihn jemals wiederzusehen.

Straub greift an seine Mütze.

- Es sei denn, wir essen Kreide und fliegen ihm nach.

Elena setzt den Fuß auf einen Stein.

- Die Anziehungskraft der Erde verschwindet selten ganz.

Fitz beugt leicht den Arm.

- Dann landet der Wolf wohl bald wieder?

Beatrix führt den Finger zur Ellbeuge.

- Zweifelsohne! Dagegen spricht wahrscheinlich kaum etwas.

Yael legt den Kopf an Huchs Schulter.

- Allen ist die Glücksfee hold. Oder etwa nicht?

Ein Mann findet einen Weg durch den Wald.

- Hallo, ich bin Linus Jost.

Er trägt ein weit aufgeknöpftes Hemd.

- Fragt mal bei der Glücksfee nach!

Paola schließt die Augen.

- Wir wollen nicht überschwänglich erscheinen.

Straub bewegt die Achsel langsam nach vorn.

- Aber wir denken, da sollten wir unverzüglich hin.

Elena blickt Huch an.

- Weißt du, wo die Glücksfee ist?